SARA BILOTTI

DIE GELIEBTE

Eleonoras geheime Nächte

SARA BILOTTI

Die Geliebte

Eleonoras geheime Nächte

Roman

Deutsch von Bettina Müller Renzoni

blanvalet

Die Originalausgabe erschien 2015 unter dem Titel
»Il perdono« bei Giulio Einaudi Editore s.p.a., Turin

Verlagsgruppe Random House FSC® N001967

1. Auflage

Redaktion: Angela Troni
Umschlaggestaltung: © www.buerosued.de
Umschlagmotiv: © www.buerosued.de
KW Herstellung: kw
Satz: Buch-Werkstatt GmbH, Bad Aibling
Druck und Bindung: CPI books GmbH, Leck
Printed in Germany
ISBN 978-3-7645-0582-0

www.blanvalet.de

1

»Wie denken Sie darüber, dass die Unterhaltungsindustrie uns heutzutage eher zerstreut als zum Denken anregt?«

Die raue Stimme der Journalistin, die aus den Lautsprechern des Plasmafernsehers drang, verlieh ihren Worten zusätzlich Gewicht. Dennoch wirkte sie blass und unbedeutend neben Alessandro, der mit seinem Charisma nicht nur das ganze Fernsehstudio einnahm, sondern auch den Bildschirm und Eleonoras Wohnzimmer.

In Großaufnahme waren seine ebenmäßigen Gesichtszüge zu sehen, und da er schwieg, zoomte ihn die Kamera noch näher heran, bis nur noch die Augen und die erstaunt hochgezogenen Augenbrauen im Bild waren. Eleonora wusste, dass niemand außer ihr Alessandros Verärgerung mitbekommen würde, weil nur sie ihn so gut kannte. Sein Verhalten und die Mimik bedeuteten, dass ihm die Frage nicht gefallen hatte. Dass er sie snobistisch und anbiedernd fand.

»Unterhaltung hat im Grunde nur einen Zweck, nämlich den Menschen ein paar angenehme Momente zu verschaffen«, antwortete Alessandro schließlich, und sein Blick wurde sanft. Offenbar war er zum Schluss gekommen, dass die Journalistin nichts für die banalen Fragen konnte, die ihr ein Redakteur in den Mund gelegt hatte, und er sie deshalb nicht angehen durfte. »Die Unbeschwertheit und die Erholung, die damit einhergehen, helfen beim Nachdenken. Kinodrehbücher zu schreiben ist alles andere als einfach. Um die Zuschauer zu erreichen, muss man dafür sorgen, dass sie kurz innehalten, sich entspannen und lachen. Dann, wirklich erst dann, kann man das eine oder andere Signal aussenden.«

Die Journalistin hatte nichts von dem verstanden, was er da gesagt hatte, das war offenkundig. Dennoch nickte sie heftig und lächelte, als hätte sie gerade im Lotto gewonnen. Sie war zierlich und attraktiv, mit einer gewissen Ausstrahlung.

Eleonora wusste nur zu gut, wie Alessandro auf sein Gegenüber wirkte, allerdings wusste sie ebenfalls, dass die Journalistin keine Chance bei ihm hatte. Alessandro suchte sich stets Frauen aus, die seinen Beschützerinstinkt weckten. Eine zierliche Figur reichte da nicht.

»Dann wäre es also falsch, *Existences* zu den Unterhaltungsfilmen zu zählen?«

Diesmal nickte Alessandro, und im Gegensatz zur Journalistin tat er es mit Überzeugung.

»*Existences* ist eine italienisch-britische Koproduktion, wodurch der Film die Möglichkeiten einer Fusion unterschiedlicher Kulturen ausschöpft. Er ist unterhaltsam, weil er humorvoll ist und die Zuschauer berührt. Zugleich wirft er zahlreiche Fragen auf über den Sinn dieser Jahre. Ich weiß nicht, was die Jugendlichen im nächsten Jahrhundert in den Geschichtsbüchern lesen werden, für Zeitzeugen ist es immer schwierig zu beurteilen, was sie gerade erleben. Aber eines steht für mich fest: Der Individualismus der Achtzigerjahre hat wahre Unmenschen hervorgebracht, und es hat gut zwanzig Jahre gedauert, um das Wertesystem wiederherzustellen. Die Menschheit ist nicht untergegangen, sie hat sich nur in übergroßen Egos und undurchdringlichen Spiegelkabinetten verirrt. Wir alle sind inzwischen darum bemüht, eine neue gemeinsame Identität zu schaffen. Davon handelt der Film, der die Geschichte einer britischen Familie erzählt, die auf der Suche nach ihrer verschwundenen Tochter nach Rom zieht. Die Kunstmalerin, die Italien zu ihrer Wahlheimat gemacht hat, ist plötzlich spurlos verschwunden.«

»Apropos, lassen Sie uns über die weibliche Hauptfigur Melanie sprechen, übrigens hervorragend verkörpert von Barbara Connors. Melanie findet Zuflucht im Schloss von Davide, der von Ihnen dargestellt wird, um sich selbst zu verwirklichen. Gelingt es ihr denn am Ende?«

Erneut eine hochgezogene Braue, gefolgt von einem entwaffnenden Lächeln.

»Melanie geht ja genau den umgekehrten Weg wie die anderen Figuren, die sich von ihrem Egoismus befreien wollen. Sie dagegen spürt, dass sie ihre Identität verloren hat, und sucht diese in Davide, indem sie ihn zu ihrem Spiegel macht. Erst ganz am Ende verstehen die Zuschauer, warum ausgerechnet dieser einsame, von seiner dunklen Vergangenheit gequälte Unbekannte für sie zu einer Projektionsfläche werden konnte.«

Einsam, gequält, dunkle Vergangenheit – die Schlagworte erinnerten Eleonora an jemanden.

Der Film war in den italienischen Kinos gerade angelaufen und feierte bereits große Erfolge in ganz Europa. Eleonora hatte ihn am Abend zuvor zusammen mit Emanuele, Corinne, Denise und Maurizio gesehen. Sie waren alle hellauf begeistert gewesen von Alessandros schauspielerischer Leistung.

Als sie aus dem Kino traten und die anderen Zuschauer sich begeistert über den Film austauschten, standen sie einfach nur schweigend da und waren völlig überwältigt.

Erst beim Auto meinte Emanuele lakonisch: »Er hat's tatsächlich geschafft, der Mistkerl.«

Ein einziger Satz, und die anderen kicherten los, als hätte er einen seiner üblichen Witze gerissen.

»Jetzt haben Sie uns aber richtig neugierig gemacht«, sagte die Journalistin aufgeregt und brach in künstliches Gelächter aus, woraufhin Alessandro erstarrte.

Die Kamera zoomte nun die Journalistin heran, die zur Abmoderation überging und den Zuschauern den Film noch einmal wärmstens empfahl.

Eleonora schaltete den Fernseher aus und wollte ins Restaurant zurückgehen, wo Emanuele vermutlich noch immer bei der reichen russischen Familie am Tisch saß. Die Toskana-Liebhaber machten Urlaub auf dem Agriturismo und unterhielten sich begeistert mit dem Gastgeber. Eleonora war ganz froh, dass sie nicht dabeisitzen und gegenüber dem angeheiterten Paar und der schweigsamen Tochter Interesse heucheln musste. Aber sie wollte sich zumindest kurz blicken lassen und die Rolle der Gastgeberin erfüllen, die ihr eigentlich gar nicht zustand. Dies war der einzige negative Aspekt an ihrem Leben auf dem Agriturismo.

Eleonora raffte sich auf und erhob sich vom Sofa, prallte jedoch unvermittelt mit ihrer besten Freundin zusammen und stieß vor Schreck einen Schrei aus.

»Mein Gott, Corinne, du schleichst durchs Haus wie ein Gespenst!«

Reglos wie eine Statue stand Corinne neben dem Sofa. Sie hielt den Blick gesenkt und betrachtete Eleonoras Handgelenk mit dem Rosen-Tattoo, das die Narbe verbarg.

»Du hast mir gar nichts gesagt.«

»Wovon redest du?«

»Von dem Interview.«

Eleonora seufzte genervt. Es war immer das Gleiche, obwohl Alessandro nun schon seit fast einem Jahr in Rom lebte.

»Woher hätte ich das wissen sollen? Ich habe Nachrichten geschaut, und gleich danach haben sie das Interview mit ihm gesendet.«

»Lügnerin.«

Nein, bitte keine Tränen. Das konnte sie jetzt nicht ertragen. Eleonora versuchte zu lächeln.

»Corinne, findest du es etwa logisch und nachvollziehbar, dass ich dich darauf hinweise, wenn ein Interview mit Alessandro ausgestrahlt wird? Meinst du nicht, es wäre besser, wenn ich dir dabei helfe, ihn ein für alle Mal zu vergessen, anstatt dir unmittelbar nach dem Abendessen sein Gesicht in Großaufnahme zuzumuten?«

»Du bist nicht witzig.«

»Das wollte ich auch gar nicht sein.«

»Inzwischen ist ein ganzes Jahr rum. Ich bin bereit, ihn wiederzusehen.«

»Nach dem Film gestern hattest du vierzig Grad Fieber.«

»Das war eine Grippe und hatte nichts mit Alessandro zu tun.«

»Eine Grippe, die nach anderthalb Stunden auskuriert ist? Ich bitte dich, sei nicht kindisch.«

»Das nächste Mal möchte ich informiert werden. Immerhin ist er mein Ehemann.«

Eleonora lag das Wörtchen »Ex« auf der Zunge, aber sie konnte es zurückhalten. »Na gut, einverstanden. Lass uns ins Restaurant gehen, die Russen sind noch da.«

»Ich weiß, ich komme gerade von dort.« Endlich entspannte Corinne sich, ihr Körper wurde weicher, und sie wirkte sofort ein paar Zentimeter kleiner. »Sie sind bei der fünften Flasche Rotwein. Er hat einen hochroten Kopf, sie kichert nur noch, und die Tochter starrt Emanuele seit zwei Stunden stumpfsinnig an. Nicht dass mich das erstaunen würde. Du kennst ihn ja …« Corinne lachte kurz auf.

Ohne etwas zu erwidern, hakte Eleonora sich bei ihr ein, und Arm in Arm gingen sie hinunter ins Erdgeschoss, wo Emanuele nicht loskam.

Wann und wo auch immer Not am Mann war, packte er mit an und machte dabei keinen Unterschied zwischen sich und den Angestellten. Er hätte ohne weiteres auf seinem herrschaftlichen Gut den Chef herauskehren können, doch er war immer in Hemdsärmeln anzutreffen und half den Kellnern ebenso wie den Köchen und den Gärtnern.

Seine Energie und Lebenslust standen seiner attraktiven Erscheinung in nichts nach, und Eleonora war stolz, zu ihm zu gehören.

Zu jemandem oder etwas zu gehören war ihr bisher fremd gewesen. Nach und nach änderten sich jedoch die Dinge, und die unangenehme Leere, die zwischen Magen und Lunge spiralförmig hochkroch, erfasste sie nur noch selten. Ein Gefühl der Dringlichkeit und der innere Drang zu fliehen zogen sie an den Armen, zeigten sich so lange in regelmäßig wiederkehrenden Bildern, etwa einem offenem Koffer, der gepackt und verschlossen wurde, Bahngleisen, die sich am Horizont verloren, und einem von Kreidestaub ganz grauen Schwamm, mit dem jemand wiederholt eine vollgeschriebene Wandtafel sauber wischte, bis Eleonora Erleichterung verspürte.

Erst kurz nach Mitternacht erhob sich die russische Familie und ging schlafen. Die Tochter warf Emanuele einen letzten schmachtenden Blick zu, bevor sie mit ihren betrunkenen Eltern in den Aufzug stieg. Eleonora verstand nur zu gut, wie sie sich fühlen musste. Sechzehn Jahre, bleich und fremd, aufgewärmt von der toskanischen Oktobersonne, beim Abendessen am Tisch mit diesem selten attraktiven, charismatischen Latin Lover, der mit jedem Wort Pheromone versprühte. Das Mädchen würde sicher noch lange von diesem Abend zehren und sich in den kalten russischen Winternächten an der Erinnerung wärmen.

Emanuele küsste Eleonora auf den Mund, bevor er in der Restaurantküche verschwand, um beim Aufräumen zu helfen. Die Kellner waren müde, aber auch zufrieden mit dem unverhältnismäßig hohen Trinkgeld, das sie erhalten hatten. Eleonora berührte ihre Lippen, die wie nach jedem Kontakt mit Emanuele so heftig brannten wie bei einem nicht enden wollenden ersten Kuss. Auch beim Sex mit ihm durchlebte sie immer wieder neue Emotionen und genoss den Akt jedes Mal wie beim ersten Mal. Weder die unwiderstehliche Lust noch die Heftigkeit des Orgasmus oder die Intensität ihres Verlangens flauten auch nur ansatzweise ab.

Nichts hatte sich geändert.

Jeden Morgen von neuem zufrieden und hungrig in ihrem gemeinsamen Bett zu erwachen versetzte Eleonora, an ständige Veränderungen gewöhnt, in Erstaunen.

Da Emanuele erst um zwei Uhr Feierabend machen würde, zog Eleonora sich allein zurück. Kurz darauf ging auch Corinne in ihr Zimmer, das sie ihr damals nach der Trennung geradezu aufgedrängt hatten. Eleonora hatte ihre Freundin zu ihnen auf den Agriturismo geholt, nachdem

Alessandro sie kurz nach der Hochzeit verlassen hatte, da alle dachten, sie würde sich etwas antun.

Nach Alessandros Umzug nach Rom blieben die Türen und Fenster in der Villa Bruges fast immer verschlossen. Wenn Eleonora ab und zu einmal hinfuhr, irrte sie durch die verlassenen Räume, in denen ihre Schritte von den Wänden widerhallten und die Leere des Anwesens in die Welt hinausschrien. Vor ihrem geistigen Auge sah sie Alessandro erst die Fenster eins nach dem anderen öffnen und dann die Türen aufstoßen, als wären die Flure Arterien, und er müsste sämtliche Hindernisse aus dem Weg räumen, damit das Blut wieder zirkulieren konnte.

Ohne ihren König war die Villa Bruges wahrlich ein trister Ort.

Als Emanuele hereinkam, war Eleonora noch wach. Er küsste sie und fing an von dem Abend mit der russischen Familie zu erzählen.

»Irgendwann dachte ich echt, der Typ kotzt jeden Moment auf den Schmorbraten«, erzählte er, während er sich auszog, um zu duschen. »Er hat allein fast drei Liter Wein gebechert, seine Frau war dagegen schon nach zwei Gläsern hinüber, von der Tochter ganz zu schweigen.«

Eleonora lag auf dem Bett, betrachtete seinen überaus attraktiven nackten Körper und genoss den Anblick in vollen Zügen. Sie lächelte amüsiert. »Die Tochter kommt mir vor wie ein Gespenst.«

Emanuele drehte den Warmwasserhahn auf. »Das kannst du laut sagen. Kommst du mit mir unter die Dusche? Beim Essen musste ich die ganze Zeit an das Foto denken, das ich vorletzte Nacht von dir gemacht habe. Die Russen haben von irgendwelchen Chianti-Weinlagen geschwafelt, und ich habe nur an dich gedacht, wie du nackt auf dem Bett liegst und auf mich wartest. Wie soll man bitte vernünftig Smalltalk machen, wenn man solche Bilder im Kopf hat?«

Eleonora errötete und ging zu ihm hinüber. Sie hatte sich noch immer nicht an seine Ungezwungenheit gewöhnt.

»Nicht heute Nacht, Emanuele. Ich habe gerade meine Tage.«

»Na und?«

»Bitte ...«

Er bedrängte sie nicht weiter, stellte sich aber auch nicht unter die Dusche, sondern musterte Eleonora eindringlich.

»Was ist?« Sie fühlte sich unbehaglich.

»Wir sollten mal zum Arzt gehen.«

»Bitte fang nicht schon wieder damit an.«

»Vielleicht liegt es ja an mir? Wir sollten wenigstens versuchen herauszufinden, warum du nicht schwanger wirst.«

»Emanuele, darüber haben wir doch schon so oft gesprochen. Ich will nicht zu einem Spezialisten gehen, um hinterher monatelang auf Kommando Sex haben zu müssen. Ein Kind hat weder für dich noch für mich oberste Priorität. Oder täusche ich mich da etwa?«

»Woher weißt du, wie sehr ich mir ein Kind wünsche?«

»Du hast bereits eins.«

»Ich möchte aber eins von dir. Darüber solltest du dich freuen.«

»Tu ich doch.«

»Ja, das sieht man. Jetzt mal ehrlich, Eleonora, nimmst du die Pille?«

Sie lehnte sich gegen die Kacheln im Bad und wich seinem Blick aus. »Nein«, sagte sie, zum Spiegel gewandt. »Das haben wir doch schon zigmal durchgekaut.«

»Gut. Sobald ich ein bisschen Luft habe, rufe ich Antonella an und frage sie, ob sie mir einen guten Frauenarzt empfehlen kann.«

Eleonora wollte etwas erwidern, aber Emanuele stieg in die Dusche und machte die Glastür hinter sich zu. Kurz darauf war sein muskulöser Körper in Dampf gehüllt, was Eleonora half, sich wieder auf das Streitthema zu konzentrieren.

Sie war davon überzeugt, dass Emanuele sich nicht wirklich ein Kind wünschte. Er war nur so sehr daran gewöhnt zu bekommen, was er wollte, dass ihr Desinteresse ihn beunruhigte. Deshalb versteifte er sich auf das Thema, obwohl es ihm in Wahrheit gar nicht am Herzen lag.

Der Frauenarzt war nicht die Lösung ihrer Probleme. Denn Eleonora wollte kein Kind, sie hatte noch nie eins gewollt. Obwohl: Vor dem Desaster hatte sie sich nichts sehnlicher gewünscht, als ein Kind großzuziehen, um sich und der Welt zu beweisen, dass auch jemand, der viel entbehren musste, zu geben in der Lage ist, sozusagen als ausgleichende Gerechtigkeit. Aber danach … Das Bild von sich selbst mit einem Säugling an der Brust kam ihr wie die verblichene Fotografie einer Illusion vor. Nach dem Desaster konnte nichts und niemand für Gerechtigkeit sorgen. Nie mehr.

2

Die Sonntage auf dem Agriturismo waren das ganze Jahr über ziemlich anstrengend. Im Restaurant herrschte fast immer Hochbetrieb, und wer nicht schon zwei Monate im Voraus reservierte, bekam keinen Tisch mehr. In den Fremdenzimmern beherbergten sie, vor allem im Frühling und Sommer, sehr viele ausländische Gäste, hauptsächlich Engländer und Russen.

Dank ihrer Sprachkenntnisse und ihrer Erfahrung im Tourismussektor war Corinne für sie zu einer unersetzbaren Hilfe geworden. Emanuele zog daher in Erwägung, sie fest anzustellen, statt ständig ihre Freundschaftsdienste in Anspruch zu nehmen.

Eleonora war davon weniger begeistert. Ihrer besten Freundin beizustehen, weil sie eine Trennung überwinden musste, war das eine, aber erneut wie in der Villa Bruges mit ihr zusammenzuleben war etwas ganz anderes. Abgesehen davon schien Corinne sich zu Emanuele hingezogen zu fühlen, auf den sich auch in der Villa alle stürzten, seit König Alessandro seinen Hofstaat verlassen hatte.

Das Spielchen ging nun schon eine ganze Weile und machte das Zusammenleben manchmal etwas kompliziert. Sowohl Denise als auch Corinne konzentrierten sich nach dem Abgang ihrer Hauptbeute mehr oder weniger bewusst ganz auf Emanuele, dessen Charme zwar nicht mit dem seines Bruders zu vergleichen, der aber auf seine Art genauso unwiderstehlich war. Während Corinne sich auf Tagträumereien beschränkte, ließ die forsche Denise keine Gelegenheit aus, Emanuele zu foppen oder ihn beiläufig zu berühren, wobei sie sich allerdings ziemlich lächerlich machte. Emanuele wiederum tat keineswegs so, als würde er ihre Avancen nicht bemerken, sondern spottete offen und mit Vorliebe in Gegenwart seines Bruders Maurizio darüber, dass sie ihn ständig befummelte.

Eines Abends, nach der gefühlt hundertsten Blamage, beschloss Eleonora, dass sie Denise entweder hinauswerfen oder sich von Emanuele das Geheimnis verraten lassen würde, wie man nur so grausam sein konnte. Sie entschied sich für Letzteres.

»Grausam? Ich?«, fragte Emanuele verblüfft.

»Und ob. Indem du Denise bloßstellst, bringst du Maurizio in die unangenehme Lage, so tun zu müssen, als würde er nichts merken.«

»Was für ein Quatsch ist das denn? Ich tue genau das Gegenteil und zwinge ihn, die Augen aufzumachen.«

Emanuele hatte recht, denn tolerant und gutmütig zu sein wie Alessandro bedeutete im Grunde kein großes Opfer. Emanuele dagegen ging ein Risiko ein, indem er die Arme ausbreitete und seinen Bruder aufforderte, seine Wut offen zu zeigen. Er wollte, dass Maurizio sich dem Problem stellte, dass er vielleicht sogar eine Entscheidung traf.

»Ich finde auch, Maurizio hat was Besseres verdient. Aber wer weiß schon, was für wen anders gut ist? Oder für einen selbst?«, fragte Eleonora.

»Wie meinst du das?«

Eleonora hatte unbewusst laut gedacht, was ihre Mutter ebenfalls ständig tat, und wie alle mütterlichen Angewohnheiten, die Eleonora grund- und mühelos übernommen hatte, irritierte sie auch diese.

»Ach nichts.«

Emanuele konzentrierte sich wieder auf die Webseite des Agriturismo zu, die er gemeinsam mit Corinne relaunchen wollte.

Zu sehen, wie Corinne zupacken konnte, wie dieses ehemals völlig verängstigte Wesen zunehmend an Selbstsicherheit gewann und aufblühte, machte Eleonora nervös. Sie saßen zu dritt zusammen, um an der Homepage zu arbeiten, doch Eleonora sah im Grunde nur zu. Bald verließ sie die Gartenlaube unter dem Vorwand, dass ihr der Wind zu kühl sei. Die Böen ließen sie selbst an diesem zauberhaften Fleckchen Erde in der Toskana den nahenden Winter spüren.

Eleonora zog sich ins Arbeitszimmer zurück, das Emanuele mit viel Liebe für sie eingerichtet hatte, und rief sich in Erinnerung, warum es sich lohnte, hierzubleiben oder zumindest so zu tun, als wollte sie nicht fortgehen. Wie eine fleißige Schülerin schrieb sie Pro- und-Kontra-Listen für die einzelnen Punkte. Liebe, Sex, finanzielle Sicherheit, Stabilität, interessante Projekte, Attraktivität waren die Kategorien, die ihre Gedanken beherrschten.

Eleonora brauchte ziemlich lange, um ihren wie immer unordentlichen Schreibtisch aufzuräumen. Obwohl sie selten hier arbeitete, lagen Zettel, Stifte, CDs ohne Hülle, Bonbonpapiere, Bücher und Post-its wild verstreut auf der glänzenden Mahagonitischplatte, als ob diese der Nabel der Welt wäre. Die einzige Methode, einen Ort zu erobern, ohne dort Wurzeln zu schlagen, bestand darin, ihn zu verunstalten. Eleonora sah darüber hinweg, dass dieses Chaos der einzige Ballast war, den Emanuele ihr zugestand.

Eleonora fuhr zusammen, als ihr Handy läutete, und als sie den Anruf entgegennahm, hörte sie Corinnes aufgeregte Stimme.

»Alles in Ordnung mit dir?«

»Ja, wieso?«

»Du bist einfach nicht gekommen. Ich dachte schon …«

Eleonora war verwirrt. »Wovon sprichst du?«

»Na gut, dann hole ich sie mir halt.«

»Was denn?«

»Bist du wirklich okay? Ich hatte dich gebeten, mir die CD mit dem Agriturismo-Projekt vorbeizubringen, ich brauche eine der Aufnahmen als Hintergrundbild für die Homepage.«

Hintergrundbild, Homepage … Im ersten Moment kapierte Eleonora rein gar nichts. Dann ordnete sie ihre Gedanken, nickte und lächelte. »Alles klar. Danke, mir geht's gut. Sorry, aber ich hab das irgendwie nicht mitbekommen. Wo ist die CD?«

»Laut Emanuele in der untersten Schublade von deinem Schreibtisch.«

»Na, wenn er das sagt …« Eleonora zog die Lade auf und fand wie erwartet keine CD. »Hier ist nichts. Wo könnte das Ding denn sonst sein?«

»Sie sagt, dort ist sie nicht«, flüsterte Corinne in komplizenhaftem Tonfall Emanuele zu.

Kurz darauf hörte Eleonora die Stimme ihres Freundes,

die von weit her zu kommen schien. »Sie soll noch mal nachsehen, das Ding muss dort sein.«

»Nein, da ist keine CD.«

»Na gut, dann sag ihr, sie soll in der Anrichte im Restaurant nachschauen. Wenn sie auch dort nichts findet, suche ich selbst weiter.«

»Er sagt …«

»Danke, ich hab's gehört«, sagte Eleonora genervt. »Ich melde mich dann gleich wieder.«

Eleonora pfefferte das Handy auf den Schreibtisch und machte sich auf die Suche. Während sie noch dachte, dass die beiden eigentlich auch selbst hätten vorbeikommen können, statt sie wie eine Sklavin hin und her zu jagen, öffnete sie die erste Schranktür der Anrichte. Die CD sprang ihr sofort ins Auge, denn auf dem Cover stand mit schwarzen Großbuchstaben »PROJEKT ALMA«.

Mit der CD in der Hand kehrte sie ins Arbeitszimmer zurück und griff nach dem Telefon. Plötzlich hörte sie, wie in einem Albtraum, beunruhigendes Gelächter.

Sie hatte die Verbindung nicht unterbrochen, als sie vorhin den Raum verlassen hatte, da sie vor lauter Eile den roten Knopf nicht gedrückt hatte. Dass das ausgerechnet ihr passierte, wo sie doch sonst Corinne bei jeder Gelegenheit wegen ihrer Unbeholfenheit im Umgang mit den simpelsten elektronischen Geräten hänselte, ganz zu schweigen von dem iPhone, das Alessandro ihr geschenkt hatte.

Das Gelächter dauerte an.

Eleonora hielt den Hörer ans Ohr und verfluchte sich für ihre Unachtsamkeit. Was war sie doch für ein dummes Huhn, das Handy einfach so auf den Schreibtisch zu werfen.

»Ich habe seit Jahren nicht mehr so gelacht«, sagte Corinne gerade, und ihre Stimme war nicht wiederzuerkennen.

»Du hast recht. Früher waren wir beide kein so gutes Team. Weißt du noch, wie skeptisch du warst, als ich dir unseren Pakt vorgeschlagen habe?«

Corinne lachte wieder, es klang befremdend. »Na klar! Ich habe dich damals für verrückt gehalten.«

»Na ja, das bin ich ja auch.«

»Stimmt. Du hattest recht. Eleonora hat sich total verändert.«

»Nicht so sehr, wie ich es mir gewünscht hätte. Aber wir sind auf dem richtigen Weg.«

»Sie ist schon immer hart an der Realität entlanggeschrammt. Sie stellt Fragen über Fragen, ohne dass sie die Antworten verarbeiten kann.«

»Jedenfalls hat sich alles zum Besseren gewendet. Alessandro hat seine Vergangenheit aufgearbeitet, und früher oder später wird auch Eleonora so weit sein. Unser Pakt hat Früchte getragen.«

Wovon zum Teufel redet ihr da?, schrie eine Stimme in Eleonoras Kopf, doch ihr Mund blieb hartnäckig verschlossen.

Du kleine frustrierte Hexe voller Komplexe, was für ein dämliches Bündnis hast du da hinter meinem Rücken geschlossen? Was glaubst du heilen zu können, wo du noch vor knapp zwei Jahren einen Selbstmordversuch begangen hast?

Kaum hatte Eleonora die Auflegetaste gedrückte, bereute sie es auch schon wieder und pfefferte das Handy in eine Ecke. Es am Boden zerschellen zu sehen versetzte ihr einen Stich. Es war zwar ein älteres Gerät, an dem ihr nicht viel lag, trotzdem kam es ihr vor, als hätte sie die letzten vier Jahre zerstört, in denen es ihr immer treue Dienste geleistet hatte.

Eleonora steckte die CD in die Tasche und machte sich auf den Weg zur Gartenlaube.

Die beiden Hauptdarsteller des Dramas saßen seelenruhig vor dem Computer und arbeiteten noch immer an dem Entwurf für die Webseite. Mit flinken Fingern veränderte Corinne Font, Farben und Zeilenabstand der Textbausteine. Sie hatte bereits in der Agentur, für die sie arbeitete, die Webseite betreut und wirkte deshalb bei der Arbeit ebenso kompetent wie anmutig. Emanuele sah ihr bewundernd zu.

Gegenüber der Bühne saß Eleonora in der ersten Reihe und wohnte dem Spektakel bei, es kam ihr sogar so vor, als könnte sie die Fäden sehen, an denen die Marionetten hingen. Nur die Hände, die die beiden hölzernen Spielkreuze bewegten, waren unsichtbar. Wer auch immer der Drahtzieher in ihrem Leben war, hielt sich im Schatten verborgen. Vermutlich war er gar nicht anwesend, sondern verfolgte das Spektakel von weitem.

An jenem Abend fiel es Eleonora nicht leicht, sich Emanuele zu nähern. Nach der Arbeit an der Webseite, die dank Corinne in zwei Wochen live gehen sollte, ging es im Restaurant weiter. Das Restaurant des Agriturismo war bis auf den letzten Platz besetzt, vor allem von Familien mit Kindern, von denen einige auch noch einen Hund dabeihatten. Trotzdem behielt Emanuele den Überblick, nichts entging seinen wachen Augen. Er nahm jede einzelne Facette wahr, bemerkte die unterschiedlichen Vorlieben und Verhaltensweisen seiner Gäste. Sein Blick wanderte von dem übergewichtigen Tölpel, der ständig mit der Gabel gegen sein Weinglas klimperte, als müsste er sich vergewissern, dass es tatsächlich aus Kristall war, weiter zu dem weinenden Mädchen mit den langen Zöpfen, das mit seinem Stuhl kippelte, und schließlich zu dem britischen Ehepaar, das sich immer wieder verloren im Raum umschaute, sie mager und melancholisch, er fast schon verängstigt.

Die Sonntage im Oktober waren nichts für Engländer, diese Jahreszeit gehörte den lärmenden italienischen Familien, die nach einem langen Tag in den Wäldern, auf dem Ponyhof oder am Fluss versuchten, den schrecklichsten Tag der Woche so angenehm wie möglich ausklingen zu lassen.

Der aufmerksame Gastgeber setzte sich schließlich zu dem britischen Ehepaar an den Tisch und ließ seinen Charme spielen. Es gelang ihm, die Melancholie aufzulösen, indem er den beiden auf Kosten des Hauses einen Wein einschenkte. Prompt röteten sich die Wangen der Frau, und die Lippen des Mannes verzogen sich zu einem leichten Lächeln. Emanuele besaß ein ganz besonderes Talent für solche Aufgaben.

»Er hat sie gerettet«, sagte Corinne, die die Aktion von der Küche aus beobachtet hatte. »Übernachten sie hier?«

Eleonora reckte den Hals, um besser sehen zu können, und biss die Zähne zusammen, als sie mitbekam, wie die Frau den Blick senkte und verschämt lächelte, während Emanuele in seinem sanften, flüssigen Englisch auf sie einredete.

»Du meinst die beiden Engländer? Ja.«

»Gut gemacht. Morgen Vormittag können sie dann in Ruhe die Gegend genießen, wenn die ganzen Monster endlich abgereist sind.«

»Wieso Monster? Es sind doch bloß Familien mit kleinen Kindern. Die bringen nun mal Leben in die Bude.«

Corinne stimmte ihr zu, auch wenn sie über die ungewohnte Toleranz ihrer Freundin erstaunt war.

»Am Mittwoch bin ich ausnahmsweise in der Agentur, aber das ist hoffentlich kein Problem.«

Eleonora zupfte die blütenweiße Schürze der Kellnerin in Form, die gerade ein Tablett mit zwölf randvollen Weingläsern an ihnen vorbeijonglierte. Ohne Corinne anzusehen, erwiderte sie: »Corinne, der Laden bricht ohne dich nicht gleich zusammen.«

»Sei nicht so schnippisch.«

»Ich wollte dir damit nur sagen«, sagte Eleonora etwas sanfter, »dass du ganz beruhigt sein kannst.«

»Ist gut.«

Corinne machte zwei Schritte ins Restaurant, um der Kellnerin zu helfen, kehrte jedoch sofort verunsichert wieder um. »Nein, heute Abend wüsste ich wirklich nicht, wo anfangen«, murmelte sie.

»Warum hast du mich vor zwei Jahren zu euch in die Villa Bruges eingeladen, Corinne?«, fragte Eleonora unvermittelt.

Die Frage war zwar unpassend, doch Corinne wirkte nicht sonderlich überrascht. Sie war daran gewöhnt, dass Eleonora hinter alles ein Fragezeichen setzte, und zwar stets im unpassendsten Moment.

»Na ja, du hattest keinen Job und auch keine Wohnung mehr. Außerdem bin ich deine beste Freundin … das glaube ich zumindest.«

»Ich war davor auch schon mal in Schwierigkeiten. Irgendwie bin ich einfach nicht in der Lage, mir etwas Solides aufzubauen.«

»Ich weiß. Und?«

»Früher hast du mir nie geholfen.«

»Ja, weil es nicht gerade leicht ist. Dir zu helfen, meine ich.«

»Was soll das heißen?«

Corinne beendete das Spiel mit den abgewandten Blicken, indem sie die Arme vor der Brust verschränkte und Eleonora herausfordernd anfunkelte.

»Warum stellst du ausgerechnet heute Abend all diese Fragen? Warum jetzt? Das Restaurant ist voller Gäste und schreiender Kinder, und die Kellner stehen kurz vorm Nervenzusammenbruch!«

»Warum nicht? Ich meine, es ist eine Frage wie jede andere. Oder etwa nicht?«

»Na ja … nein. Ich meine …«

»Was denn nun?«

»Ach, hör auf! Du kommst mir schon vor wie Alessandro, wenn du dich so aufführst.«

Corinne hatte die Stimme erhoben, was so außergewöhnlich war, dass zwei der Kellner unauffällig in die Küche verschwanden.

»Reg dich nicht auf. Ich habe nichts Weltbewegendes gesagt.«

»Ich habe dir angeboten, in der Villa zu wohnen, weil ich dich mag. Und jetzt hör auf zu nerven.«

»Ich wollte dich nicht nerven, entschuldige.«

»Ist ja gut.«

Beide Frauen strichen sich gleichzeitig den Rock glatt. Dann taten sie, als würden sie Emanuele dabei zuschauen, wie er vom Tisch des britischen Paars aufstand und mit ausholenden Schritten in die Küche stürmte, um dort nach dem Rechten zu sehen.

Als er an den beiden Freundinnen vorbeiging, zwinkerte er ihnen zu. Eleonora fasste ihn am Arm, um ihn zurückzuhalten.

»Alles okay?«, fragte sie.

»Ja, alles okay?«, fragte auch Corinne, wie ein Echo.

»Was ist los mit euch? Ihr kommt mir vor wie die Zwillinge in *Shining*. Alles bestens.«

Corinne lachte amüsiert auf. Eleonora nicht.

»Ich geh kurz raus, eine rauchen«, sagte sie. Sie musste sich dringend entspannen, während sie um sich herum Mauern, Dämme und Zäune errichtete.

3

Eleonoras Wagen wollte partout nicht anspringen, weshalb Emanuele ihr anbot, sie nach Florenz zu fahren.

Sie war versucht, die Rektorin anzurufen und sich krankschreiben zu lassen, da sie sich außerstande fühlte, den Arbeitstag zu bewältigen, nachdem sie in der vergangenen Nacht ewig lange wach gelegen und in die Dunkelheit gestarrt hatte.

Allerdings konnte sie an diesem Montagmorgen nicht zu Hause bleiben, da die Rektorin sie dringend sprechen wollte, um ihr etwas Wichtiges mitzuteilen. Es ging um ihre berufliche Zukunft.

Natürlich hatte Eleonora im ersten Moment befürchtet, dass ihre Chefin ihr kündigen würde. Das hätte sie sehr schade gefunden, nachdem sie sich mit ihrer anfänglich extrem undisziplinierten Klasse zusammengerauft hatte. Wenn ihre Zöglinge im nächsten Schuljahr ein gutes Abitur hinlegen würden, wäre das für sie die schönste Belohnung für ihre Anstrengungen und würde ihr große Befriedigung verschaffen. Aber egal.

»Ganz schön kalt hier«, sagte Eleonora, als Emanuele sich hinter das Steuer seines SUVs setzte. Die hochgekrempelten Ärmel seines weißen Hemds schienen sich über den traurigen grauen Schal, den Eleonora sich um den

Hals gewickelt hatte, prächtig zu amüsieren. »Du solltest wenigstens ein Jackett überziehen.«

»Es ist doch erst Oktober.« Emanuele drehte sich um und legte den Rückwärtsgang ein, was Eleonora die Gelegenheit bot, ihm einen flüchtigen Kuss auf die Wange zu drücken. »Wenn einer von uns nicht normal angezogen ist, dann du. Nimm deinen Schal ab, bevor du in die Klasse gehst, sonst machen sich deine Schüler noch über dich lustig.«

»Das tun sie ganz sicher nicht.«

»Von wegen. Alle Schüler machen sich über ihre Lehrer lustig.«

Als sie über die Bundesstraße fuhren, spähte die Sonne zwischen den grauen Quellwolken hervor und erwärmte die Luft. In der wohligen Wärme entspannte sich Eleonora ein wenig und überlegte, ob sie das heikle Thema zur Sprache bringen sollte, das sie nicht mehr losließ. Immerhin hatten sie selbst bei flüssigem Verkehr eine gute halbe Stunde Fahrt vor sich.

Eleonora schämte sich allerdings, zugeben zu müssen, dass sie Emanuele und Corinne belauscht hatte, auch wenn das im Vergleich zu dem Komplott, das die beiden möglicherweise ausgeheckt hatten, geradezu eine Bagatelle war. Worum handelte es sich bei dem seltsamen Pakt? Was wollten die beiden damit erreichen? Eleonora platzte schier vor Neugier, dennoch konnte sie Emanuele unmöglich sagen, dass sie ihn und Corinne belauscht hatte. Das wäre, als müsste sie zugeben, dass sie durch das Schlüsselloch in der Badezimmertür gespäht hatte.

Davon abgesehen war Eleonora sich sicher, dass Emanuele ihr statt einer ehrlichen Antwort eine banale, aber glaubwürdige Ausrede auftischen würde. Nur um im nächsten Moment zum Gegenangriff überzugehen: »Schämst du dich denn nicht, mich zu bespitzeln?«

Eleonora holte tief Luft. Sie könnte zunächst ein bisschen um den Brei herumreden und das Terrain sondieren, um dann langsam auf das heikle Thema zu sprechen zu kommen. Doch dann klingelte Emanueles Mobiltelefon und machte ihr einen Strich durch die Rechnung, bevor sie auch nur einen Ton über die Lippen brachte.

Emanuele nahm den Anruf über die Telefontaste am Lenkrad entgegen, und der Innenraum des Wagens wurde von einem unangenehmen, geräuschvollen Krächzen erfüllt.

»Scheiße, kaum ruft der Filmstar an, schon zittert mir die Stimme vor Aufregung.«

Er lachte, und Alessandro stimmte über die Freisprechanlage ein.

»Blödmann. Wie geht's?«

»Nicht anders als gestern, Bruderherz. Alles im grünen Bereich.«

»Willst du damit sagen, dass ich dich zu oft anrufe?«

»Einmal pro Tag ist eigentlich der übliche Durchschnitt für eine Mutter, deren halbwüchsige Tochter im Ferienlager ist. Glaube ich zumindest.«

»Sehr witzig.«

Eleonora wurde sich bewusst, dass sie den Atem anhielt. Sie hatte seit Monaten nichts von Alessandro gehört, abgesehen von dem einen Mal, als sie im Restaurant des Agriturismo seinen Anruf entgegengenommen hatte, weil Emanuele beschäftigt war. Sie hatten nur wenige belanglose Worte gewechselt: »Hallo, wie geht's?« – »Danke, gut, und dir?« – »Auch gut. Ist Emanuele da?« – »Warte, ich gebe ihn dir gleich.« Selbst nach den wenigen Höflichkeitsfloskeln war sie tagelang durch den Wind gewesen.

»Hör zu, Corinne hat morgen Geburtstag. Würdest du ihr ein Geschenk von mir geben?«

Hilfe, Corinne hat ja Geburtstag. Eleonora hatte ihn völlig vergessen. Der große Magier nicht.

»Alessandro, heiliger Bimbam.«

»Das war ein indirekter Fluch, ich weiß.«

»Der Hund ist tot, das habe ich dir letzte Woche doch schon gesagt. Ein Lastwagen hat ihn überfahren. Wozu soll ich Corinne da noch eine supertolle Hundehütte schenken? Soll sie selbst darin rumtollen?«

»He, reg dich ab. Der arme Hund, du bist so was von grausam. Mist, ich habe nicht mehr daran gedacht. Also keine Hundehütte.«

»Schick ihr Blumen oder was weiß ich. Irgendetwas halt.«

»Stimmt. Ich bestelle noch heute einen Strauß bei Fleurop. Wie geht's Eleonora?«

Eisige Kälte machte sich im Wagen breit. Aus irgendeinem Grund, den Eleonora nicht kannte, erwähnte Emanuele nicht, dass sie neben ihm saß.

»Sehr gut.«

»Ich würde sie gern anrufen, aber …«

»Es geht ihr gut. Wir hören uns dann morgen, okay?«

»Wieso bist du auf einmal so kurz angebunden?«

»Bin ich doch gar nicht. Gibt's sonst noch was?«

»Nein.«

»Na, dann bis morgen.«

»Okay. Ach übrigens, ich werde nicht vor Weihnachten zurückkommen. Und gleich nach den Feiertagen muss ich auch schon wieder los. Im Anschluss an die Promo-Tour von *Existences* gehe ich nach London.«

»Verstehe.«

»Wenn du willst, kannst du mitkommen. Sie zahlen mir eine Wohnung in der City bis zum Ende der Dreharbeiten. London hat dir doch immer gut gefallen.«

»Machst du Witze? Wie soll ich das anstellen mit dem Agriturismo? Ein andermal vielleicht, wenn die Geschäfte hier von allein laufen.«

»Bis deine Geschäfte von allein laufen, sind die Dreharbeiten dreimal abgeschlossen, Brüderchen.«

»He, mach mal halblang, ich bin immer noch dein großer Bruder.«

Alessandro lachte wieder und erfüllte den Wagen mit dem verführerischen Klang seiner Stimme.

»Na gut, *großer* Bruder. Wir hören uns morgen wieder.«

Nachdem er aufgelegt hatte, herrschte Schweigen, bis sie die Schule erreichten. Emanuele zündete sich eine Zigarette an, nachdem er den Wagen schräg zwischen einem Smart und einer Reihe Motorroller geparkt hatte.

»Es hat dir wohl die Sprache verschlagen«, sagte Emanuele sarkastisch.

»Nein, ich bin bloß aufgeregt.«

»Weil du seine Stimme gehört hast? Keine Sorge, ich besorg dir ein Autogramm von ihm.«

»Ach, hör auf. Ich bin wegen was ganz anderem aufgeregt«, sagte Eleonora und fingerte umständlich eine Zigarette aus der Schachtel. Sie war sich sicher, dass sie nach dem Gespräch mit der Rektorin eine brauchen würde.

»Und das wäre?«

»Heute bekomme ich meine Kündigung. Ich spüre es.«

»Red keinen Quatsch.«

»Die Rektorin hat mir noch immer keine Vertragsverlängerung angeboten. Ich habe mich schon gefragt, warum, aber ich werde es sicher gleich erfahren. Sie wird mich entlassen.«

»Das tut sie nicht, da bin ich mir ganz sicher.«

Eleonora stieg aus dem Wagen und stöhnte genervt über Emanueles Selbstgewissheit. Nur zu gern hätte sie sich eine Scheibe davon abgeschnitten, aber im Moment konnte sie das beklemmende Gefühl in ihrer Brust nur mit Mühe unter Kontrolle halten.

»Ich kann auch mit dem Zug zurückfahren, wenn du zu tun hast.«

»Nein, ich hole dich ab. Um zwei, oder?«

»Ja, genau.«

Wider Erwarten bekam Eleonora keine Kündigung. Die Rektorin teilte ihr vielmehr mit, dass sich ihre Schüler stark verbessert hätten, und zwar sowohl, was die schulischen Leistungen als auch das Betragen betraf. Das hatte sich wohl sogar unter den Eltern herumgesprochen und dank der Mund-zu-Mund-Propaganda hätten sie einige neue Anmeldungen für das kommende Schuljahr erhalten unter der Bedingung, dass Eleonora die Klassenleitung übernahm.

Begeistert akzeptierte Eleonora den unbefristeten Arbeitsvertrag, den die Rektorin ihr vorlegte, und ihre Hochstimmung dauerte den ganzen Vormittag an bis Unterrichtsschluss. So lange, bis sie beim Verlassen des Schulgebäudes die Treppe hinunterstieg und sich bewusst wurde, dass sie diesen Weg nun jahrelang, wenn nicht gar jahrzehntelang Tag für Tag zurücklegen würde.

Eleonora schloss für einen Moment die Augen, stolperte prompt über die unterste Treppenstufe und fiel Emanuele in die Arme. So rüpelhaft er sich sonst benahm, pünktlich war er immer.

»Was ist denn mit dir los? Fällst du mir etwa mitten auf der Treppe in Ohnmacht?«

Verdutzt sah Eleonora ihn an. Irgendetwas hatte ihr die Luft abgeschnürt und würde bald auch ihren Kopf in Mitleidenschaft ziehen.

»Ich bin bloß ein bisschen erschöpft«, murmelte sie und massierte sich die Schläfen.

»Und? Hat sie dir gekündigt?«

»Nein, im Gegenteil.«

»Das heißt?«

»Gehen wir etwas trinken?«

Eleonora dirigierte Emanuele in die nächstgelegene Bar. Es war eine schmuddelige Eckkneipe, schmutzig und überwiegend von Schülern besucht, die fast täglich die Schule schwänzten und damit ihre Eltern zwangen, doppelt so viel Geld auszugeben, um ihnen am Ende der Schulzeit auch noch das Abiturzeugnis zu kaufen.

Dafür gab es in der Bar einen ausgezeichneten Kaffee, es war der einzige in ganz Florenz, der Eleonora an Neapel erinnerte.

»Einen Kaffee auf nüchternen Magen?« Emanueles Frage klang fürsorglich, beinahe zärtlich. »Es geht dir nicht sonderlich gut, nicht wahr, Julia?«

»Bitte nenn mich nicht Julia. Und keine Sorge, ich brauche bloß einen Kaffee.«

Eleonora leerte die Tasse mit einem Schluck, wobei sie sich Zunge und Kehle verbrannte, und sagte dann: »Ich muss demnächst nach Rom fahren, um mein Diplom abzuholen. Meine frühere Schule hat es aus irgendeinem Grund einbehalten, und als ich später weggezogen bin, habe ich vergessen, es mir aushändigen zu lassen. Die Rektorin braucht das Dokument, ich weiß zwar nicht genau, wozu, aber ich soll es schnellstmöglich besorgen.«

Emanuele nickte. Gewisse Informationen waren nichts weiter als eine Bestätigung dafür, dass das Schicksal am Werk war. Deshalb wurden sie lediglich zur Kenntnis genommen und dann schnellstmöglich verdrängt.

»Dann bist du jetzt also fest angestellt. Gratuliere.«

»Danke. Na ja, allerdings an einer Privatschule, noch dazu einer für reiche und faule Schüler.«

»Besser als nichts, oder? Heute Morgen hattest du noch Angst, deinen Job zu verlieren.«

Rom, ich muss unbedingt nach Rom.

»Können sie dir dieses Diplom denn nicht zuschicken?«

Für einen ganz kurzen Moment versuchte Emanuele, ihr seinen Willen aufzuzwingen, als wüsste er, welche Lawine da unweigerlich auf sie zurollen würde. Doch Eleonora wusste, dass er nicht darauf beharren würde, und ließ sich nicht aus der Ruhe bringen.

»Nein. Ich muss es persönlich abholen. Würdest du etwa ein so wichtiges Originaldokument der italienischen Post anvertrauen?«

Er lebt in Rom.

»Nein, vermutlich nicht.«

»Eben.«

Emanuele schaute auf die Uhr und seufzte, bald ging die allabendliche Schlacht im Restaurant wieder los. Zum Glück war Montag, demnach war kein Ansturm von italienischen Großfamilien zu erwarten.

»Komm, lass uns gehen. Einige Tische wurden extrem früh reserviert. Außerdem kommen heute noch ein paar potenzielle Käufer vorbei, die sich meine Fohlen ansehen wollen.«

»Dein Gestüt bringt einen Champion nach dem anderen hervor«, sagte Eleonora lächelnd.

Sie tänzelte fast zum Wagen, so als ob ihr nicht gerade ein fester Platz in dieser Welt angeboten worden wäre, so als ob sie längst vergessen hätte, dass ihr erster Gedanke im Zusammenhang mit dem Diplom nichts weiter als ein Name gewesen war: Alessandro.

Die frische Brise ließ wie von Zauberhand nach, und an ihre Stelle trat drückende Schwüle. Die aufeinanderprallenden Luftmassen hatten ein Gewitter zur Folge.

Um neun Uhr abends begleitete Emanuele eine Expertendelegation zu der schwarzen Stretchlimousine, die vor dem Agriturismo wartete.

Durch das große Fenster in der Eingangshalle beobachtete Eleonora drei identisch gekleidete Männer in schwarzen Anzügen und mit grauer Krawatte, die im Regen standen und sich unterhielten, während Emanuele müde an die Wagentür gelehnt wartete. Er hatte einen langen Tag hinter sich. Am Morgen hatte er Eleonora nach Florenz gefahren und war umgehend zum Agriturismo zurückgekehrt, um die Weinlese zu organisieren. Später hatte er sie wieder in Florenz abgeholt, und danach hatte er eine Mitarbeitersitzung geleitet, um das Abendessen zu organisieren. Anfang der Woche gab es nicht allzu viele Reservierungen, trotzdem wollten sie für alle Fälle gerüstet sein. Kurz darauf waren die beiden französischen Züchter vorbeigekommen, die zwei Fohlen kaufen wollten. Emanuele hatte sie zum Gestüt begleitet und sie bei der Auswahl der Jungtiere beraten. Jetzt stand er bei den Männern in den schwarzen Anzügen, die von ihm Wein kaufen wollten, um ihn für eine international bekannte Marke abzufüllen.

Obwohl Emanuele erschöpft war, verspürte er eine gewisse Euphorie, denn die körperliche Anstrengung spornte ihn ebenso an wie der Erfolg.

Als die schwarze Limousine nur noch ein winziger Punkt am Ende der Allee war, trat Eleonora aus dem Hauptgebäude. Warme Regentropfen fielen aus den dunklen Wolken, durchnässten ihre Kleider und Schuhe. Aber es war ihr egal. Emanuele war ebenfalls pitschnass, im Grunde war alles um sie herum dunkel und nass, außer seinem Lächeln, das einem Lichtstrahl glich.

Zusammen gingen sie zum Geräteschuppen, wo Emanuele einen im Regen stehenden Spaten zu den anderen Werkzeugen räumte. Selbst drinnen war die Luft mit dem säuerlichen, berauschenden Geruch von Traubenmost gesättigt. Der nasse Stoff seiner Hose klebte an Emanueles muskulösen Beinen und den Pobacken. Eleonora streichelte ihm über den Rücken und ließ die Hände unter sein Hemd gleiten, um seine nackte Haut zu spüren. Sie umarmte ihn von hinten, ertastete seine Bauchmuskeln, dann den Reißverschluss seiner Jeans, die über seiner Erektion spannte.

»Alles in Ordnung?«, fragte Eleonora, als ob sie bloß harmlos plaudern würden.

»Ja.«

Emanuele fuhr herum. Er überließ Eleonora nie lange die Oberhand. Er mochte es so und sie ebenfalls. Es gab nicht viel zu denken in diesen Momenten, ein jeder nahm ganz natürlich seine Rolle ein, sobald sie zusammen waren.

Emanuele streifte ihr Strümpfe und Slip ab und hob sie auf einen alten Tisch. Eleonora zuckte zusammen, als sich ein Holzsplitter in die zarte Haut auf der Innenseite ihrer Oberschenkel bohrte, aber sie schluckte den Schmerz tapfer hinunter, da Emanuele ihr zeitgleich seine Zunge zwischen die Lippen schob und ihre ungeteilte Aufmerksamkeit einforderte.

»Du bist schon seit heute Morgen irgendwie seltsam drauf«, sagte er, umfasste ihren Po und zog sie an sich. »He, und triefend nass bist du auch noch. Was hast du dir bloß dabei gedacht?«

»Du hast auch ganz schön lange im Regen rumgestanden«, erwiderte Eleonora, aber ihre Stimme war kaum lauter als ein heiseres Flüstern.

»Lehn dich an die Wand und lass dich anfassen.«

Emanuele legte ihr eine Hand auf die Brust und drückte ihre Schultern gegen den rauen Putz. Automatisch streckte sie den Rücken durch und hob das Becken leicht an. Emanuele dirigierte sie mit irritierender Leichtigkeit, genau so wie sie es sich wünschte. Manchmal kam es ihr so vor, als gäbe es Schaltknöpfe an verborgenen Stellen ihres Körpers, die nur Emanuele kannte.

Er brauchte nur ihre Knie zu berühren, und schon bot sie sich ihm dar. Abwartend stand er vor ihr und musterte ihre gespreizten Beine so lange, bis sie ihn anflehte.

»Bitte …«

»Bitte was?«

Eleonora griff nach seiner Hand, leckte über die Handfläche und saugte gierig an seinen Fingern. Sie wünschte sich nichts weiter, als beim Sex mit Emanuele zu vergehen, als zugleich erfüllt und ausgelöscht zu werden.

Emanuele zog die Finger zurück und schob sie einen nach dem anderen aufreizend langsam in sie hinein. Mit wenigen gezielten Bewegungen ließ er Eleonora erst erbeben und dann warten, während er auf seine unnachahmlich dreiste Art grinste.

»Das gefällt dir, hm?«

»Und dir?« Woher kam diese Stimme, diese Frage? »Na, gefällt es dir?«

»Was denkst du?«

Er machte die Hose auf und legte ihre Hand auf seinen harten, aufgerichteten Penis.

»Warum begehrst du mich? Warum?«

Emanuele machte sich nicht die Mühe, darauf zu antworten. Wenn er gewusst hätte, dass Eleonora sein Gespräch mit Corinne belauscht hatte, hätte er vielleicht etwas erwidert. Aber er ahnte nichts davon und hielt es deshalb nicht für notwendig, sie zu beruhigen. Dafür drang er nun ganz tief in sie ein.

Er drückte Eleonora fest an sich und hob sie mit seinen kräftigen Händen beinahe hoch. Das war alles, was er wollte: sie spüren und von ihr Besitz ergreifen, um so den einen zauberhaften Prozess in Gang zu setzen, auf dem sich eine gemeinsame Zukunft aufbauen ließ.

Ein Kind, das wollte Emanuele.

Nur warum ausgerechnet von Eleonora?

»Du tust mir weh«, flüsterte sie, während sie seine Schultern umklammerte und unter seinen Stößen erzitterte.

»Lass dich gehen. Öffne dich mir.«

Emanuele legte sich ihre Beine um die Hüften, um noch tiefer in sie eindringen zu können, wobei er keinen Gedanken daran verschwendete, dass Eleonora sich am Tisch verletzen könnte. Oder dass sein Wille sie verletzen könnte. Was war denn schon dabei, wenn er verlangte, dass sie bei ihm blieb, wenn er jede Spalte, jede Falte ihres Körpers ausfüllen wollte? Was sollte falsch daran sein, sie zu überzeugen, nie wieder von hier weggehen zu wollen?

»Bleib«, murmelte Emanuele, als sie den Höhepunkt erreichte. »Bitte bleib, Eleonora.«

Sie fand den Mut, ihm direkt in die Augen zu schauen, während er sie rücksichtslos vögelte. Es war noch nie vorgekommen, dass sie sich der Macht, die er so offen ausspielte, stellen musste. Eleonora öffnete die Lippen, und als sie gemeinsam zum Höhepunkt kamen, entfuhr ihr ein langer Klagelaut. Wie ein Mantra wiederholte sie seinen Namen, so als wollte sie sich seine Anwesenheit vergegenwärtigen.

»Keine Sorge, ich bleibe«, sagte Eleonora dicht vor seinem Ohr, während Emanuele sich in sie ergoss. »Warum denkst du, dass ich von hier wegwill?«

»Ich kenne deine Vergangenheit.«

Emanueles ruhige, gefasste Stimme war eine Beleidigung. Er hätte zumindest zaudern oder eine gewisse Verletzlichkeit an den Tag legen müssen, während sein Sperma an ihren Beinen hinunterlief. Stattdessen besaß er die Dreistigkeit, sie vor den Kopf zu stoßen.

»Meine Vergangenheit? Was weißt du schon darüber?«

»Ich ahne, was passiert ist.«

»Dann weißt du es also nicht, sondern stellst bloß Vermutungen an.«

Emanuele küsste sie sanft auf die Lippen. »Nicht jetzt, Eleonora. Atme einfach weiter. Lass zu, dass ich mich aus dir zurückziehe, und atme schön weiter.«

Erst jetzt merkte Eleonora, dass sie die Beinmuskeln angespannt hatte und Emanuele wie in einem Schraubstock umklammert hielt, was allein ihre immens große Angst verriet.

Sofort ließ Eleonora ihn los. Eines Tages würde Emanuele ihr diesen Gefallen vielleicht vergelten.

4

Emanuele hielt seinen Sohn im Arm, als wäre er ein Teil seines Körpers, als wäre er seinem Schoß entsprungen.

Er umarmte den Säugling mit so natürlicher Ungezwungenheit, dass niemand auch nur im Traum an seinem Vaterinstinkt gezweifelt hätte, falls es so etwas überhaupt gab.

Eleonora beobachtete ihn verstohlen, während er mit dem Baby im Stadtpark von Borgo San Lorenzo umherschlenderte. June erlaubte es ihm, schließlich war sie eine intelligente Frau, die genau wusste, dass Bindung niemandem aufgezwungen werden, sondern dass man sich nur freiwillig dafür entscheiden konnte.

Vermutlich hoffte June immer noch, Emanuele zurückgewinnen zu können, andernfalls hätte sie sich sicher gehässiger und trotziger verhalten und ihm den Sohn vorenthalten, so wie man es vermeidet, jemanden zu grüßen, indem man Kopf wegdreht.

»Wie kann ein Mensch nur so ekelhaft attraktiv sein?«, meinte Corinne, die ihre Freundin ins Reisebüro begleitet hatte, um ein Zugticket zu lösen.

Am Donnerstag würde Eleonora nach Rom fahren, zum ersten Mal seit zwei Jahren. Sie wollte Sonia anrufen, hatte es aber bisher immer wieder verschoben. Einerseits bereitete ihr allein der Gedanke an ihren Rettungsanker von einst große Freude, andererseits stand Sonia für ihre Vergangenheit, und Eleonora hatte Angst, vom aufgewühlten Meer ihrer Erinnerungen überflutet zu werden.

»Wen meinst du?«

»Na, wen schon! Mach einfach die Augen auf.«

Corinne deutete auf die Doppelseite der Boulevardzeitung, auf der ein riesiges Foto von Alessandro abgedruckt war. In Begleitung einer langbeinigen Blondine verließ er gerade ein römisches Szenelokal. Die Aufnahme war sehr grobkörnig, aber man konnte die Konturen seines Gesichts, die geraden, breiten Schultern und die perfekt gestählten Muskeln unter dem Hemd erahnen. Alessandro bot einen atemberaubenden Anblick, wie immer. Obwohl, eigentlich mehr denn je.

»Wer ist das?«

»Wer?«, fragte Corinne, die versierte Verdrängungskünstlerin.

»Na, die Tussi, die da um ihn rumscharwenzelt.«

Corinne schüttelte jeden Gedanken an die Blondine mit einem Schulterzucken ab und verzog angewidert den Mund. »Vermutlich ein Fan.«

»Klar, was sonst? He, warte mal, Emanuele ist verschwunden.«

»Herrgott noch mal, was soll das hier eigentlich? Zeig dich mit ihm, geh mit ihm und dem Kleinen spazieren … Ich meine, er ist schließlich dein Freund.«

Von einer seltsamen Panik erfasst, sprang Eleonora auf und schlug den Weg zum Park ein. Sie wollte unbedingt herausfinden, wo der liebevolle Vater geblieben war. Zu dumm, dass dieses blöde Foto sie so abgelenkt hatte. Warum eigentlich?

»Ich soll mit Emanuele und seinem Sohn spazieren gehen? Bist du verrückt?«

»Wieso denn nicht? Was ist denn bitte schlecht daran?«

»Zum Beispiel, dass es ein sehr intimer Moment ist und ich nicht dazugehöre.«

»Ach so, deshalb spionierst du ihm nach.«

Eleonora blieb unvermittelt stehen, und Corinne lief in sie hinein.

»He, was soll das?«

»Corinne, dein Sarkasmus ist unerträglich. Wir sind nicht wegen Emanuele hier. Ich habe mir ein Zugticket nach Rom gekauft, und der Zufall wollte es, dass wir Emanuele im Stadtpark von Borgo San Lorenzo gesehen haben.«

»Ja klar. War doch bloß Spaß. Wo ist dein Sinn für Humor geblieben?«

»Flöten gegangen, zusammen mit meiner Geduld. Jetzt lass uns gehen, es ist schon spät.«

Eleonora kehrte um, woraufhin Corinne etwas von »unmöglicher Art« brummelte und ihr widerwillig folgte. Sie sagte kein Wort mehr, bis die beiden den Agriturismo erreichten.

»Ich komme übrigens nach Rom.«

Nein, das war nicht gut.

Kommen – ein abscheuliches Verb.

Eleonora löschte den Satz und berührte erneut den Touchscreen ihres Smartphones.

»Am Donnerstag bin ich in Rom, um in meiner ehemaligen Schule mein Diplom abzuholen. Wollen wir uns treffen?«

Zu viele Rechtfertigungen, zu viele Erklärungen. Eleonora löschte die Nachricht erneut.

Was, wenn ich ihn einfach anrufe?

Sie öffnete das Adressbuch und suchte unter A. Da war er: Alessandro Vannini, 33 57 243.

»Wo steckt denn die Burgherrin? In ihren Gemächern?«

Die Stimme von Denise, wie unangenehm. Vielleicht war es wirklich Zeit, sie ein für alle Mal zum Teufel zu jagen.

Nein, kein Anruf. Zumindest nicht jetzt. Eleonora wechselte wieder zur SMS-Funktion und schrieb ganz spontan die Nachricht, die sie von Anfang an im Kopf gehabt hatte, aber nicht abschicken wollte.

»Am Donnerstag komme ich nach Rom. Ich würde dich gern sehen, du fehlst mir. Glaubst du, das lässt sich einrichten?«

»Da ist sie ja!«

Der schrille Ausruf ließ Eleonora auf dem Bett zusammenzucken, und sie drückte versehentlich auf »Senden«. Fassungslos starrte sie auf das Display.

Zu spät.

»Jesus, Maria und Josef!«

»Nein, ich bin's, Denise.«

»Ach, du Scheiße!«

Denise stand kurz mit offenem Mund da, ehe sie in hysterisches Gelächter ausbrach.

»Ich meine nicht dich, ich habe bloß gerade aus Versehen eine SMS verschickt.«

»Oh, wie peinlich.«

»Eben. Was gibt's?«

»Wir sind alle bereit für die große Überraschung, und Corinne dürfte auch jeden Moment da sein. Kommst du?«

»Ja, gleich.«

Denise drehte sich um und trippelte zurück nach unten.

Sie war ungewohnt fröhlich, was bestimmt nicht an der Überraschungsparty für Corinne lag.

Eleonora starrte erneut auf das Handydisplay, öffnete die Liste mit den versendeten Nachrichten und entdeckte ihre SMS zuoberst. Ihr war zum Heulen zumute.

Mit einem unterdrückten Fluch auf den Lippen verließ sie das Zimmer und beschloss auf dem Weg nach unten, mindestens zwei der Sektflaschen, die auf dem langen, mit einem roten Tischtuch bedeckten Büfett bereitstanden, allein zu leeren. Ihre Mutter hatte immer ein rotes Tischtuch aufgelegt, wenn sie ein Fest feierten, worauf Corinne und sie sich sehr gefreut hatten. Sie hatten sämtliche wiederkehrenden Rituale gemocht, als wären es Rettungsboote im unendlichen Meer ihres aufblühenden Lebens, in dem sie unerwünschte Knospen bildeten wie Geranien in Rosenbüschen oder Lilien in Margeritentöpfen.

»Achtung, sie kommt! Pst!«

Die aufgesetzte Begeisterung von Denise war völlig fehl am Platz. Freute sie sich wirklich so sehr über das Fest? Oder darüber, dass Eleonora ihrer Freundin ausnahmsweise mal ihre Zuneigung zeigte?

Das Mobiltelefon in Eleonoras Tasche vibrierte genau in dem Moment, als Corinne die Eingangstür aufstieß und auf das Restaurant zuging. Als sie den abgedunkelten Saal betrat, zog Eleonora das Handy hervor, und der Lichtschein des Displays erhellte ihr Gesicht, worauf Maurizio es sogleich mit der Hand abdeckte.

Das Licht ging wieder an, und im allgemeinen Trubel, als die Anwesenden ihre Glückwünsche durcheinanderriefen und Sektflaschen entkorkten, fiel Eleonora auf, dass tatsächlich alle gekommen waren, obwohl sie die

Einladungen sehr kurzfristig verschickt hatte. Neben den Arbeitskollegen aus der Agentur und einigen langjährigen Kunden war sogar auch die gute Bekannte vorbeigekommen, von der Corinne häufiger erzählt hatte und die Eleonora über den Inhaber einer Kunsthandwerk-Boutique ausfindig gemacht hatte.

Während Corinne vor Glück weinte, als sie die vielen Leute sah, spähte Eleonora heimlich auf ihr Mobiltelefon und öffnete die neue Nachricht.

»Von: Alessandro Vannini«, stand da und nach einem weiteren Tastendruck: »Ich auch, du mir auch.«

Eleonora musste einen Augenblick überlegen.

»Ich auch, du mir auch« hieß: »Ich möchte dich auch sehen, du fehlst mir auch.« Zweifellos hieß es das.

Im nächsten Moment stand Corinne vor ihr und umarmte sie unter Tränen. »Danke, Julia. Tausend Dank.«

Irgendjemand musste ihr gesagt habe, dass Eleonora die Überraschungsparty organisiert hatte. Wie ärgerlich! Sie hatte die Gäste extra um Stillschweigen gebeten, damit es so aussah, als wären sie alle spontan vorbeigekommen, um mit Corinne zu feiern.

»Gerne doch. Hier, für dich.« Eleonora hielt Corinne ihr Geschenk hin. Es war eine ähnliche Kette wie jene, die Alessandro ihr damals geschenkt hatte.

Das Schmuckstück gefiel Corinne überaus gut. Sie bedankte sich überschwänglich bei Eleonora und plapperte unaufhörlich, während sie sich immer wieder nachschenken ließ. Der auf dem Agriturismo selbst hergestellte Sekt schmeckte ausgezeichnet, sogar auf nüchternen Magen und erst recht, wenn sich der Magen vor lauter Emotionen und Schuldgefühlen zusammenkrampfte.

»Ich rufe dich an, sobald ich angekommen bin.«

Eleonoras Finger flogen nur so über die Tasten, und diesmal drückte sie mit Entschiedenheit und im vollen Bewusstsein auf »Senden«.

Emanuele kam auf sie zu, um mit ihr anzustoßen. Sein Gesicht zeugte von unbändiger Wildheit, die Augen leuchteten verheißungsvoll. Eleonora erbebte, als ihre Gläser sich berührten.

Seit Stunden verwöhnte er nun schon ihren erregten Körper, zumindest kam es Eleonora so vor. Ihr Körper, der unter Emanueles Händen erzitterte, während sie seinen Namen hauchte, ihn in die Kissen wisperte, mit brüchiger Stimme, flehend.

»Es reicht … bitte … genug«, bettelte sie.

Sofort zog er die Finger zurück, nur um sie im nächsten Moment erneut zu stimulieren, wenn auch ohne ihr die Befriedigung zu schenken, nach der sie sich verzehrte.

»Genug?«

Emanuele war sichtlich amüsiert. Er rutschte ein Stück nach unten und leckte ihr erst über den Bauch, dann über die prallen, pulsierenden Schamlippen, bis sie mit zusammengebissenen Zähnen einen unterdrückten Schrei ausstieß.

»Heute lieben wir uns mal so«, sagte er, und Eleonora spürte seinen warmen Atem zwischen ihren Schenkeln, als er mit der Zungenspitze ganz leicht über ihre Klitoris fuhr. Er spielte mit ihr, umfasste sie etwas fester mit den Lippen, zog sich sofort wieder zurück, um sie hinzuhalten.

Eleonora kam trotzdem. Der heftige, wuterfüllte Orgasmus raste durch ihren Körper und trieb ihr Tränen in die Augen. Noch während sie wieder zu Atem zu kommen versuchte, kniete Emanuele sich vor ihr auf das Bett, packte sie an den Haaren und öffnete ihr mit der anderen Hand den Mund.

»Leck ihn.«

Ein klarer Befehl, nicht demütigend, sondern eher ein Zeichen ihrer Unterwerfung. Ihre kaum beherrschbare Lust, alles mit sich machen zu lassen, bereitete ihr mehr Unbehagen als die Tatsache, dass er ihr seinen Penis rücksichtslos in den Mund schob, oder sein süßer Samen, der sich mit ihren Seufzern vermischte, oder wie er ihren Namen rief, gleich mehrmals hintereinander und mit entwaffnender Zärtlichkeit.

Mit einem kaum hörbaren Stöhnen ließ sich Emanuele in die Kissen sinken. Er wirkte zufrieden, auch wenn seine Muskeln noch immer angespannt waren, so als ob sie sich in dem heftigen Orgasmus, der Eleonoras Mund ausgefüllt hatte, nicht gelöst hätten.

»Auf die Art lieben wir uns, selbst wenn wir richtigen Sex haben«, sagte Emanuele.

Worauf wollte er hinaus? Eleonora verstand nur Bahnhof, aber sie war auch noch immer völlig benommen. Die Orgasmen, die Emanuele ihr bescherte, verebbten nur langsam, geradezu widerstrebend.

»Wie meinst du das?«

»June hat auch Novadien genommen. Aber die Pille hat offenbar nicht gewirkt.«

Unmöglich! »Was willst du damit sagen?«

»Weißt du das denn wirklich nicht?«

Dass sie die Pille nahm, hatte Eleonora nur ihrer besten Freundin anvertraut, sonst niemandem.

»Diese Kuh!«

Eleonora sprang aus dem Bett. Ihre Beine zitterten noch immer, dennoch schaffte sie es, in den Jogginganzug zu schlüpfen. Sie dachte weder daran, dass Emanuele offenbar wusste, dass sie verhütete, noch daran, dass sie ihn in dieser bedeutsamen Angelegenheit angelogen hatte, was ihm kaum entgangen sein durfte. Sie war einfach nur stinkwütend.

Sie stapfte durch den Flur zu Corinnes Zimmer und stampfte dabei so fest auf die Terrakottafliesen, wie es sonst nur Emanuele tat. Es klang, als wollte sie die Tonquadrate zerbrechen. Als sie die Tür aufriss, fuhr Corinne erschrocken im Bett auf. Gut möglich, dass sie bereits geschlafen hatte oder kurz vorm Einnicken gewesen war, jenem süßen Moment, in dem es einem vorkommt, als würde man ganz leicht, weil der ganze Ballast des vergangenen Tages von einem abfiel.

»Warum hast du das getan? Warum? Willst du mein Leben zerstören? Reicht es dir nicht, was du schon alles angerichtet hast? Spuck's aus! Warum hast du es ihm gesagt?«

Corinne schwieg, den Blick starr geradeaus gerichtet. Sie verstand beim besten Willen nicht, worum es ging. Erst als hinter ihrer zornigen Freundin Emanuele erschien, hob sie den Kopf.

»Eleonora, was soll das Theater?« Emanueles Stimme klang alarmiert.

»Was faselst du da?«, fragte Corinne nur.

»Ach, vergiss es«, nuschelte Eleonora und ließ schicksalsergeben die Arme sinken. Ihre Wut verwandelte sich in tiefe Trauer.

Da sah sie, dass Emanuele etwas in der Hand hielt. Es war eine weiße Schachtel mit einem gelben Dreieck, auf der, teilweise von seinen Fingern verdeckt, ein Schriftzug zu lesen war: Novad…

»Corinne hat mir gar nichts gesagt.«

Verdutzt starrte Eleonora auf die Schachtel. Plötzlich hatte sie die Szene wieder vor Augen, wie sie die Pille einnahm und die Schachtel auf den Waschbeckenrand legte. Emanuele hatte nach ihr gerufen, wollte ihr Handy benutzen, weil seins keinen Empfang hatte. Sie war in Panik geraten, weil sie nicht mehr wusste, ob sie die SMS von Alessandro gelöscht hatte. In der Hektik hatte sie die Schachtel auf dem Waschbecken vergessen und war zu ihrem Handy gelaufen.

Bestürzt sah sie Corinne an und murmelte: »Entschuldige.«

Corinne erhob sich langsam. Entschieden, aber ohne ein Wort schob sie Eleonora und Emanuele aus ihrem Zimmer und verriegelte die Tür.

Sie saßen auf dem Balkon ihres Schlafzimmers und rauchten, Emanuele an das Geländer gelehnt, Eleonora am Rande eines Abgrunds aus Tränen und Verzweiflung.

Emanuele wirkte keineswegs sauer, was Eleonora nur noch mehr verunsicherte.

»Wir müssen miteinander reden«, sagte er und blies den Rauch aus, der sich mit seinem Atem vermischte und eine weiße Wolke bildete.

Eleonora nickte. Sie wusste, dass der Moment der Unschuld, in dem nichts und niemand ihr etwas anhaben konnte, nicht ewig andauern würde. Daher versuchte sie, ihn voll und ganz auszukosten.

»Über mehrere Dinge, und zwar bevor du nach Rom fährst.«

»Mir wäre nach meiner Rückkehr lieber.«

»Nein, davor.«

»Emanuele, bitte …«

»Wir müssen über uns reden, vor allem aber über dich. Über dich und Corinne, außerdem über dich, Corinne und deine Mutter.«

Erschöpft schloss Eleonora die Augen. Was gab es schon zu reden? Was sollte sie nur sagen über ihre einzelnen Lebensabschnitte, über diese mit der Axt durchtrennten Linien ohne Sinn und ohne jede Logik? Jetzt konnte sie ganz sicher nicht reden, so benommen, wie sie war von der Spur, die ihre Wut hinter sich herzog, vom selbst auferlegten Vergessen, um zu überleben.

»Es gibt nichts zu reden.«

»Du irrst dich. Früher oder später wirst du deine Vergangenheit aufarbeiten müssen.«

»Was für eine Vergangenheit? Ich habe keine schlimme Vergangenheit, falls du das meinst. Alles, was ich damals erlebt habe, ist an mir abgeprallt, ohne mich tiefer zu berühren. Erst seit ein paar Jahren lebe ich wirklich.«

»Dann lass uns gemeinsam dafür sorgen, dass es ein Leben wird, das sich zu führen lohnt. Ich bin bereit, Eleonora. Auch ich habe Probleme und Sorgen, und ich kneife nicht, wenn es mal schwierig wird, sondern bin bereit, die Sache anzugehen. Aber du musst mir dabei helfen.«

Eine Träne lief ihr übers Gesicht und enthüllte für einen Augenblick das kleine Mädchen, das sich unter der Maske verbarg.

»Nicht jetzt«, flehte Eleonora.

5

Wie ein geprügelter Hund ging Eleonora in die Küche hinunter.

Sie rechnete damit, Corinne mit versteinerter Miene anzutreffen, die nur für sich allein Frühstück machte. Doch auf dem kleinen Tisch, an dem sie morgens so gerne zusammensaßen, war für drei gedeckt: große Tassen, Espressotässchen, Frühstücksflocken, Kekse, Toastbrot, Butter, Marmelade, Nutella, Milch, Tee und Kaffee.

Erstaunt nahm Eleonora es zur Kenntnis und setzte sich. Der üppige Frühstückstisch schüchterte sie ein, denn sie hatte schon lange kein solches Frühstück mehr genossen. Im Grunde seit ihrer Zeit in der Villa Bruges nicht mehr, als Alessandro mit seinem erlesenen Geschmack und seiner Liebenswürdigkeit Morgen für Morgen die Gemeinschaft verwöhnt hatten.

Eleonora warf Corinne einen unsicheren Seitenblick zu, doch die sah gerade aus dem Fenster. Als ihre Freundin sich umdrehte, überzog ein breites Lächeln ihr Gesicht. Sie deutete auf den großen Strauß mit langstieligen Blumen auf dem Tisch.

»Die sind gestern Abend gekommen.«

Blumen von Alessandro, ganz bestimmt. »Schön.«

»Schön?«

»Ja. Gefallen sie dir etwa nicht?«

»Herrlich, wolltest du wohl sagen!« Corinne ging zu der riesigen Blumenvase und sog mit geschlossenen Augen den Duft der Blumen ein. »Sein Duft. Findest du nicht auch, dass Alessandro nach Blumen duftet? Nicht die Art von Blumenduft, die an eine Frau erinnert. Sondern frische Blumen, feuchtes Gras.«

Na, schau her. »Bist du mir denn gar nicht böse, Corinne?«

»Na ja, ein bisschen. Du hast schon immer allen misstraut. Da wundert es mich nicht, dass du so schlecht von mir denkst. Aber wir haben das Missverständnis ja aufgeklärt, und nur das zählt, oder etwa nicht?«

Nein, finde ich nicht. »Jedenfalls tut es mir sehr leid. Ich wollte dich nicht so heftig beschuldigen.«

»Du solltest mich überhaupt nicht beschuldigen.«

»Stimmt.«

»Erst recht nicht solltest du mitten in der Nacht wie eine Furie in mein Zimmer platzen.«

»Du hast ja recht.«

»Und mir auch noch unsere Vergangenheit vorwerfen.«

»Hast du nicht gerade gesagt, dass du mir nicht böse bist?«

Corinnes Lachen wirkte gekünstelt. »Ja, hab ich, und ich bin dir auch nicht böse. Hast du die Blumen gesehen? Sie sind wunderschön.«

»Spinnst du? Natürlich habe ich sie gesehen. Du hast sie mir doch eben erst gezeigt.«

Corinne zog einen Schmollmund und verschränkte die Arme vor der Brust. »Wusst ich's doch. Ich hätte so tun sollen, als wäre ich dir böse. Dann wärst du vermutlich netter zu mir, wenigstens für die nächsten zwei Stunden.«

Eleonora winkte ab. »Hör auf mit dem Theater. Wo ist eigentlich Emanuele?«

»Was weiß denn ich? Er war schließlich in deinem Bett und nicht in meinem. Um noch mal auf Alessandro zurückzukommen …«

Erst wollte Elenora widersprechen, aber dann hielt sie sich zurück. Corinne fuhr grundsätzlich eingleisig, und der Zug mit ihr an Bord würde erst abbremsen, wenn sie im einzig denkbaren Zielbahnhof angekommen wäre. Sie kannte weder Umsteigen noch Zwischenhalte, Notbremse oder gesunden Menschenverstand.

»… weißt du, was mich am meisten stört?«

»Was denn?« Eleonora wollte es gar nicht wissen.

»Dass alle Frauen denken, sie könnten ihn haben. Seit er in nur wenigen Monaten ein Star geworden ist, scharwenzeln sie alle um ihn herum.«

»Das haben sie auch schon vorher getan, Corinne.«

»Lass mich ausreden. Sie scharwenzeln um ihn herum und denken, sie bekämen alle ein Stück vom Kuchen ab. Von *meinem* Mann. Das stört mich. Wenn ich in Rom wäre, würde ich es ihnen zeigen, diesen dämlichen Tussen, die sich ständig mit ihm ablichten lassen.«

Eleonora starrte sie völlig überrumpelt an. »Was regst du dich so auf? Ihr seid getrennt.«

»Auf dem Papier ist er immer noch mein Ehemann.«

»Na und? Was ändert das? Und wem würdest du überhaupt was zeigen?«

»Sei nicht so pingelig, du hast genau verstanden, was ich sagen wollte.«

»Nein.«

»Na gut. Hör zu, ich muss zur Arbeit. Wenn du Emanuele siehst, dann sag ihm bitte, dass die Fässer geliefert worden sind. Der Fahrer hat sie allerdings bloß abgeladen, sie müssen noch verräumt werden.«

»Okay.«

Eleonora sah ihrer Freundin nach, die gut gelaunt und in der Überzeugung davonstöckelte, dass der Blumenstrauß ein Versöhnungsangebot sei, im Stil von: »Schatz, ich habe einen Fehler gemacht, bitte komm zurück und lass uns noch mal von vorn beginnen.« Arme Träumerin. Rein theoretisch konnte man Corinne schon dabei helfen, ihrem Leben wieder einen Sinn zu geben, nachdem Alessandro gegangen war, doch Ordnung in das Chaos in ihrem Kopf würde sie vermutlich nie bringen können.

»Lass uns zur Villa Bruges fahren«, sagte Emanuele, während er in ein olivgrünes T-Shirt und eine weit geschnittene Jeans schlüpfte.

In dem jugendlichen Outfit war er noch attraktiver als sonst. Die Rolle des Peter Pan war ihm geradezu auf den Leib geschnitten.

»Warum?«

»Maurizio hat mich schon x-mal zum Abendessen eingeladen. Heute Abend ist im Restaurant aller Voraussicht nach nicht viel los, eine gute Gelegenheit, die Einladung endlich anzunehmen.«

»Ihr fehlt ihm.«

»Bruges fehlt ihm. Ohne Alessandro ist es nicht dasselbe, und ich lasse mich ja auch kaum noch blicken. Kein Wunder, dass er sich nach den guten alten Zeiten zurücksehnt. Wusstest du, dass diese Wehmut so gut wie nie auf Personen bezogen, sondern immer auf einen Ort oder eine besondere Lebensphase bezogen ist?«

»Ja, ist mir nicht neu.«

Zerstreut schminkte Eleonora sich und zog wahllos ein Kleid aus dem Schrank. Zur Villa Bruges zu fahren war nicht wie früher, als der große Magier sie empfangen hatte und sie erzitterte, sobald sein Blick auf ihr ruhte.

Sie erreichten die Villa leicht genervt von Corinnes Geschwätz, die eine seltsame Art hatte, mit ihrer Traurigkeit umzugehen. Ohne Unterlass erzählte sie von irgendwelchen Dingen, die amüsant klingen sollten, dabei hatte ihre Stimme einen unüberhörbar depressiven Unterton. Erst als sie die Absätze ihrer Schuhe auf den weißen Kies auf der Allee setzte, verstummte sie.

Der Abend war ungewöhnlich warm, obwohl seit mehr als einer Woche ein frischer Wind wehte. In der Ruhe, die die Villa ausstrahlte, klang die Stimme der beschwipsten Denise besonders aufdringlich. Sie trug Shorts und ein T-Shirt ohne BH, und ihre kleinen festen Brüste, die sich unter dem dünnen Baumwollstoff abzeichneten, schrien geradezu nach Aufmerksamkeit. Emanuele gewährte sie ihr natürlich prompt. Er musterte sie ungeniert, betrachtete ihre hervorstehenden Brustwarzen, ließ den Blick tiefer gleiten und liebkoste ihre Beine mit den Augen.

Eleonora, das Gesicht rot vor Zorn, beschloss spontan, sich ebenfalls zu betrinken. Sie waren keine zehn Minuten hier, und schon fingen die Eifersucht und die Erkenntnis, völlig zu Unrecht eifersüchtig zu sein, in ihrem Magen an zu rangeln.

Maurizio saß neben der Feuerstelle und gab den Grillmeister. Eleonora fragte sich, wie er nur so blind sein konnte – oder vielmehr sein wollte. Es war zweifellos eine besondere Gabe, manche Dinge ganz bewusst nicht wahrzunehmen. Sie hatte sich bisher immer kopfüber in die Wahrheit gestürzt und leistete sich, was das anging, nur einen Luxus: jene Wunden, die nicht heilten, vor den anderen zu verbergen. Wenn sie nicht verheilen konnten, was für einen Sinn hatte es dann, sie zu offenbaren?

»Was für eine Ehre, die Landwirte sind da«, brüllte Denise und öffnete eine Flasche Prosecco.

Als Emanueles Blick auf das Etikett fiel, verzog er das Gesicht. »Mein bester Wein. Ich muss verrückt geworden sein.«

»Jetzt tu nicht so, wegen der paar Flaschen, die du uns geschenkt hast. Ich freue mich jedenfalls riesig, dass wir endlich mal wieder Gäste haben! Hier ist in letzter Zeit total tote Hose. Echt jetzt.«

Maurizio erhob sich, um nachzusehen, ob das Fleisch inzwischen gar war. Es war ihm sichtlich unangenehm, aber er hatte sich gut im Griff. Spontan ging Eleonora zu ihm und strich ihm sanft über die Hand. Die Glut verbrannte ihr beinahe die Finger.

»Pass auf, dass du dich nicht versengst«, sagte sie leise, während sie aus den Augenwinkeln Denise und Emanuele beobachtete, die auf zwei Liegestühlen am Pool saßen und angeregt plauderten.

Maurizio nickte. Dann hob er den Blick und sah sie mit seinen blauen offenherzigen Augen, die so anders waren als die seiner Brüder, lange an.

»Du siehst toll aus heute Abend.«

»Tatsächlich?« *Schau einer an.* »Dabei hab ich mich überhaupt nicht groß zurechtgemacht, sondern das erstbeste Kleid angezogen.«

»Gleichmütigkeit macht einen gelassen, und Gelassenheit ist eine Zierde. Sie macht den anderen deutlich, dass du niemanden brauchst, damit es dir gut geht. Das irritiert.«

Auf wen sich dieser Satz wohl bezog?

Eleonora streichelte ihm über den gebeugten Rücken. »Bist du traurig, Maurizio?«

»Warum machst du dir um mich Gedanken?«

Sie zögerte verunsichert, ehe sie fragte: »Darf ich das denn nicht? Findest du es etwa seltsam?«

»Komm, ich zeig dir was.« Maurizio wendete die Steaks, nahm Eleonora bei der Hand und zog sie aufs Haus zu.

Sofort fuhr Emanuele sämtliche Antennen aus. »He, ihr zwei Hübschen! Wo geht ihr hin, Händchen haltend wie ein Liebespaar?«

»Blödmann«, gab Maurizio seelenruhig zurück. »Kümmere dich lieber ums Fleisch, es ist fast fertig. Wir sind gleich zurück.«

Schweigend liefen sie durch den Innenhof, während das Echo ihrer Schritte gedämpft von den Mauern widerhallte. Nebeneinander stiegen sie die Treppe hoch und betraten eines der Schlafzimmer. In dem Raum herrschte eine furchtbare Unordnung, wenn auch nur auf einer Seite. Es sah aus, als hätten Maurizio und Denise in ihrem Nest eine unsichtbare Trennlinie gezogen: auf der einen Seite peinlich genaue Ordnung, auf der anderen ein chaotischer Schützengraben.

Der Schützengraben gehörte unzweifelhaft Denise. Strümpfe, Kleider, Bücher, Zeitungen und Schuhe lagen wild verstreut auf dem Boden, als wäre ein Wirbelsturm durch den Raum gefegt.

»Bitte stör dich nicht an dem Chaos. Wenn die Putzfrau nicht kommt, sieht's hier immer so aus. Denise hält nicht viel von Hausarbeit.«

»Welche Frau tut das schon«, versuchte Eleonora, die Atmosphäre mit einem Scherz aufzulockern.

Maurizio öffnete eine Nachttischschublade auf der Schützengrabenseite.

»Das solltest du lieber nicht tun«, rügte Eleonora ihn. Nicht weil sie selbst nie in fremden Sachen herumstöberte, sondern weil sie Angst vor dem hatte, was sie gleich zu sehen bekommen würde.

Maurizio zog einen weißen Umschlag heraus und reichte ihn ihr wortlos.

Eleonora senkte den Blick und las laut vor: »Klinische Analyse.« Sie war irritiert. »Was ist das?«

»Lies weiter.«

»Wieso? Wieso ich?«

»Weil es an der Zeit ist, ein paar Dinge zu ändern und endlich Ordnung zu schaffen.« Maurizio machte eine Handbewegung, als wollte er andeuten, dass er das Chaos um sie herum meinte.

Ihre Neugier gewann die Oberhand, und Eleonora öffnete den Umschlag. Es war ein Schwangerschaftstest. Positiv.

»Von wem ist der?«

»Was für eine Frage! Von wem wird er wohl sein?«

»Von Denise.«

»Genau.«

»Ihr erwartet ein Kind? Wie schön.«

»Nein. Denise erwartet eins. Sie hat mir diesen Brief nie gezeigt.«

Eleonora schluckte einen Aufschrei hinunter. »Vermutlich will sie dich überraschen.«

»Eher unwahrscheinlich.«

»Warum bist du dir so sicher? Es ist bestimmt dein Kind, Maurizio. Von wem soll es denn sonst sein?«

Genau in diesem Moment dröhnte Emanueles Gelächter vom Pool herauf, es klang wie eine höhnische Antwort auf die Frage.

Eleonora ging ein paar Schritte zurück und spähte aus dem Fenster. Emanuele lag noch immer völlig entspannt auf dem Liegestuhl, als Denise aufstand und sich ihm näherte. Sie hob ein Bein an und setzte sich rittlings auf ihn, woraufhin er sie an den Handgelenken packte. Vermutlich um sie wegzustoßen, vielleicht aber auch, um sie an sich zu ziehen, es war schwierig abzuschätzen.

Eine Bewegung in ihrem Rücken lenkte Eleonoras Aufmerksamkeit ab. Maurizio war hinter sie getreten. Sie suchte nach einem Vorwand, um ihn vom Fenster fernzuhalten, aber irgendetwas hielt sie zurück. Etwas Unterschwelliges. Etwas, das zulassen wollte, dass er die beiden sah.

Die Sekunden kamen ihr vor wie Stunden, während Maurizio sich ihr langsam näherte und Eleonora sich zwischen Himmel und Hölle entscheiden musste. Unmittelbar bevor er das Fenster erreichte, hielt sie sich eine Hand auf den Bauch und ging stöhnend in die Knie.

Maurizio stürzte sogleich zu ihr. »Eleonora! Was hast du?«

»Ich weiß nicht. Ein Krampf, ein sehr heftiger.«

Der Himmel hatte gewonnen. Eleonora ließ sich von Maurizio zum Bett führen und legte sich hin. Nach ein paar Minuten tat sie, als ob sie sich allmählich erholen würde, nicht zu schnell, um glaubhaft zu wirken.

Das hier tue ich ganz sicher nicht für dich, Emanuele, sagte Eleonora zu sich selbst, während sie ihre Wut im Zaum zu halten versuchte. *Ich tue es für deinen Bruder. Damit er nicht noch mehr leidet.*

»Ich glaube, es geht mir wieder gut.«

»Soll ich einen Arzt rufen?«

»Nein, ich bitte dich. Es ist alles in Ordnung.«

»Was war das denn?«

»Bloß eine Stressreaktion. Das habe ich immer mal wieder.«

Maurizio senkte bestürzt den Blick. »Tut mir leid. Ich wollte dich da eigentlich gar nicht reinziehen, aber ich hab mich nicht mehr unter Kontrolle. Ich kann nicht mehr. Ich ertrage das alles schon viel zu lange.«

»Mach dir keine Sorgen, ich ...«

»Seit ich mich erinnern kann, geht es immer nur um meine Brüder. Klingt das jetzt kindisch? Ich verstehe dich, wenn du so denkst. Aber ich bin im Schatten zweier großer Bäume aufgewachsen. Ich habe nie genug Sonne abbekommen, und war mein Leben lang davon überzeugt, sie auch nicht zu verdienen. Das ist falsch, das wollte ich dir bloß sagen. Es ist falsch zu glauben, dass man keine Liebe verdient. Du denkst genauso, das ist mir schon mehrfach aufgefallen.«

»Maurizio, das tut mir alles schrecklich leid, und ich kann mir gut vorstellen, wie schwierig das alles für dich ist. Aber du musst dein Leben endlich in die Hand nehmen. Auch du hast ein Anrecht auf Glück.«

»Mit wem denn? Etwa mit Denise? Bestimmt nicht. Ich dachte, er hätte mit ihr Schluss gemacht. Aber nein ...« Maurizio wedelte mit dem Testergebnis, als wäre es ein unwiderlegbarer Beweis für seine Niederlage. »Warum bin ich nie genug? Warum nicht?«

Er begann zu weinen, und Eleonora spürte ein Beklemmungsgefühl in ihrer Kehle aufsteigen. Einen Mann in diesem Zustand zu sehen war schrecklich.

»Es könnte doch sein, dass sie es dir deshalb nicht sagt,

weil sie das Kind nicht behalten will. Du darfst nicht gleich denken, dass es von einem anderen ist.«

»Ich bin zeugungsunfähig, Eleonora.«

Sie schnappte nach Luft. Dann erhob sie sich vom Bett und spähte aus dem Fenster, als hätte Maurizio nicht gerade erst einen Felsblock nach ihr geworfen. Unten im Garten war niemand mehr, weder Denise noch Emanuele noch Corinne. Die Steaks zischten über der Glut.

»Gehen wir«, sagte Eleonora mit monotoner Stimme und der Miene eines Roboters. »Das Fleisch verkohlt sonst noch.«

»Wieso? Wo sind denn die anderen?«

»Ich sehe niemanden. Lass uns mal nachsehen.«

Einen ganzen Harem von Konkubinen und möglichst viele Kinder, das wollte er. Dieser Mistkerl wollte Kinder von all seinen Frauen, auch von ihr.

Eleonora ballte die Fäuste, als Emanuele in Richtung Bad verschwand, um zu duschen.

Als er zurückkam, saß sie immer noch am Wohnzimmertisch, die Hände nervös verschränkt.

»Was hast du?«, fragte er arglos und rubbelte sich das nasse Haar mit einem Handtuch trocken.

»Ich denke nach.«

»Darf man wissen, worüber, oder ist es ein Geheimnis?«

Eleonora schaute ihn an. Sie hasste ihn, tief unter dem Gebirge aus Verlangen in ihrer Brust war der Hass verborgen. Nur hin und wieder fuhr der Groll eine kleine, aber gefährliche Kralle aus.

»Wieso bist du so versessen auf ein Kind von mir?«

Emanuele schüttelte den Kopf. »Daran denkst du also? An meinen Kinderwunsch?«

»Reichen dir die anderen denn nicht?«

Er hielt inne, löste das um die Hüften geschwungene Badetuch und zog eine Jogginghose über. Er war ruhig, nachdenklich. Eleonora kannte ihn inzwischen gut genug.

»Ich rede nur ungern um den heißen Brei herum«, sagte Emanuele und setzte sich ihr gegenüber. »Also, sag mir einfach, was dir durch den Kopf geht.«

»Ich habe euch gesehen.«

»Wen?«

»Dich. Und Denise. Tu gefälligst nicht so scheinheilig.«

»Ich tue überhaupt nicht scheinheilig und verstehe beim besten Willen nicht, worauf du hinauswillst.«

»Vorhin, als ich mit Maurizio im Haus war. Sie hat auf dir draufgesessen, und dann seid ihr verschwunden. Wo wart ihr? In der Garage? Hinterm Haus oder in den Rosenbüschen deiner Mutter? Wo, du Mistkerl?«

Emanuele schaute sich um, als wollte er die Wände fragen, wieso er sich dieses Gezicke anhören musste. »Na gut, ich beantworte deine unsinnigen Fragen. Obwohl ich echt keine Lust dazu habe.«

»Oh, danke. Welche Ehre.«

»Lass den dämlichen Sarkasmus. Ich hab allmählich die Schnauze voll. Denise hat sich unten auf der Liege auf mich gesetzt, das stimmt. Aber habe sie sofort weggestoßen. Sie hat gequengelt und gejammert, dass keiner sie mag, sie war betrunken. Als sie dann auch noch laut geworden ist, habe ich sie weggebracht. Ich wollte nicht, dass Maurizio sie hört. So, und jetzt sag mir bitte, was das mit meinem Kinderwunsch zu tun hat.«

»Weißt du denn nichts davon? Denise ist schwanger.«

»Das ist unmöglich.«

»Oh doch.«

»Maurizio kann keine Kinder zeugen.«

»Ich weiß.«

Obwohl er ein kluger Mann war, dämmerte es Emanuele erst in dem Moment. »Du denkst, das Kind ist von mir!« Er lachte sogar. »Bin ich etwa ein Mormone?«

»Ich weiß es nicht, Emanuele. Sag du es mir.«

»Hör auf. Hör endlich auf mit deinen ständigen Verdächtigungen. Was ist, willst du unbedingt mit einer glaubwürdigen Ausrede nach Rom fahren? Willst du dir einreden, dass ich ein Scheißkerl bin, damit du getrost meinen Bruder vögeln ka…?«

Die Ohrfeige kam völlig unerwartet und ungeplant, es war eine absolut spontane Reaktion. Eleonora schlug Emanuele mit der flachen Hand ins Gesicht, und er verstummte.

Diesmal entschuldigte sie sich nicht.

Um nicht darauf reagieren zu müssen, ging Emanuele einfach hinaus, und kurz darauf schlief Eleonora auf dem Sofa ein.

6

Trotz allem wollte Eleonora nicht im Streit davonlaufen. Ihr Verhalten war feige, das wusste sie, aber früher oder später müsste sie ja doch zurückkommen. Ihre Wohnung in Florenz war gekündigt, sie hatte kein anderes Zuhause mehr als den Agriturismo, und damit konnte sie eigentlich nur noch die Koffer packen und ganz weit weg gehen. Nicht dass ihr der Gedanke ausschließlich Unbehagen bereitet hätte. Doch allein die Vorstellung, dass Emanuele eine andere Frau finden könnte, erschien ihr unerträglich. Eleonora wollte die große Ausnahme in seinem Leben sein, das bisher von One-Night-Stands und kurzen Affären bestimmt gewesen war.

Sie versuchte erst gar nicht, diesen kindischen Gedanken mit einer schwachen, wenn auch gut durchdachten Ausrede zu rechtfertigen. Es war höchste Zeit, der Realität ins Auge zu blicken und zu erkennen, dass der alleinige Antriebsmotor für alles, was in der Villa Bruges passierte, nichts weiter war als Besitzanspruch.

Deshalb würde sie Emanuele um Verzeihung bitten, auch wenn der Schlag, den er ihr versetzt hatte, weitaus heftiger gewesen war als ihre Ohrfeige. Wenn Emanuele den Namen Alessandro aussprach, klang es jedes Mal wie ein Peitschenhieb, und manchmal brauchte er ihn nicht einmal zu erwähnen, um sie zu treffen, als hätte er sie ausgepeitscht. Die Striemen auf ihrem wunden Rücken brannten danach noch tagelang.

Eleonora war wirklich auf alles vorbereitet, als sie mit dem Koffer in die Küche hinunterging, nur nicht auf die Bilderbuchfamilie, die sie erwartete.

Einträchtig saßen Emanuele und Corinne am Frühstückstisch, eingehüllt in den Duft von Keksen und Kaffee. Bei Eleonoras Eintreten verzogen sie alle beide den Mund zu einem breiten Lächeln, das so falsch und aufgesetzt wirkte wie zwei Clownsmasken.

Mit Getöse ließ Eleonora ihren Trolley neben sich fallen, obwohl er gar nicht schwer war.

»Guten Morgen«, sagten die beiden wie aus einem Mund. Es war regelrecht peinlich.

»Guten Morgen.«

Eleonora setzte sich an den Tisch und versuchte, etwas hinunterzubekommen. Die beiden Verbündeten hatten offenbar lange miteinander gesprochen, bevor sie hereingeplatzt war. Vermutlich über Dinge, die sie lieber nicht wissen wollte.

»Dein Zug geht um halb zehn, richtig?«, fragte Emanuele und reichte ihr die noch warme Espressokanne.

»Um neun Uhr fünfundzwanzig.«

»Na, dann müssen wir uns aber mal beeilen.«

Er sprang auf und zwang Eleonora, ihren Kaffee hinunterzustürzen. Prompt verbrannte sie sich die Zunge und fluchte. Sie waren doch gar nicht so spät dran, wieso hatte er es denn bloß so eilig?

»Ciao, Julia«, verabschiedete Corinne sie mit bekümmerter Miene, als würden sie sich für Jahre trennen. »Wann kommst du zurück?«

»Ich bleibe nur bis Sonntag. Du kannst das Taschentuch getrost wieder einstecken. Und nenn mich gefälligst nicht immer Julia.«

»Nervensäge.« Corinne umarmte sie, ohne darauf einzugehen.

Im Auto legte Emanuele eine CD von den Ramones ein und drehte die Lautstärke voll auf. Eleonora erduldete den Lärm ganze zehn Minuten lang, dann stellte sie sie leiser.

»Entschuldige, ich habe Kopfschmerzen«, sagte sie und legte die Hand in ihren Schoß.

»Wenn du willst, kann ich die Musik ausmachen.«

»Nein, nein.«

Emanuele drehte den Kopf und musterte sie kurz, während er herunterschaltete, weil er bremsen musste. Um die Zeit war noch immer starker Berufsverkehr, die Straßen waren voller Pendler, die auf dem Land wohnten und jeden Morgen in die Innenstadt von Florenz zur Arbeit fuhren, genau wie Eleonora.

»Was hast du?«, fragte Emanuele und strich ihr zärtlich übers Gesicht, wobei die beiden Anhänger an seinem Armband klimperten.

»Das fragst du noch?«

»Ja, also: Was ist los mit dir?«

»Gestern haben wir uns noch heftig gestritten, und heute Morgen tust du so, als wäre nichts gewesen. Normalerweise ist Corinne unschlagbar, wenn es ums Verdrängen geht, nicht du. Dich habe ich immer für einen Menschen gehalten, der sich den Dingen stellt.«

»Ja, wir haben uns gestritten. Welches Paar tut das nicht ab und zu?«

»Du hast gleich gedacht, dass ich die Reise nach Rom nutze, um mich mit Alessandro zu treffen. Und ich werde jetzt ganz sicher nicht wiederholen, was du alles gesagt hast.«

Emanuele nickte. Seine Selbstsicherheit war geradezu eine Beleidigung. »Jetzt tust du so, als wäre nichts.«

»Willst du mir etwa ewig vorwerfen, dass ich mich von deinem Bruder angezogen gefühlt habe?«

»Nein, aber es ist und bleibt ein wunder Punkt, warum willst du das denn nicht zugeben? Wir streiten ab und zu, du bist manchmal nervtötend, was soll's? Wer emotional ist, der muss eben manchmal Dampf ablassen. Was findest du daran so seltsam?«

»Nichts. Dafür ist es umso merkwürdiger, dass du heute Morgen so ein Unschuldsengel bist.«

»Ich bin *immer* ein Unschuldsengel.«

Eleonora starrte ihn verdutzt an. »Ich jag dich bloß deshalb nicht zum Teufel, weil wir uns am Sonntag wiedersehen, nur damit du es weißt.«

»Es ist nicht meins, Eleonora.«

Es dauerte ein paar Sekunden, bis sie verstand, was er meinte. Schlagartig kam ihr der Schwangerschaftstest von Denise wieder in den Sinn, dazu Maurizios Schmerz, der sich wie eine eiserne Maske auf sein Gesicht gelegt hatte.

»Sorry, aber das nehme ich dir nicht ab, Emanuele. Im Umfeld der Villa Bruges nimmt die Realität immer wieder seltsame Formen an. Besser gesagt, sie existiert überhaupt nicht, denn ein jeder schafft sich seine eigene Wahrheit. Ich werde noch schier verrückt.«

Das Bekenntnis befreite sie. Vermutlich gab es nichts Tröstlicheres, als die eigene Ohnmacht zuzugeben.

»Das sagt ja die Richtige. Ich wollte kein Kind von June, sie hat mir vorgegaukelt, dass sie die Pille nimmt. Ich will ein Kind von dir, aber du hast mich angelogen und behauptet, dass du nicht verhütest. Nicht die Villa Bruges spielt mit gezinkten Karten, Schätzchen, sondern das Leben. Wenn du das eben erst erkannt hast, bist du eine bedauernswerte Träumerin, meine Julia.«

Emanuele hatte recht, aber er vergaß ein wichtiges Detail. Das Leben war zwar ein Urknall, bei dem Ursache und Wirkung sehr oft nicht voneinander zu unterscheiden waren, aber der dramatische Vorfall, der das Leben der beiden Vannini-Brüder für immer prägen würde, hatte Parallelwelten geschaffen, die niemanden in ihrer kleinen Gemeinschaft in der Villa Bruges außen vor ließen. Das war unleugbar, auch wenn es niemandem weiterhalf. Emanuele hatte sich entschieden, einen Schritt nach vorn zu machen, wodurch sich sein Leben verändern würde. Die Samen der Vergangenheit würden in dem frisch gepflügten Ackerboden seiner neuen Existenz nicht oder nur schlecht wurzeln. Doch in einem Punkt täuschte er sich, und er würde es früher oder später merken.

Sie kamen viel zu früh am Bahnhof an, genau wie Eleonora es vorausgesagt hatte. Emanuele trug ihr den Trolley bis zum Bahnsteig und zündete sich eine Zigarette an. Seit sie aus dem Auto gestiegen waren, hatte er Eleonora nicht aus den Augen gelassen. Sein forschender Blick bereitete ihr Unbehagen, dennoch akzeptierte sie ihn ohne Widerrede.

»Da kommt der Zug«, sagte Eleonora, als die schmale rote Schnauze des Hochgeschwindigkeitszugs Frecciarossa in der Ferne auftauchte. »Ich melde mich, wenn ich angekommen bin, okay?«

»Super. Triffst du dich eigentlich auch mit Sonia?«

Mit Sicherheit kam es ihm seltsam vor, dass sie bis Sonntag in Rom bleiben wollte. Vielleicht hatte ja genau dieses Detail den Streit ausgelöst und nicht ihre Anschuldigungen wegen Denise.

»Ja, sie schon. Aber keine Sorge, ich habe nicht vor, Roberto zu treffen.«

»Wegen ihm mache ich mir keine Gedanken. Richte Sonia Grüße von mir aus.«

Eleonora küsste ihn, bis die kreischenden Bremsen des Zugs alles übertönten, sogar ihren Abschied.

»Ich rufe dich nachher an«, murmelte sie, um ihre Beklemmung zu verbergen.

»Bis später dann.«

Emanueles Blick ruhte auf ihr, bis der Zug sich in Bewegung setzte. Sein Gesichtsausdruck war irgendwie seltsam, und wie er so dastand, regungslos wie eine Statue, wirkte er so anders als sonst.

Eleonora hatte den Eindruck, als ob ihn die Worte, die er ihr noch hatte sagen wollen, auf dem Bahnsteig festhielten. Wie angewurzelt verharrte er zwischen der gelben Linie an der Bahnsteigkante und dem Gleis, wie stumme Saiten in Erwartung eines Tons.

Eleonora drückte die Stirn gegen die Scheibe. »Alles in Ordnung?«, formte sie mit den Lippen, aber Emanuele verstand sie nicht.

Er salutierte bloß kurz und verschwand in der Menschenmenge.

Auf halbem Weg zwischen Florenz und Rom schoss Eleonora völlig unvermittelt ein Gedanke durch den Kopf wie eine Kugel, die sich versehentlich gelöst hatte.

Emanuele und Corinne waren bis zu ihrer Rückkehr allein im Agriturismo. Denise und ihre Schwangerschaft waren vergessen, ebenso die Tatsache, dass allem Anschein nach Emanuele dieses entstehende Leben mit gezeugt hatte. Nein, sie konnte nur noch an Corinne, an das Einverständnis denken, das zwischen ihr und Emanuele herrschte, und daran, dass die beiden ein Geheimnis hüteten, das sie betraf und gleichzeitig ausschloss.

Im nächsten Moment waren ihre Gedanken wie weggefegt, und ihr wurde ganz warm ums Herz.

Es war der Zug, die Reise. Es waren die Schienen, die ihrer Seele Linderung verschafften, wie immer.

Na ja, fast immer. Wenn Eleonora sonst einen vertrauten Ort verlassen hatte, war ihr die Reise jedes Mal wie eine Harke erschienen, die ihre nur mühsam angewachsenen Wurzeln aus dem Boden riss. Was für ein Gewaltakt für etwas, das in Wirklichkeit kaum Kraft erforderte. Was für eine Verschwendung.

Später hatte sich die Harke in eine freundliche Hand verwandelt. Wegzulaufen tat nicht länger weh, es verschaffte ihr vielmehr Erleichterung.

Eleonora zog ihr Mobiltelefon hervor und schrieb eine SMS an Alessandro.

»Bin in knapp einer Stunde in Rom.«

Sie drückte auf »Senden« und wartete darauf, dass das Vögelchen in ihrem Brustkorb zu flattern anfing. Doch nichts regte sich.

Stattdessen klingelte das Handy.

Als Eleonora den Namen von Alessandro auf dem Display sah, entfuhr ihr fast ein Schrei. Warum rief er sie an? Aus welchem Grund antwortete er nicht mit einer simplen Kurznachricht, ohne dass Gefühle ins Spiel kamen?

»Hallo?«

»Hey du.«

Hallo, Alessandro, endlich! »Ciao.«

»Du bist also fast da.«

Kommst du mich abholen? »Ja. Warum rufst du an?«

»Hätte ich es besser lassen sollen?«

»Nein, nein, das wollte ich damit natürlich nicht sagen.«

»Ich würde dich gern abholen, aber ich sitze gerade mit dem Drehbuchautor meines nächsten Films zusammen.«

»Kein Problem.« *Mist! Viel zu schrill und vor allem viel zu schnell.* Eleonora hustete, um sich wieder zu fangen. »Ich habe dir die Nachricht nicht geschickt, damit du mich abholst.«

»Ich weiß. In welchem Hotel bist du?«

»Im *Mecenate*, das ist in Santa Maria Maggiore.«

»Morgen Vormittag werde ich versuchen, bei dir vorbeizukommen, heute ist ein sehr anstrengender Tag. Alles okay bei dir, Eleonora?«

Eleonora. Honig tropfte von jedem einzelnen Buchstaben, bis auf das harte, autoritäre gerollte R.

»Ja. Und bei dir?«

»Auch.«

Der Zug fuhr in einen Tunnel, die Verbindung würde gleich abbrechen. Alessandro sagte noch etwas, das Eleonora jedoch schon nicht mehr verstand.

»Ich höre dich nicht mehr.« Ihre Stimme brach, als wäre es ein Abschied für immer. Sobald es um Alessandro ging, war alles irgendwie tragisch.

»Ich ru… an.«

»Ich kann dich nicht hören.«

Stille. Panik ergriff Eleonora. Sie wollte intuitiv auf die Wahlwiederholungstaste drücken und konnte sich nur mit allergrößter Mühe beherrschen.

Als Sonia zwanzig Minuten später als verabredet die Pizzeria betrat, war Eleonora schon beim dritten Glas Wein. Er schmeckte scheußlich. Auf dem Agriturismo hatte sie sich an einen gewissen Qualitätsstandard gewöhnt.

»Hallo, meine Süße.«

Die helle Stimme ihrer Freundin hob Eleonoras Laune. Sobald sie mit Sonia zusammen war, schrumpften ihre Probleme zu winzigen Wassergräben zusammen. Sie brauchte nur einen Ausfallschritt oder zum Sprung ansetzen, und schon war die Hürde überwunden.

»Hallo, Sonia.«

Bei der Umarmung fiel alle Müdigkeit von Eleonora ab, nur eine leise Spur von Melancholie blieb zurück.

»Was ziehst du denn für ein Gesicht? Bist du müde?«

»Ein bisschen.«

Das war nur die halbe Wahrheit. Alessandros Stimme kribbelte noch immer wie tausend winzige Füße unter ihrer Haut. Wie es wohl sein würde, mit ihm zu schlafen? Sie stellte sich vor, wie er entspannt hinter ihr war und ihr mit seinen schlanken Fingern zwischen die Beine griff, während sein Penis hart gegen ihren Po drückte, weil er am liebsten sofort in sie eindringen wollte. Allein der Gedanke war ketzerisch, denn Alessandro erschien ihr in Engelsgestalt, weshalb seine Erektion überaus verwerflich war.

»Emanuele lässt dich herzlich grüßen«, sagte sie zu Sonia und versuchte, den Gedanken zu verscheuchen.

»Ah, der tolle Hecht. *Mamma mia,* dass es solche Männer noch gibt.« Sonia drehte sich zu dem Kellner um, der an den Tisch getreten war, und bestellte eine Pizza Diavola. »Mit scharfer Salami und Peperoni, bitte. Was nimmst du, Eleonora?«

»Eine Pizza Marinara, ohne Mozzarella und ohne Knoblauch, bitte.«

»Meine Güte, wie einfallslos! Na gut, dann also eine Diavola und eine Marinara bitte.«

Nachdem der Kellner die Getränke aufgenommen hatte, wandte Sonia sich wieder Eleonora zu.

»Roberto wollte heute Abend unbedingt mitkommen, weißt du?«

Eleonora griff nach dem Rotweinglas und leerte es in einem Zug. »Das hab ich mir schon gedacht. Wieso hast du ihm auch erzählt, dass ich nach Rom komme?«

»Jetzt sei nicht so, das hätte ich ihm ja wohl schlecht verheimlichen können.«

»Ich finde es auf jeden Fall seltsam.«

»Dass er dich sehen wollte? Da hast du recht. Obwohl, eure Trennung ist ja nun schon eine ganze Weile her. Abgesehen davon glaube ich, er hat kapiert, dass er damals viel falsch gemacht hat.«

»Roberto? Ich bitte dich, Sonia …«

»Jetzt mal im Ernst. Er hat dich für selbstverständlich genommen. Das soll bekanntlich häufiger vorkommen bei einem größeren Altersunterschied, vor allem zwischen einem Professor und seiner Studentin.«

»Ich war nicht seine Studentin.«

»Nein, aber du warst jung und gerade erst mit der Uni fertig. Roberto hat damals ein paar Weichen für dich gestellt, oder etwa nicht?«

»Stimmt.«

»Na ja, er hat es einfach nicht für möglich gehalten, dass du ihn verlassen könntest.«

»Das glaube ich gern. Er ist ein Egozentriker mit einem völlig übersteigerten Geltungsdrang.«

»Das mag sein, aber er hat dich geliebt. Ganz ehrlich. Und er tut es noch immer.«

»Du hoffentlich nicht hier, weil du mich überreden sollst, zu Roberto zurückzukehren, oder?«

Sonia brach in glockenhelles Lachen aus. Eleonora liebte dieses Lachen. Es war so kraftvoll und vertrieb im Nu alle Sorgen.

»Du liebes bisschen, nein. Er ist mein bester Freund, und ich mag ihn wirklich sehr, aber ich kenne seine Schwächen nur zu gut. Davon abgesehen bist du ja mit diesem Adonis zusammen …«

»Willst du wohl aufhören?« Eleonora entspannte sich augenblicklich. »Wenn du willst, leihe ich ihn dir mal aus.«

»Und ob ich will. Nur leider geben sich solche Typen nicht mit mir ab. Um noch mal auf Roberto zurückzukommen …«

»Sonia!«

»Nur eines noch, dann höre ich auf. Morgen Abend feiern wir seinen Geburtstag.«

»Herzlichen Glückwunsch!«

»Wir treffen uns ganz in der Nähe, in der Trattoria *Monti*, und wollen ihn überraschen. Bitte sei auch dabei, das wird ganz sicher lustig.«

»Oh ja und wie! Mit der ganzen intellektuellen Klugscheißertruppe in ihren geblümten Hemden und den knöchellangen Hippie-Röcken wird's sicher sehr lustig. Nein danke.«

»Hör zu, bevor du hier rumlästerst. Erinnerst du dich noch, wie unsicher du immer warst und dass du dich ständig unbehaglich gefühlt hast?«

»Wie könnte ich das vergessen?«

»Sehr gut, bei der Geburtstagsfeier kannst du dich endlich revanchieren, wenn du magst. Überleg doch mal, wie sehr du dich verändert hast. Stell dir vor, wie sie alle bloß darauf warten, dich erneut wie das fünfte Rad am Wagen zu behandeln und spitze Bemerkungen über dein Outfit zu machen oder über die Art, wie du sprichst. Dann kommst du herein und legst einen Auftritt hin, als wärst du die Partykönigin, geschminkt wie Angelina Jolie und bereit, sie alle vor Neid erblassen zu lassen. Ich sehe die Szene schon vor mir.«

Eleonora starrte ihre Freundin ein paar Sekunden lang an, das leere Weinglas noch in der Hand.

»Du kannst ja eine richtig fiese Hexe sein, Sonia.«

»Gib zu, dass ich dich in Versuchung gebracht habe.«

»Ich werd's mir überlegen, okay?«

»Yeah!«

»Ich hab gesagt, ich werd's mir überlegen.«

Sonia war dennoch völlig euphorisch, und im Grunde fand auch Eleonora die Idee gar nicht so schlecht.

7

»Bist du schon da?«

»Ja. Ich wollte gerade reingehen.«

»Warte auf mich, ich nehme mir ein Taxi.«

Nur ein Satz, nicht mal eine Begrüßung. Als ob es um einen reinen Informationsaustausch ginge. Als ob sich ihr nicht schon bei der Frage der Magen zusammengekrampft hätte.

Eleonora blieb auf der obersten Stufe der Treppe mitten vor dem Eingang stehen und wäre am liebsten im Schatten des Gebäudes verschwunden, das sich über ihr erhob. Was für eine absurde Begegnung, vor einem Gymnasium ... Was sollte dabei schon Gutes herauskommen? Nichts. Sie hätten sich für den Abend verabreden müssen, am Tiber zum Beispiel, dann hätte sie im diffusen Licht der Straßenlaternen ihre Verlegenheit problemlos als Langeweile kaschieren können.

Das Taxi hielt nur wenige Meter von Eleonora entfernt an, und Alessandro stieg aus. Er trug ein weißes Hemd, das ihm aus der Hose gerutscht war und seine schmalen Hüften umspielte. Er beugte sich zu dem Fahrer herunter und wechselte ein paar Worte mit ihm. Wieso musste er ständig mit allen reden, selbst in völlig banalen Situationen oder bei geschäftlichen Vorgängen.

Mit einer Handbewegung verabschiedete Alessandro den Mann und drehte sich zu Eleonora um. Sofort tobte Satan hinter seinen dunklen Augen, brachte ihn in Versuchung und ließ seine Pupillen auf Stecknadelkopfgröße schrumpfen. Seine Haare waren lang geworden, der Wind zerzauste die Locken – wie könnte man ihn dafür tadeln? Kein anderer Mann war so attraktiv wie Alessandro und auch sonst kein menschliches Wesen, das je auf dieser Erde gelebt hatte.

»Ich freu mich ja so«, sagte er, breitete die Arme aus und umfing Eleonoras schmalen Körper.

Alessandro zu umarmen war eine unerhörte Geste, dennoch überraschte es sie, dass er tatsächlich aus Fleisch und Blut war. Eleonora schloss die Augen, nahm seinen Geruch in sich auf, sog ihn tief in sich hinein, bis in den Bauch.

»Hallo, Alessandro. Ganz schön dünn bist du geworden ...«

Er schien die Zärtlichkeit in Eleonoras Stimme gar nicht wahrzunehmen oder gab es zumindest nicht zu erkennen. »Nein, nein, das kommt dir nur so vor. Lass dich anschauen.«

Er hielt Eleonora ein Stück von sich weg, und sie fing sofort an zu frieren.

»Du siehst fantastisch aus. Tut mir leid wegen gestern, ich hätte dich wirklich gerne abgeholt. Wenn du wüsstest, was das für ein Chaos ist mit diesem Drehbuch. Sie haben gefühlte tausend Änderungen beschlossen, und wir ... Ach, lassen wir das, das interessiert dich bestimmt gar nicht. Erzähl mir lieber von dir. Oder, noch besser, lass uns zusammen erledigen, was du hier tun musst, danach gehen wir dann in eine Bar und erzählen uns alles.«

Der Wortschwall machte sie ganz benommen. Alessandro wirkte glücklich. So ausgelassen und redselig hatte sie ihn noch nie gesehen.

»Einverstanden. Ich muss nur kurz mein Diplom im Sekretariat abholen. Meine Chefin in Florenz will mich fest anstellen.«

Alessandros Augen strahlten, als hätte er gerade die tollste Nachricht seines Lebens erhalten. »Das ist ja fantastisch! Herzlichen Glückwunsch, Eleonora.«

Eleonora.

Sie schluckte mehrmals und wartete, bis das Echo ihres Namens verklungen war, dann erst betrat sie die Eingangshalle des Gymnasiums, gefolgt von Alessandro.

Im Sekretariat saß eine extrem schlanke Frau um die vierzig, die mit erstaunlicher Geschwindigkeit ein Archiv durchstöberte. Eleonora sah ihr zu und hoffte, dass die Angelegenheit in wenigen Minuten erledigt sein würde, ohne Fragen und vor allem ohne unangenehme Begegnungen mit ehemaligen Kollegen.

»Sie wünschen?«

»Ich bin Eleonora Contardi. Ich habe vor ein paar Tagen angerufen, weil ich ein Originaldokument von Ihnen zurückbrauche.«

»Ach ja, stimmt, wir hatten einen Termin.« Der Blick der Frau wanderte immer wieder nervös nach rechts und zu Eleonora zurück. Plötzlich erstarrte sie. »Entschuldigung«, sagte sie und musste es noch einmal wiederholen, da Alessandro zerstreut die hässlichen Kunstdrucke an der Wand betrachtete. »Entschuldigung?«

»Mmh?«

»Sie sind Alessandro Vannini, oder?«

Oh mein Gott!

Eleonora trat zur Seite, als die Sekretärin von ihrem Stuhl aufstand und auf den berühmten Filmstar zuging.

»Ja, der bin ich.«

»Wusst ich's doch! Ich war gestern im Kino und habe Ihren neuen Film gesehen.« Die Sekretärin griff nach seiner Hand und begann sie aufgeregt zu schütteln, dann drehte sie sich zu den beiden Angestellten am anderen Ende des Raums um und rief: »Leute, Alessandro Vannini ist hier!«

Die beiden, ein junger Farbiger mit Brille und eine Frau um die fünfzig, schienen nur auf diesen Moment gewartet zu haben. Begeistert umringten sie Alessandro, das Diplom war vergessen.

»Oh, Signora Contardi, ich grüße Sie.«

Jemand hatte sogar den Rektor gerufen. Oder er war gerade zufällig in der Nähe gewesen und hatte mitbekommen, dass Alessandro im Schulsekretariat Autogramme verteilte. Wahrlich ein surrealer Moment. Was auch immer der Grund für das Auftauchen des Rektors sein mochte, die Situation spitzte sich zu, und Eleonora musste unbedingt eingreifen.

Sie drehte sich um, ergriff die ausgestreckte Hand ihres ehemaligen Chefs, während sie fieberhaft nach einer Möglichkeit suchte, seine Fragen zu umgehen und endlich das Diplom ausgehändigt zu bekommen.

»Wie ich sehe, haben Sie einen echten Star mitgebracht, gut, gut.« Der Rektor streckte Alessandro die Hand hin, der ihm sein strahlendstes Lächeln schenkte. »Ich kann Ihnen nur wärmstens empfehlen, das Gebäude zu verlassen, bevor die Schulglocke läutet. Sie können sich sicher unschwer vorstellen, wie pubertierende Mädchen so sind.«

Alter Schleimer.

»Dann will ich Ihnen mal schnell Ihr Diplom holen«, flötete die Sekretärin, in der Hand noch den Zettel mit Alessandros Autogramm. Wie ein Groupie auf Wolke sieben schwebte sie davon.

Na endlich, zum Glück.

»Wie kommt es, dass Sie in der Gegend sind, Signor Vannini?«

Alessandro zuckte mit den Schultern, er schaffte es irgendwie immer, liebenswürdig zu wirken, selbst wenn er sich langweilte. »Ich begleite meine liebe Freundin Eleonora beim Shoppen.«

»Ach ja, was für ein Jammer, dass Signora Contardi sich damals entschieden hat, von uns zu gehen. Sie war eine unserer besten Lehrkräfte.«

Auch das noch. »Ich bin ja nicht gestorben.« Sie lächelte die Sekretärin an, die im Türrahmen erschien. »Jedenfalls vielen Dank für das Diplom.«

Eleonora steckte die Urkunde in die Tasche und nahm Alessandro an der Hand, der sie verdutzt und amüsiert zugleich ansah.

»Auf Wiedersehen! Hat mich gefreut, Sie kennenzulernen. Und vielen Dank.«

»Ihnen auch. Auf Wiedersehen.«

Eilig verließen sie das Gebäude, und Eleonora steuerte schnurstracks die nächstbeste Bar an. Alessandro folgte ihr in aller Seelenruhe. Sie setzten sich an einen der schmuddeligen Tische im Freien und bestellten zwei Kaffee. Mit einem tiefen Seufzer stieß Eleonora die Luft aus, die sie bisher angehalten hatte.

»Bist du nun beruhigt?«, fragte Alessandro und holte ein Päckchen Marlboro heraus.

Eleonora nahm sich eine Zigarette und zündete sie mit einer Schachtel Streichhölzern an, die jemand auf dem Tisch hatte liegen gelassen. Es gelang ihr erst beim dritten Versuch. »Ich war die ganze Zeit ruhig.«

»Lügnerin! Ich hätte nicht gedacht, dass es dich so sehr stören würde.«

»Was denn?«

»Wenn die Leute mich erkennen.«

Was für ein Egozentriker! »Es stört mich nicht im Geringsten.«

»Warum sind wir dann rausgestürmt, als wäre der Teufel hinter uns her?«

»In dieser Schule bekomme ich Beklemmungen.«

Alessandro zündete sich ebenfalls eine Zigarette an und blickte sich neugierig um. In der Bar gab es beim besten Willen nichts Interessantes zu sehen, doch dann entdeckte er den slawisch wirkenden Mann, der an der Straßenecke Geige spielte, und schloss die Augen, ganz auf die Musik konzentriert.

»Er spielt richtig gut.«

»Wer?«

»Der Typ da draußen. Wer weiß, wie viele Stunden er als kleiner Junge geübt hat. Womöglich hätte er seine Kindheit gerne anders verbracht, jetzt, wo er erwachsen ist und sich in einem fremden Land als Straßenmusiker durchschlagen muss.«

Eleonora starrte den Mann an und zog nervös an der Zigarette. Sie hätte sein Talent gerne gehabt. Alessandro entdeckte selbst in den deprimierendsten Menschen oder Orten etwas Schönes.

»Vielleicht macht er sich wirklich darüber Gedanken … Was ist mit dir? Fragst du dich auch manchmal, wie dein Leben wohl verlaufen wäre, wenn deine Kindheit anders gewesen wäre?«

Alessandro öffnete überrascht die Augen.

Eleonora wusste sehr wohl, dass dies kein geeigneter Moment war, um auf seine Vergangenheit anzuspielen, nicht hier, in dieser Bar, und schon gar nicht jetzt, da sie sich endlich wiedersahen. Aber sie konnte nichts dafür, die Frage war ihr einfach so über die Lippen gekommen, ihre Stimmbänder hatten ohne ihr Zutun vibriert und die Wörter geformt. Leider gelang es ihr nicht immer, diesen Automatismus rechtzeitig zu stoppen.

»Entschuldigung.«

»Wofür? Ja, ich denke ab und zu daran. Ich glaube, ich wäre kein so guter Schauspieler, wenn das alles damals nicht passiert wäre. Um ein Gespür für gewisse Dinge zu entwickeln, muss man gelitten haben. Meinst du nicht auch?«

Eleonora nickte. Sie hätte gerne mit ihm ein ernsthaftes Gespräch über Gut und Böse geführt, doch sie konnte an nichts anderes denken als an Alessandros Lippen, an seine Hände auf ihrem Körper.

»Was machst du heute Abend?«, fragte sie, im Hinterkopf das Geburtstagsessen für Roberto, und unterdrückte den Drang, Sonia auf der Stelle eine SMS zu schicken und ihr zu schreiben, dass sie diese dämlichen Schnösel unter keinen Umständen wiedersehen wollte.

»Ich gehe auf eine Party. Aber wenn ich nur daran denke, könnte ich mir die Kugel geben.«

Eleonora lachte und dankte mit einem Nicken dem Kellner, der den Kaffee servierte.

»Wieso?«

»Alles unerträgliche Leute. Schauspieler.«

»So wie du.«

»Eben.«

Alessandro war einfach nur wunderbar. Eleonora hätte ihn am liebsten mitten auf dem Tisch in der Bar vernascht und für die nächsten Stunden nicht mehr aufgehört, ihn zu küssen.

»Dafür muss ich heute Abend meinen Ex mitsamt seiner snobistischen Clique treffen.«

»Du musst?«

»Ja, ich habe es meiner Freundin Sonia versprochen. Sie werden exakt um acht nach neun anfangen, mich zu kritisieren, und exakt um Viertel nach elf damit aufhören, weil ich mir dann nämlich ein Taxi rufen und sie ihrem Gelaber von der Krise der Schönheitsideale im einundzwanzigsten Jahrhundert überlassen werde.«

Alessandro nickte nachdenklich. »Willst du damit sagen, sie behandeln dich wie ein kleines dummes Mädchen?«

»Ganz genau.«

»Wo findet die Feier statt?«

»Im *Monti,* das ist eine Trattoria in der Via San Vito. Warum?«

»Ach, die kenne ich. Wir sehen uns dann dort.«

Eleonora starrte ihn ein paar Sekunden lang an, ohne ein Wort zu sagen. Was hatte der Magier vor? Wollte er ihr mit einem filmreifen Auftritt beistehen? Oder den Kürbis in eine Kutsche verwandeln wie in *Cinderella*? Tief in ihrem Innern, irgendwo zwischen Magen und Lunge, brach ein Schrei los und schlug einen Purzelbaum, was sie sich natürlich nicht anmerken ließ.

»Ich würde mich sehr freuen, wenn du kommst«, sagte sie und tat, als hätte sie seine Absicht nicht durchschaut.

»Gut.«

Alessandro trank eilig seinen Kaffee und drückte die Zigarette aus. Er war schon wieder auf dem Sprung, um was auch immer wo auch immer zu erledigen.

Für ihn gab es immerzu etwas zu tun, zu sehen, zu verrichten. Deshalb hatte er sich vermutlich auch angewöhnt, sich nicht allzu lange auf jemanden oder etwas zu konzentrieren. Sogar sein Blick flackerte ständig hin und her, nur um ja nicht an eines anderen hängen zu bleiben, sich in der Realität oder gar seinen Träumen zu verfangen. Obwohl er wirkte, als wäre er ständig auf der Flucht, entging ihm nichts. Das galt vor allem für jene Dinge, die er nicht mitbekommen sollte.

Eleonora musste sich eingestehen, dass es unmöglich war, die Wahrheit vor ihm zu verbergen, und gab jede Hoffnung auf, ungeschoren davonzukommen.

»Sie haben dir also gar nicht gekündigt, sondern du hast den Job am Gymnasium aus freien Stücken aufgegeben?«, fragte er unvermittelt, und Eleonora erstarrte.

Sie wollte etwas erwidern, um die Sache herunterzuspielen, brachte jedoch keinen Ton heraus. Ihre Stimme hatte sie verlassen und schien nicht zurückkommen zu wollen.

»Versteh mich bitte nicht falsch, ich mache dir keinen Vorwurf, dass du damals unter einem erfundenen Vorwand in der Villa Bruges um Asyl gebeten hast.«

Hinter dem, was ungesagt blieb, verbargen sich die grausamsten Hiebe, das wusste Alessandro nur zu gut. Deshalb nahm er Eleonoras Hand in seine und strahlte sie so unschuldig und voller Mitgefühl an, wie es ihm nur selten gelungen war. Es war, als schwebte ein Heiligenschein über seinem Kopf. Vorsichtig streichelte er mit dem Daumen über die Narbe an ihrem Handgelenk, die längst verheilt war.

Dann zog er sein Mobiltelefon aus der Tasche und rief ein Taxi. Er drückte so fest zu, dass es wehtat, trotzdem fand sie ihre Stimme nicht wieder.

»Hast du mich verstanden, Eleonora?«

Sie nickte.

»Warum bist du damals von hier weggegangen?«

»Was der Direktor vorhin gesagt hat, stimmt nicht ganz. Ich hatte eine Elternzeitvertretung übernommen, der Job war also befristet, und als die Italienischlehrerin nach sechs Monaten zurückgekommen ist, war ich wieder draußen.«

Alessandro wurde nachdenklich. Vermutlich überzeugte ihn die Erklärung nicht, aber zum Glück bohrte er nicht weiter nach. So war er eben.

Das Taxi kam nach genau drei Minuten. Bis dahin hielt Alessandro ihre Hand, wobei er jedoch die ganze Zeit gedankenverloren in die Ferne starrte. Mit dem Daumen zeichnete er kleine Kreise auf ihren Handrücken, und Eleonora verfiel sofort wieder seinem Zauber.

Sie fuhren erst zum *Mecenate,* damit Eleonora sich für das Abendessen zurechtmachen konnte. Vor dem Hotel ließ Alessandro ihre Hand los und beugte sich zu ihr, um sie auf die Wange zu küssen. Es war ein brüderlicher, liebevoller, ein irritierender Kuss.

»Wir sehen uns dann also heute Abend, okay? So gegen neun?«

»Ich … ich will dich nicht in Schwierigkeiten bringen. Wenn's sein muss, komme ich auch allein zurecht, ehrlich.«

»Ich weiß. Was für Schwierigkeiten denn? Wir werden uns königlich amüsieren, Julia.«

Eleonora wandte sich ab und verschränkte die Arme vor der Brust, und noch während sie es tat, hasste sie sich schon dafür.

»Hey, was ist? Du bist eingeschnappt, weil ich dich Julia genannt habe, stimmt's?«

»Wenn du es weißt, warum nennst du mich dann so?«

»Du bist echt süß, wenn du schmollst.«

Alessandro war einfach entwaffnend. Aus dem Mund eines anderen Mannes hätten diese Worte lächerlich geklungen, ihm dagegen kamen sie völlig natürlich über die Lippen und wirkten geradezu verführerisch.

»Okay, ich muss los.« Eleonora reckte den Hals und gab ihm einen Kuss auf die Wange, wobei sie ebenso unbefangen zu wirken versuchte wie er zuvor.

Zufrieden stieg sie aus und lief mit sicherem Schritt auf das Hotel zu. Allerdings wurde sie nach ein paar Metern nervös, als sie das Taxi nicht wegfahren hörte.

»Denk dran, ja keine hohen Absätze für die Intellektuellen!«, rief Alessandro ihr vergnügt nach.

Ohne sich umzudrehen, hob Eleonora die rechte Hand und zeigte ihm leise lachend den ausgestreckten Mittelfinger, ehe sie die Hotelhalle betrat.

8

In der engen Wanne des Hotelzimmers ließ Eleonora sich ein Bad ein. Das würde sie sicher beruhigten – zumindest ein bisschen.

Während sie im warmen Wasser lag, griff sie nach ihrem Handy und rief Sonia an. Verblüfft stellte sie fest, dass Emanuele zweimal angerufen hatte, während sie mit Alessandro in der Bar gesessen hatte. Sie hatte das Telefon nicht gehört.

Erst in diesem Moment wurde ihr bewusst, dass sie sich bisher nur einmal kurz bei Emanuele gemeldet hatte, als sie angekommen war, und er seitdem kein Lebenszeichen mehr von ihr erhalten hatte.

Prompt wurde sie unruhig und rief Emanuele an. Mit einem Mal erschien ihr der Gedanke unerträglich, dass es im Agriturismo auch ohne sie weiterging. Sie hatte sich noch nie als Teil eines Getriebes empfunden, und da sie das Gefühl hatte, im Agriturismo eine Aufgabe zu erfüllen, war ihr gar nicht aufgefallen, dass ihr im Grunde niemand eine klar definierte Rolle zugewiesen hatte. Deshalb hoffte sie insgeheim, während es am anderen Ende läutete, Emanuele würde ihr sagen, dass ohne sie nichts mehr funktionierte.

»Hey, Herumtreiberin.«

Im Hintergrund waren die üblichen Geräusche jenes Lebens zu hören, das sie für ein paar Tage hinter sich gelassen hatte. Scheppernde Teller, Kellner, die der Küche ihre Bestellungen zuriefen, laute Musik – und dazwischen Emanueles vertraute Stimme, klar und warm.

»Ciao. Meine Güte, das klingt vielleicht chaotisch bei euch.«

»Du müsstest doch inzwischen daran gewöhnt sein.«

»Ja, aber durchs Telefon hört es sich irgendwie komisch an. Wie geht's dir?«

»Der alltägliche Wahnsinn greift um sich, aber ich lasse mich nicht unterkriegen. Und dir?«

»Gut, danke. Ich habe das Diplom abgeholt, und heute Abend bin ich mit Sonia verabredet.« *Und ich habe Alessandro getroffen.* »Die nächsten beiden Tage werde ich mit ihr verbringen.«

»Was ist mit Alessandro? Hast du ihn schon angerufen?«

Eine ganz normale Frage, schließlich lebte sein Bruder in Rom, warum hätte sie ihn da nicht anrufen sollen?

Falsch.

»Ja, er hat mich heute Mittag zur Schule begleitet.«

»Wie geht's ihm?«

»Er hat abgenommen. Aber es geht ihm gut. Er wirkt sehr zufrieden.«

»Okay. Ich muss leider zurück ins Restaurant, man braucht mich dort. Hören wir uns später noch mal?«

»Gerne. Bis später dann. Ciao.«

Kein »Du fehlst mir«, obwohl der Satz beiden auf der Zunge gelegen hatte. Dabei war Eleonora erst knapp einen Tag von zu Hause weg.

Nicht dass sie in dem Hohlraum zwischen Herz und Lunge, der immerzu ausgefüllt werden wollte, damit sie den Schmerz dahinter nicht wahrnahm, keine Sehnsucht verspürt hätte, aber ihr schlechtes Gewissen verhinderte, dass sie sich über den liebevollen Gruß freute. Nichts konnte das aufsteigende Schuldgefühl in ihr abmildern, das frei nach dem Motto »Angriff ist die beste Selbstverteidigung« alles andere überlagerte.

Eleonora stieg aus der Wanne und stieß einen tiefen Seufzer aus, es war der vor Anspannung zurückgehaltene Atem. Ein weiteres Seufzen entfuhr ihr vor der kleinen Garderobe, an der ein graues und ein schwarzes Etuikleid hingen. Sie entschied sich für das schwarze, wegen des tiefen Rückenausschnitts, der fast bis zum Po reichte. Eigentlich war es klassisch geschnitten und wirkte von vorn eher streng, doch die kleine Raffinesse verleitete Eleonora zu einem Wagnis, denn sie konnte nichts darunter tragen.

Als sie das Kleid überstreifte, prickelte es am ganzen Körper vor Erregung. Sie musste sofort an Emanuele denken, der ab und zu von ihr verlangte, dass sie im Restaurant, oder wenn sie im Agriturismo mit illustren Gästen am Tisch zusammensaßen, ihren Slip auszog. Brav gehorchte sie, bat um Entschuldigung und verschwand diskret auf die Toilette, wo sie schlagartig von einem Fieber erfasst wurde, sobald sie das Stoffdreieck abstreifte. Äußerlich völlig ruhig kehrte sie an den Tisch zurück, schlug die Beine übereinander und rieb unter dem wachen Blick von Emanuele die nackte Haut an dem Samtbezug des Stuhls. Dass sie in diesem Zustand nicht einmal mehr zu ein bisschen Smalltalk in der Lage war, während Emanuele sich völlig gelassen weiter unterhielt, verärgerte sie nicht etwa, sondern machte sie geradezu euphorisch. Es fühlte sich so ähnlich an wie der Drogenrausch, den sie als junges Mädchen erlebt hatte.

Mit pochendem Herzen saß Eleonora da und wartete, bis Emanuele die Gäste endlich verabschiedete und sie in den Lagerraum zog. Die Tür war noch nicht ins Schloss gefallen, da griff er ihr auch schon unter den Rock und schob begierig zwei Finger in sie hinein. Es amüsierte ihn jedes Mal aufs Neue, mit anzusehen, wenn sie sich wie eine Schlange unter der Wirkung ihres eigenen Gifts wand. Hatte er sich genug amüsiert, drehte er sie um und drang ungestüm von hinten in sie ein und holte sich, wonach es ihn verlangte.

Eleonora ließ alles über sich ergehen. Wehrlos, schwach, nachgiebig.

Das Mobiltelefon vibrierte in ihrer Hand, und sie schreckte auf. Es war Sonia.

»Ciao, meine Liebe.«

»Bist du bereit?«

»Wieso, wie spät ist es denn?«

»Fünf.«

»Puh, hast du mich gerade erschreckt. Es ist ja noch viel zu früh. Was wirst du anziehen?«

»Einen grünen knielangen Rock und einen Pulli, nichts Besonderes. Eher unauffällig. Du kennst die anderen Gäste doch. Und du?«

»Du enttäuschst mich, Sonia. Du hast mir immer vorgeworfen, ich hätte keinen Mut, ich selbst zu sein, und hätte mich in eine Marionette verwandelt, um Roberto zu gefallen. Und was tust du? Ziehst dich an wie eine Nonne, nur um ja keine Eifersüchteleien oder Kritik auszulösen.«

»Nicht doch, ich will nur, dass es ein netter Abend wird. Wenn du mitkommst, wird das eh für genug Aufregung sorgen, glaub mir. Die Gemüter haben sich bereits aufgeheizt, sagen wir mal so.«

»Du hast ja keine Ahnung, wer heute Abend noch für Aufregung sorgen wird.«

Sonia schwieg. Eleonora wusste ganz genau, dass der beiläufig hingeworfene Satz ihre Freundin erwartungsvoll zittern ließ.

»Wie meinst du das? Bringst du jemanden mit? Wen?«

»Warst du in letzter Zeit mal im Kino?«

»Na klar! Meinst du, ich hätte es mir entgehen lassen, mir Emanueles Bruder im Großformat anzusehen, ganz zu schweigen davon, dass der Film ein echter Kassenschla… Moment mal.« Sonia brach ab, und Eleonora frohlockte. »Alessandro? Im Ernst?«

»Tja.«

Sonia stieß einen so lauten Schrei aus, dass Eleonora das Handy ein Stück vom Ohr weghalten musste.

»Hey, beruhig dich wieder«, rief sie ins Telefon. »Oder bist du jetzt komplett übergeschnappt?«

»Beruhigen? Wie geil ist das denn! Den Langweilern wird die Kinnlade runterfallen.«

»Ja, genau so stelle ich mir das vor.«

»Meinst du, ich kann ihn um ein Autogramm bitten, oder ist das zu peinlich, und ich handele mir einen von deinen vorwurfsvollen Blicken ein?«

»Selbstverständlich handelst du dir dann einen ein.«

»Alte Spaßbremse. Ich kann es noch gar nicht glauben.«

»Meinst du, sie werden ihn erkennen?«

»Machst du Witze? Die Leute hier reden von nichts anderem. Und nicht nur in Rom. *Existences* hier, *Existences* da, und erst dieser Vannini, wo kommt der eigentlich her? Außerdem die Nominierung für den Filmpreis, die vielen Interviews und Artikel in den Zeitschriften und … ach, *Existences* ist der Film des Jahrhunderts!«

Verdammt! Das leise Vergnügen, das Eleonora unter die Haut kroch, ließ ihre Lippen zittern. Alessandro war tatsächlich ein echter Star.

»Gut, gut.«

»Sehr gut, würde ich eher sagen.« Sonia war noch immer völlig aus dem Häuschen. »Kommt er direkt ins Restaurant?«

»Ja.«

»Ich bin schon ganz hibbelig. Das wird das Gesprächsthema des Jahrhunderts, Schätzchen. Ein epochales Ereignis, das wie ein Fallbeil über die snobistischen Klugscheißer niedergehen wird. Ich werde die Aktion gleich mal in die Wege leiten.«

»Sonia …«

»Keine Bange, überlass alles mir.«

Es würde zweifellos ein anstrengender Abend werden.

Die entgeisterten Blicke der anderen Gäste verharrten auf Eleonoras tiefem Rückenausschnitt.

Die Frauen waren gekleidet, wie es ihrem Status als junge Intellektuelle entsprach: chic und adrett. Eleonora dagegen, mit ihren zwölf Zentimeter hohen High Heels, dem mehr als aufreizenden Kleid, den knallrot geschminkten Lippen und den katzenhaft geschminkten Augen, schlug ein wie eine Bombe.

Roberto wich ihr den ganzen Abend über aus. Nur ab und zu hob er kurz den Blick und senkte ihn sofort wieder. Er fühlte sich sichtlich unwohl, wirkte wie ein schüchterner kleiner Junge, und Eleonora war voller Mitgefühl für ihn. Sie hatte erkannt, dass ihre Schönheit und die Pheromone, die sie verströmte, ihn seiner Manneskraft beraubten. Mit einem Mal konnte sie sogar seine lächerlichen Versuche von damals verstehen, sie zu erniedrigen. Manche Männer sind so. Sie können nicht anders und müssen das knurrende Tier im Herzen einer Frau zwangsläufig ignorieren.

»Du unterrichtest jetzt also in Florenz?«, fragte Renata, Robertos neue Partnerin. Sie war um die dreißig, Lateinlehrerin an einem der angesehensten Gymnasien von Rom und wirkte mit ihrem strengen Gesichtsausdruck und dem immer leicht verdrießlichen Blick nicht gerade sympathisch. Immerhin hatte sie so viel guten Geschmack bewiesen, sich eine originelle Ray-Ban-Brille im 60er-Jahre-Look auszusuchen, die ihre Erscheinung etwas auflockerte.

»Ja«, antwortete Eleonora und schob sich unter den pikierten Blicken aller ein Riesenstück Focaccia mit Honig-Ricotta-Füllung in den Mund.

»Und wo genau?«

»An einem privaten Gymnasium.«

»Ja, aber wie heißt es?«

»Kennst du etwa alle Privatschulen in Florenz?«

»Nein, natürlich nicht.«

»Eben.«

»Es war bestimmt nicht leicht, von einem der besten Gymnasien in ganz Rom an eine toskanische Privatschule zu wechseln«, meinte Liliana, die Älteste in der Gruppe, ohne Eleonora anzuschauen.

Auch die anderen wandten sich fast nie direkt an Eleonora, genau wie früher. Vielmehr redeten sie ständig in der dritten Person von ihr, so als wäre sie gar nicht anwesend oder als wären die Themen, die sie betrafen, viel zu allgemein und vage.

»Nein, war es nicht. Aber ich kann mich dort trotzdem beruflich verwirklichen.«

»Renata hat am Visconti letztes Jahr gleich acht Schüler durchfallen lassen. Acht! Und keiner hat auch nur mit der Wimper gezuckt«, verkündete Robertos bester Freund Sergio, ein passionierter Anhänger von eher althergebrachten Erziehungsmethoden.

»Die jungen Eltern werden solchen Schulen bald den Rücken zukehren«, wandte sich Eleonora an Renata. »Die ersten tun es sogar schon. Was für einen Sinn hat diese Strenge, wenn man sie nur benutzt, um Kontrolle auszuüben? Was wollt ihr damit erreichen? Wollt ihr eine weltfremde Elite heranzüchten?«

»Schön wär's«, meinte Sergio.

»Themawechsel!«, ging Sonia dazwischen. Wenn die Diskussion zu hitzig wurde, schritt sie ein und sorgte wieder für Eintracht und Heiterkeit. »Ich bin ein bisschen verunsichert, wisst ihr? Vorgestern war ich im Kino und habe einen wunderbaren Film gesehen, aber irgendwie ist die Message nicht klar rübergekommen.«

»Welchen Film denn?«, fragte Roberto, ein echter Cineast, der bei solchen Themen sofort hellhörig wurde.

»Existences.«

Allgemeines Raunen erhob sich, und zwischen den »Ah« und »Oh« kristallisierten sich zwei Haltungen heraus. Die eine lautete: »Der Film ist spektakulär«, die andere: »Du hast von Tuten und Blasen keine Ahnung.«

Eleonora kicherte innerlich vor Vorfreude.

»Ach, komm schon, Sonia.« Renata rückte ihre Brille zurecht. »Was soll an der Botschaft von *Existences* denn bitte unklar sein? Da läuft in unseren Kinos endlich mal ein Film, der kaum deutlicher zeigen könnte, wie konfus die sogenannten universellen Botschaften in unserer heutigen Welt sind, und dann kommst du und behauptest, er hätte gar keine?«

Sonia riss die Augen auf, als könnte sie Renatas Ausführungen dann besser folgen. »Na ja, eines habe ich auf jeden Fall begriffen: Alessandro Vannini ist ein echter Star. Ihn würde ich ganz sicher nicht von der Bettkante stoßen.«

Zu Eleonoras Erstaunen sorgte der Satz für allgemeine Heiterkeit. Alessandros Attraktivität, an der kein Zweifel bestand, gepaart mit seinem Talent, wirkte wahre Wunder.

»Das kannst du laut sagen«, meinte Liliana und nickte bekräftigend.

»Einen so attraktiven Mann habe ich noch nie gesehen. Wirklich nie!«, fügte Renata hinzu, woraufhin Roberto sie verdutzt ansah. »Außerdem ist er ein richtig guter Schauspieler.«

Alle waren sich einig in ihrer Begeisterung, und genau in diesem Moment kam Alessandro herein, bereit für seinen triumphalen Auftritt.

Sonia hatte die Sache geradezu perfekt getimt: Die ganze Gesellschaft war entspannt und erging sich in Lobeshymnen. Sie würden nichts davon zurücknehmen können, wenn sich gleich herausstellte, dass Alessandro ausgerechnet wegen des Dummchens hier war, das sie für den größten Fehler in Robertos Leben hielten.

Sonia bemerkte ihn als Erste, weil sie genau dem Eingang gegenübersaß. »Ich fasse es nicht ... Wenn man vom Teufel spricht ...«

Alle drehten sich um, folgten Sonias Blick und bemerkten Alessandro, der sich ungezwungen mit dem Wirt der Trattoria unterhielt. Er schrieb etwas in ein Notizheft und ließ sich bereitwillig fotografieren. Als er das Lokal durchquerte, blickten ihm mehrere Gäste nach und verrenkten sich fast die Hälse.

Eleonora saß da wie gelähmt. Die Komödie hatte für sie jeden Sinn verloren, selbst den der Erheiterung. Doch kaum hatte Alessandro den Tisch erreicht, war alles anders. Nichts hatte mehr Bedeutung, nichts außer ihm und der Eleganz, mit der er sich bewegte.

Alessandro beugte sich zu ihr herunter und küsste sie auf den Mund. Dann betrachtete er die versteinerten Mienen der anderen Gäste und grinste in die Runde. »Guten Abend.«

Alle erwiderten sein Lächeln, außer Roberto, der wie angewurzelt neben seiner steifen Freundin saß. Roberta war so, wie Eleonora nie sein würde. Sie passte perfekt zu ihm.

»Alessandro Vannini!«, kreischte Sonia, die ihre Rolle einfach weiterspielte, obwohl der Kuss auch sie verwirrt hatte. »Setz dich doch zu uns und bestell dir eine Pizza. Was für eine Ehre! Ich bin Sonia, freut mich sehr.«

»Ebenfalls.«

Das anfängliche Unbehagen löste sich nach und nach auf, und bald diskutierte die ganze Runde lebhaft über den Film. Aufgeregt wie kleine Kinder, deren Lieblingszeichentrickfigur gerade vor ihren Augen zum Leben erwacht war, redeten sie wild durcheinander. Alessandro hatte immer schon eine außergewöhnliche Ausstrahlung gehabt, selbst als er noch nicht berühmt war, doch das Scheinwerferlicht verstärkte sein Charisma zusätzlich. Ab und zu drehte er sich zu Eleonora um, nahm ihre Hand und führte sie an seine Lippen. Diese kleinen Gesten rückten Eleonora immer wieder ins Zentrum der Aufmerksamkeit. Ausgerechnet sie, die in den Augen der anderen so gut wie nichts richtig machte, war Alessandros Auserwählte.

Eleonora konnte den hochtrabenden Gesprächen über den Sinn des Films und des Lebens nicht lange folgen.

Ihr Herz pochte viel zu laut, das Blut rauschte in ihren Ohren, und ihr war schwindlig. Sobald Alessandro in ihrer Nähe war, geriet alles durcheinander, die Realität verschob sich, nichts war mehr an seinem Platz. War das Liebe? Ein Schwindelgefühl, ein Graben mitten durch die reale Welt, in den man nicht hinunterzublicken wagt, der einen aber unaufhörlich anzieht und unerbittlich zwingt, näher zu treten? Während Alessandro wild gestikulierte und den gebannten Zuhörern erklärte, was er als Hauptdarsteller gefühlt hatte, war Eleonora unfähig, auch nur einen zusammenhängenden Gedanken zu fassen.

War Liebe am Ende nichts anderes als ein Mangel von etwas anderem? Verspürte sie deshalb diese Leere im Bauch? Unterhalb des Zwerchfells hatte sich ein Abgrund aufgetan, an dessen Rand sie verängstigt entlangtaumelte.

Eleonora aß kaum etwas und saß nur schweigend da, eingehüllt in ihre Erwartungen wie in eine Blase.

Sie wartete auf die Genugtuung, auf den süßen Geschmack der Rache auf der Zunge oder zumindest auf den Lippen. Aber nichts dergleichen geschah.

9

Sie schlenderten durch die Straßen von Santa Maria Maggiore und waren den ganzen Weg bis hierher gelaufen.

Eleonora versuchte, sich die Straßennamen einzuprägen, doch es gelang ihr genauso wenig wie damals, als sie noch in Rom gelebt hatte, nur wenige Schritte vom Hotel *Mecenate* entfernt. Den Namen des chinesischen Mädchens, das die Bar an ihrer Straßenecke übernommen hatte, konnte sie sich problemlos merken, ebenso den des Senegalesen, der den Mini Market an der Ecke betrieb, doch bei Straßennamen spielte ihr Gedächtnis ihr jedes Mal einen Streich.

Zwei Bettler saßen vor dem Kaufhaus Upim, und als sie vorbeigingen, warf Alessandro ihnen einen einfühlsamen Blick zu. Es war kein Mitleidsgehabe, vielmehr hatte er eine ganz besondere Art, andere wahrzunehmen, und sein aufrichtiges Bedauern gab den Menschen ihre Würde zurück.

»Du bist sehr zartfühlend«, sagte Eleonora, als sie die Bar an der Ecke betraten, die sie früher wegen der völlig überhöhten Touristenpreise gemieden hatte.

»Das ist nicht gerade ein Kompliment für einen Mann«, erwiderte Alessandro und wandte sich an den Barmann: »Zwei Kaffee, bitte.«

»Und ob. Du bemühst dich immer, dein Gegenüber nicht zu verletzen.«

»Trotzdem, das Wort klingt für mich nach Schwäche.«

»Meine Güte, bist du pingelig«, sagte Eleonora grinsend, und auch Alessandro musste lachen. »Nicht so laut, sonst erkennt man dich auf der Straße.«

»Ja. Unglaublich, nicht wahr? Die Paparazzi stehen sogar schon bei mir vor der Haustür. An manchen Tagen sind sie mir auf den Fersen, als wäre ich Jack Nicholson.«

Eleonora zuckte mit den Schultern und trank mit der üblichen Ruhe ihren Kaffee. Die Preise in diesem Laden waren zwar saftig, aber wenigstens schmeckte der Kaffee. »Das wundert mich nicht.«

»Hast du den Film gesehen?«

»Natürlich.«

Ein Paar starrte zu ihnen herüber, offensichtlich hatten die beiden Alessandro erkannt. Eleonora wartete, bis er ausgetrunken hatte, dann zog sie ihn genervt auf den Bürgersteig.

»Warum hast du nichts gesagt? Du hättest mich wenigstens anrufen und sagen können: Mensch, Alessandro, von dir hätte ich echt mehr erwartet.«

Eleonora schüttelte den Kopf. Er würde sich nie ändern, nicht mal wenn er einen Oscar bekäme.

»Stimmt, das hätte ich tun können.«

»Aber?«

»Aber ich habe es nicht getan. Ich hatte Angst, dass ich dir auf die Nerven gehe.«

Alessandro beschleunigte seine Schritte und schlug den Weg zur Via Carlo Alberto ein, wobei er ganz selbstverständlich, ohne zu zögern, am Hotel *Mecenate* vorbeiging. Eleonora streckte die Hand aus, um ihn aufzuhalten, ließ den Arm im letzten Moment jedoch wieder fallen. Alessandro hatte mit einer Geste ein Taxi herbeigerufen, als wären sie in New York.

»Da wären wir.« Ein völlig sinnloser Satz, der ihr da über die Lippen kam.

»Ich weiß. Aber ich dachte, ich könnte dir noch zeigen, wo ich wohne.«

Wie konnte er bei diesem Satz nur derart gleichmütig bleiben?

Sie stiegen ins Taxi, und Alessandro sagte »Via Nizza«, ohne Eleonora dabei auch nur einen Augenblick anzusehen. Es war nicht angenehm, sich in seinen Händen wie eine Marionette zu fühlen und nicht einmal mit einem Seitenblick bedacht zu werden. Doch Eleonora protestierte nicht, sondern fügte sich.

Vor einem antiken stilvollen Palazzo stiegen sie aus, und Eleonora fiel sofort der saubere Bürgersteig auf. Selbst der Nachtportier hätte es an Eleganz mit jedem Verkäufer bei Gucci aufnehmen können.

Es hatte den Anschein, als wollte Alessandro seinen Status zur Schau stellen, obwohl er sich auch ohne die Einnahmen aus dem Filmgeschäft eine Wohnung an der Piazza di Spagna hätte kaufen können.

»Gute Nacht, Signor Vannini«, sagte der Nachtportier in seiner Paradeuniform.

»Gute Nacht, Fabio. Morgen früh bräuchte ich dann wieder ein Taxi, zur üblichen Zeit. Hinterlegst du bitte einen Zettel beim Pförtner?«

»Selbstverständlich«, antwortete der Mann beflissen, den Blick auf Eleonoras Beine geheftet.

Sie hatte sich getäuscht, aus der Nähe wirkte er gar nicht mehr so elegant.

Als sie den Aufzug betraten, zerstörte die dröge Fahrstuhlmusik jeden Zauber. Doch Alessandro stand über solchen deprimierenden Dingen.

An den Spiegel gelehnt, stand er mit verschränkten Armen da und musterte Eleonora. Er brauchte nicht das Geringste zu tun, um sie zu verführen. Die gleichmütige Pose reichte ebenso aus wie seine Fähigkeit, sich von der nervigen Melodie nicht aus der Ruhe bringen zu lassen.

»Es gibt einiges zu erzählen«, flüsterte Eleonora und hoffte, dass die Worte in der engen Fahrstuhlkabine ihre Wirkung entfalten und ihr helfen würden, seine Macht abzuschwächen.

»Zum Beispiel?«

Eleonora wollte ihm von Denise' Schwangerschaft berichten. Wollte ihn fragen, ob auch er Teil von Corinnes barmherzigem Plan sei. Wollte irgendetwas sagen, um ihrer Anwesenheit, um dieser Begegnung Bedeutung zu verleihen, um dem Abendessen, dem Spaziergang, der Taxifahrt einen Sinn zu geben. Es kam ihr so vor, als wären sie nie getrennt gewesen. Alessandro empfand vermutlich anders, und das verwirrte sie. Doch sie blieb stumm.

»Nach einem Glas Brandy vielleicht?«, schlug er vor.

»Gut«, gab Eleonora nach.

Der Aufzug hielt an, und sie stiegen aus.

Auf dem langen Flur erklang ebenfalls Musik. Eleonora dachte erst, dass Alessandros Nachbarn eine Party feierten, doch dann stellte sie fest, dass die Musik aus seiner Wohnung kam.

»Hast du Besuch?«, fragte sie erstaunt.

»Ich habe ständig Besuch. Ich kann nicht gut allein sein.«

Alessandro steckte den Schlüssel ins Schloss, und eine magersüchtige junge Frau riss die Tür auf, bevor er aufschließen konnte. Wie hatte sie ihn nur gehört bei der Musik, die zwar nicht ohrenbetäubend laut war, aber ganz sicher das Geräusch übertönte, das ein Schlüssel machte.

»Ein Glück, du bist wieder da«, sagte die junge Frau und warf sich Alessandro an den Hals wie eine Ertrinkende auf offener See. »Alyson hat wieder angefangen.«

»Alyson hat noch nie aufgehört«, erwiderte Alessandro ernst.

Sie betraten den Vorraum, der aussah wie der Wartesaal einer in die Jahre gekommenen Arztpraxis in einem antiken Palazzo. Eleonoras Blick wanderte über den goldgerahmten Spiegel und die beiden Stühle mit den hohen Rückenlehnen an der gegenüberliegenden Wand.

Das Wohnzimmer war mit dunklen Möbeln vollgestellt und wurde von einem riesigen Kamin verschandelt, der fast die gesamte Wand einnahm. Es war unerträglich heiß, eine spärlich bekleidete Frau tanzte durch den Raum und trank dabei Wodka aus einer halb leeren Flasche.

»Es reicht«, sagte Alessandro und nahm ihr die Flasche aus der Hand. »Morgen hast du eine wichtige Szene.«

Da erst erkannte Eleonora die Frau. Es war eine britische Schauspielerin, die als kleines Mädchen in Kinderfilmen spektakuläre Erfolge gefeiert hatte. Früher hatte sie immer den beliebten hochnäsigen Teenager gespielt, inzwischen bekam sie fast nur noch Rollen vom Typ »frustrierte Mutter« angeboten.

»Bitte bring sie ins Bett, Antonio. Sie muss sich dringend ausruhen.«

Aus einer Ecke kam ein junger Mann mit zarten Gesichtszügen auf sie zu. Er hakte die Betrunkene mit einer freundlichen Bewegung unter und begleitete sie hinaus. Alessandro sammelte inzwischen die auf dem Boden verstreuten Kleidungsstücke auf und legte sie über einen Stuhl.

Peinlich berührt wandte er sich an Eleonora. »Tut mir leid, ich hätte nicht gedacht, dass sie wieder trinken würde.«

Eleonora hätte gerne etwas erwidert, irgendetwas, damit der beschämte Ausdruck von seinem Gesicht verschwand. Aber die Magersüchtige stand noch immer zwischen ihnen und hinderte sie daran, Zärtlichkeit zu zeigen.

»Mach dir wegen mir keine Gedanken«, sagte Eleonora knapp.

»Marta, bitte.« Alessandro reichte der Bohnenstange die Kleider, die sie widerwillig ins Schlafzimmer trug.

»Ist das deine Freundin?«, fragte Eleonora steif, kaum dass die junge Frau gegangen war. Trotz der Hitze in der Wohnung fröstelte sie.

»Marta? Na, hör mal, sie ist zwanzig.«

»Nein, die Schauspielerin.«

»Die Schauspielerin ist fünfzig. Abgesehen davon ist weder die eine noch die andere mein Typ. Und was Antonio betrifft: Ich bin nicht vom anderen Ufer.«

»Was machen die dann alle hier in deiner Wohnung? Was soll das hier sein, die Großstadtversion von der Villa Bruges? Ein Hotel für die Armen und Unterdrückten? Die Außenstelle einer Psychosomatischen Klinik?«

Auf einmal wirkte Alessandro traurig, und prompt fühlte Eleonora Wut in sich aufsteigen. Es war absurd, doch Alessandro und Corinne schafften es immer wieder, dass sie sich wie eine Menschenfeindin fühlte.

»Warum redest du so mit mir, Eleonora?«

»Warum musst du dich ständig um irgendwen kümmern?«

»Ich kann nun mal nicht anders. Es macht das Leben leichter. Letztlich tue ich es, weil ich ein Egoist bin.«

Ein Egoist, gütiger Himmel. Es war hoffnungslos.

»Okay, entschuldige. Danke noch mal wegen heute Abend, das war sehr lieb von dir.«

Mit dem unerwarteten Themawechsel hatte Alessandro keine Schwierigkeiten. Er war schon immer in der Lage, Unangenehmes mühelos aus dem Gedächtnis zu löschen.

»Ach, ich habe doch gar nichts weiter getan.«

»Und ob.«

Marta kam wieder herein. »Sie schläft jetzt«, verkündete sie und ließ ihren knochigen Körper auf einen der Mahagonistühle sinken. »Ich glaube, ich gehe auch gleich ins Bett. Kann ich bei euch übernachten?«

»Na klar.«

Natürlich. »Sorry, aber ich muss los.«

In Wirklichkeit wollte Eleonora gar nicht gehen, aber das Chaos und die vielen Leute machten sie nervös. Sie war total angespannt, dabei wollte sie, dass Alessandro sie unbeschwert erlebte und zu dem Schluss kam, dass nur sie die Leichtigkeit besaß, ihn auf seinem weiteren Weg begleiten zu können.

Sie würde ins Hotel zurückfahren und über die Dinge nachdenken, die sie hier in Alessandros Wohnung gesehen und erlebt hatte. Irgendwie würde sie ihm schon nahebringen, dass es nicht nötig sei, sich ständig um andere Leute zu kümmern, sondern dass er sie im Grunde nur an der Hand nehmen und für immer lieben müsste, um glücklich und zufrieden zu sein.

Alessandro nahm sie tatsächlich an der Hand, zog sie in die Küche und machte die Tür zu.

»Bitte entschuldige. Ich wollte dich nicht vor den Kopf

stoßen. Das sind alles meine Freunde, und sie sind ständig bei mir. Antonio wartet auf seinen großen Durchbruch als Schauspieler, und ich helfe ihm ein bisschen dabei, denn er hat wirklich Talent. Marta ist Fotomodell, Single und übernimmt ab und zu Komparsenrollen in meinen Filmen. Sie ist ein sehr liebenswürdiger Mensch, der nur ein bisschen Wärme und Familienanschluss braucht. Alyson ist auch einsam. Sie ist für mich zu einer guten Freundin geworden, und ich mag sie sehr. Wir werden demnächst zusammen vor der Kamera stehen. Ich helfe ihr, so gut ich kann, die Finger vom Alkohol zu lassen.«

Alessandro hatte beim Reden weder Luft geholt noch ihre Hand losgelassen. Wie verzaubert starrte Eleonora auf seine Finger, und die Art, wie er sie mit ihren verschränkte, berührte sie zutiefst, warum auch immer.

»Du brauchst dich nicht zu rechtfertigen, Alessandro. Das hier ist dein Leben.«

»Ich wollte dir unbedingt zeigen, wo und wie ich lebe, das war mir wichtig. Die Villa Bruges fehlt mir. Du fehlst mir.«

Eleonoras Herz setzte für einen Schlag aus wie in einem Teenie-Liebesstreifen.

»Du fehlst uns auch. Die Villa Bruges ist so leer ohne dich. Außerdem sind die Dinge außer Kontrolle geraten.«

»Welche Dinge?«

»Denise ist schwanger.«

Alessandro erbleichte, er wusste zweifellos, dass sein jüngerer Bruder zeugungsunfähig war. Der Moment für eine solche Enthüllung hätte nicht unpassender sein können, doch Eleonoras verdammter Drang, alles zu zerstören, hatte wieder einmal die Oberhand gewonnen. Abgesehen davon musste die zwischen ihnen entstandene Leere mit Neuigkeiten ausgefüllt werden, mit wichtigen Neuigkeiten.

»Oh nein!«

»Tut mir leid.«

»Dir?« Alessandro streichelte ihr übers Gesicht. »Du leidest darunter, nicht wahr?«

Die Frage schloss die Antwort praktisch ein. Demnach war Emanuele der Kindsvater.

Eleonora schluckte schwer. Die Luft, das eigensinnige Glück und die Empörung kratzten in ihrer Kehle. Euphorie, gepaart mit schlechtem Gewissen, durchströmte sie, während sie nach einer plausiblen Ausrede suchte, um eine Entscheidung zu treffen. »Nein«, erwiderte sie kleinlaut. »Ich liebe ihn nicht.«

»War es das, was du mir sagen wolltest?«

Was jetzt? Dass Denise schwanger ist oder dass ich Emanuele nicht liebe? »Ja«, sagte sie einfach.

»Sonst nichts?«

Schluss mit dieser Zärtlichkeit. »Das und ein paar andere Dinge. Aber eins nach dem anderen.«

»Gut.« Alessandro näherte sich ihr, seine Hand lag immer noch auf ihrer Wange. »Glaub mir, Eleonora, ich wollte dich nicht erschrecken. Sie wohnen nicht fest hier.«

»Du kannst mit deinem Leben tun, was du willst.« Eleonora war überzeugt gewesen, dass sie keinen Ton herausbringen würde, doch dann kam ihr dieser hart klingende Satz wie von selbst über ihre Lippen. Sofort versuchte sie, ihn abzuschwächen. »Ich meine, da ist ja nichts Schlimmes dabei. Es tut mir bloß schrecklich leid für dich, dass du immer noch verzweifelt versuchst, Buße zu tun. Ich dachte, du wärst von diesem Hunger geheilt.«

»Dafür gibt es keine Heilung«, erwiderte Alessandro und senkte den Kopf.

Dass er sie küssen wollte, war ebenso offensichtlich und unwirklich. Als er im letzten Moment innehielt, war Eleonora nicht enttäuscht, schließlich hatte sie es erwartet.

Nur mit Mühe konnte sie die Tränen zurückhalten. Sie verzog den Mund zu einem Lächeln, leicht wie ein Schmetterling. »Ich gehe dann mal.«

»Ich sag nur: Déjà-vu. Seit ich dich kenne, tust du nichts anderes, als wegzurennen. Und ich lasse es zu.«

Marta klopfte diskret an die Küchentür und bot Alessandro einen perfekten Vorwand, um sich ein Stück von Eleonora zu entfernen, ohne dem großes Gewicht beizumessen. Selbst in solchen Dingen war er großzügig.

»Sorry, Alessandro, aber dein Handy klingelt. Es ist schon Mitternacht, daher dachte ich, es könnte wichtig sein.«

Alessandro öffnete die Tür und nahm ihr das Mobiltelefon aus der Hand. Eleonora konnte einen Blick auf das Display erhaschen, das ihr »Emanuele« entgegenbrüllte.

»Hallo? Was gibt's? Ach so … Ja … Ja. Warte, ich gebe sie dir.«

Alessandro hielt ihr das Telefon hin, und seine Miene wurde unvermittelt streng. Bevor sie etwas sagte, kontrollierte sie schnell ihr eigenes Handy. Tatsächlich, Emanuele hatte ganze fünf Mal angerufen.

»Ja?«

»Ciao. Ich habe mir Sorgen gemacht.«

»Entschuldige. Ich hab gar nicht gemerkt, dass es schon so spät ist.«

»Kann ich mir vorstellen.«

»Jedenfalls ist alles in Ordnung. Ich bin gerade auf dem Sprung zurück ins Hotel.«

»Tatsächlich?«

»Emanuele …«

»Emanuele, was?«

»Du bist wütend.«

»Sehr sogar.«

»Ich mehr als du.«

Alessandro entfernte sich diskret, und Eleonora trat ans Fenster in der Hoffnung, dass dort die Verbindung besser wäre. Sie verstand Emanuele kaum.

»Du? Wieso das denn?«

»Lass uns später darüber reden.«

»Warum nicht jetzt? Bist du etwa zu beschäftigt?«

»Hör auf damit. Übermorgen bin ich wieder zu Hause, dann können wir in Ruhe reden.«

»Na, das muss ja etwas Wichtiges sein. Mein kleiner Bruder wird sich diesmal etwas ganz Besonderes ausgedacht haben.«

»Es geht gar nicht um deinen Bruder«, sagte Eleonora leise in der Hoffnung, Alessandro würde sie nicht hören.

»Es geht immer um ihn. Immer. Wir sehen uns dann am Sonntag.«

Das Besetztzeichen, das im nächsten Moment ertönte, klang wie eine Beleidigung. Das war ja wohl der Gipfel! Ausgerechnet Emanuele, der besser still gewesen wäre, spuckte große Töne und legte dann einfach auf?

Eleonora hielt das Mobiltelefon umklammert und stürmte zur Wohnungstür, zornig über ihre Verwirrung und enttäuscht über ihren Zorn.

»Lass dir vom Nachtportier ein Taxi rufen«, sagte Alessandro hinter ihr, als sie schon auf dem Treppenabsatz war. Dann fügte er hinzu: »Eleonora, was ist denn los?«

Sie blieb mitten auf der Treppe stehen. »Keine Ahnung.

Ich weiß auch nicht, was los ist. Ihr macht mich alle verrückt.«

»Ihr? Wer?«

»Du und dein Bruder.«

Wieder dieser traurige Ausdruck auf seinem Gesicht. *Verdammt!*

»Tut mir leid. Ich wollte dich nicht verletzen, Eleonora.«

»Hör endlich auf! Du hast mich nicht verletzt. Schön wär's! Dann wärst du jetzt nämlich wütend. Und das würde bedeuten, dass in deiner Brust ein echtes Herz schlägt wie bei allen anderen menschlichen Wesen auch.«

Alessandro blieb reglos stehen und starrte sie überrascht an. Eleonora wäre gern zurückgelaufen, wutentbrannt, um ihn zu küssen und ihn an Ort und Stelle zu vernaschen. Aber sie konnte nicht. Sie konnte sich nicht allein retten.

»Entschuldige«, flüsterte sie daher nur.

»Schon gut.«

»Nee, nicht gut. Leb wohl, Alessandro.«

Damit rannte Eleonora die Treppe hinunter, während ihr das Glück ins Ohr brüllte und sie an den Haaren zog, um sie zum Umkehren zu bewegen.

10

»Stumm, entsetzt, völlig versteinert!«

Während Sonia ins Telefon schrie und es damit fast zum Explodieren brachte, bekam Eleonoras Herz Flügel und setzte zu einem Höhenflug an.

Es war neun Uhr vormittags, sie musste dringend das Hotel verlassen und etwas unternehmen, um nicht durchzudrehen.

»Du meinst also, wir haben sie aus der Fassung gebracht?«

»Aus der Fassung gebracht? Die sind für den Rest ihres Lebens traumatisiert! Gott, wie sehr ich das genossen habe.«

Eleonora lachte immer noch, als sie kurz darauf mit dem Handy am Ohr in der Hotelhalle stand und auf den Rezeptionisten wartete. Sie wollte ihre Zimmerrechnung bezahlen, auch wenn sie erst am nächsten Morgen abreisen würde. Sie hatte in Rom nichts mehr zu tun.

»Sag mal, Sonia. Arbeitest du auch samstags?«

»Ja, ich kann hier leider nicht weg. Aber wir könnten zusammen zu Mittag essen, was hältst du davon? Ich habe eine ganze Stunde Pause. Weißt du noch, wie du mich immer so gegen eins abgeholt hast? Was für schöne Momente!«

»Von wegen schöne Momente! Ich war damals todunglücklich wegen Roberto.«

»Ist ja gut, jetzt rede die Zeit nicht schlecht. Sag, was willst du bis zum Mittag tun?«

»Och, ich glaube, ich gehe am Bahnhof Termini ein bisschen shoppen. Sobald ich in der Nähe bin, melde ich mich.«

»Okay, dann bis später! Mach's gut.«

Bestens gelaunt legte Eleonora auf, und sie war immer noch guter Dinge, als der Rezeptionist endlich kam und ihr mitteilte, dass ihre Rechnung bereits beglichen sei.

»Von dem Herrn dort drüben.«

Der Rezeptionist deutete auf einen Mann, der draußen auf der Straße an einem schwarzen Mercedes lehnte. Das Glas der Eingangstür war matt, dennoch erkannte Eleonora Alessandro sofort. Er stand da und rauchte, als wäre er in einen besonders seltenen Genuss vertieft, etwas, das man sich nur einmal im Leben gönnt.

»Oh, vielen Dank.«

Eleonora lief hinaus, zunächst mit schnellen Schritten, dann deutlich verhaltener, fast schon ängstlich.

Als er sie bemerkte, warf Alessandro die Zigarette in den Gully und kam ihr entgegen.

»Guten Morgen.«

»Ich hatte dir doch Lebewohl gesagt.« Eleonora murmelte die Worte sanft, als würde sie »ich liebe dich« sagen.

Alessandro ignorierte den erhobenen Finger, den sie ihm fast in die Brust bohrte.

»Heute ist ein herrlicher Tag. Ich dachte, wir könnten ein bisschen ans Meer fahren.«

»Ans Meer?«

»Ja, ans Meer.«

Alessandro öffnete ihr die Wagentür des Mercedes, doch Eleonora zögerte.

»Ist das deiner?«, fragte sie skeptisch.

»Ja, wieso?«

Ohne etwas darauf zu erwidern, versank sie in dem nach Leder und Fichte duftenden Sitz. Irgendwo musste einer von diesen grässlichen Duftspendern hängen. Wenn sie ihn fand, würde sie ihn aus dem Fenster werfen.

»Er passt nicht zu dir«, sagte sie schließlich, während er den Motor anließ.

Sein perfekt sitzendes Jackett hatte sie abgelenkt. Darunter trug er ein T-Shirt, auf dem die Muttergottes prangte und darunter der schwarze Schriftzug: *»Mary loves me.«*

»Du meine Güte.«

»Was ist?«

»Dieses T-Shirt.«

»Was ist damit?«

»Egal.« Eleonora blickte wieder geradeaus, sie war schrecklich nervös. An diesem Tag würde alles schiefgehen, er stand unter keinem guten Stern. Sie war nicht einmal in der Lage, dem Gewicht eines einfachen Wortes wie »Lebewohl« standzuhalten.

»Wann fährst du zurück?«, fragte Alessandro, ohne den Blick von der Straße abzuwenden.

Er berührte das Lenkrad nur leicht mit den Fingerspitzen, während sich der Wagen durch den dichten Großstadtverkehr schob. Die Herbstsonne spielte mit den beiden silbernen Ringen, die er am Daumen und am Zeigefinger trug. Eleonora war davon wie hypnotisiert.

»Am Sonntag, wie gesagt. Also morgen.«

»Was wirst du dann tun?«

Gute Frage. »Keine Ahnung. Das hängt davon ab, was für eine Situation ich vorfinden werde.«

»Ich komme an Weihnachten vorbei. Ich will so viel Zeit wie möglich mit Maurizio verbringen, bevor ich nach London umziehe.«

»Meine Güte!« Eleonora fuhr sich übers Gesicht, als wollte sie eine unangenehme Wahrheit verscheuchen. Alessandros Umzug nach London würde in der Villa Bruges ein Chaos auslösen. Eines von der Größe, die das Leben aller Beteiligten verändern würde, das der Schuldigen wie das der Unschuldigen.

»Keine Bange, Eleonora. Corinne ist bei Emanuele im Agriturismo gut aufgehoben. Denise wird abtreiben, so wie ich sie kenne, und Maurizio … Ich bin mir nicht sicher, ob er je von ihr loskommt. Du kannst jederzeit in die Villa ziehen, wenn du magst. Es ist nicht gesagt, dass es automatisch in eine Katastrophe mündet. Mittlerweile weißt du ja, wie meine Familie tickt.«

»Ich danke dir.«

»Nein, ich danke dir. Du bist immer so verständnisvoll …«

Auch das noch! Wenn ihr in den vergangenen Monaten in der Villa Bruges etwas gefehlt hatte, dann Verständnis. Das alles war total verwirrend, sie konnte auf einmal nur noch Umrisse erkennen, so als versuchte sie, durch die matte Glastür ihres Hotels zu spähen.

»Im Gegenteil. Ich reagiere nur deshalb nicht, weil ich nichts kapiere.«

»Die Dinge können sich ändern. Das schwöre ich dir.«

Na dann …

Alessandro bog auf die Via Cristoforo Colombo ein und fuhr stadtauswärts Richtung Meer. Ob er einen bestimmten

Ort im Sinn hatte oder einfach drauflosfuhr? Wie auch immer, Eleonora war es egal.

Sie holte ihr Handy hervor und schrieb Sonia eine SMS. »Tut mir leid, ich kann heute Mittag nicht bei dir vorbeikommen. Ich habe zufällig Alessandro getroffen und mache mit ihm einen Ausflug. Keine Ahnung, bis wann ich zurück bin.«

Kurz darauf kam die begeisterte Antwort. »Ich hasse dich! Aber nicht, weil du nicht vorbeikommst: D.«

»Wenn wir erst mal aus der Stadt raus sind, ist es nicht mehr weit.«

Seine Stimme, die Art, wie er die Vokale mit Honig füllte, gingen ihr durch und durch. Eleonora hatte es fast vergessen.

»Fahren wir nach Ostia?«

»Ja. Ich weiß, es klingt absurd, weil der Film gerade erst angelaufen ist, aber die Paparazzi belagern mich rund um die Uhr. Eigentlich wollte ich mit dir zu mir nach Hause fahren, aber nach gestern Abend ist das keine so gute Idee, glaube ich. Da ist mir Ostia eingefallen. Ich muss dringend mit dir reden.«

»Du bist eine richtige Berühmtheit geworden.«

»Erfolg ist nicht von Dauer. Er fällt einem zu, ohne dass man etwas dafür getan hat. Um ihn zu halten, muss man sich dagegen richtig anstrengen.«

»Ich bin sicher, dass du nicht gleich morgen in Vergessenheit gerätst. Mehr noch, ich bin felsenfest davon überzeugt, dass du auch international erfolgreich sein wirst. Du bist sicher bald auf der ganzen Welt ein Star.«

Alessandro lächelte unsicher. Die Selbstsicherheit, die er normalerweise an den Tag legte, schwand sichtlich, sobald es um seine Träume und deren Verwirklichung ging, und das machte ihn irgendwie liebenswert.

Aber da war noch etwas, das seine Miene überschattete. Er wirkte innerlich hin- und hergerissen zwischen zwei Impulsen – aktiv werden oder passiv bleiben? Er schien sogar unschlüssig zu sein, welchen Weg er einschlagen sollte.

Sie stiegen aus und schlenderten in Richtung Küstenstraße. Alessandro wirkte zornig, was Eleonora beunruhigte. Sie hätte alles dafür gegeben, wenn sie gewusst hätte, was ihm gerade durch den Kopf ging. Sie hatte keine Angst vor seinen Gedanken, nicht mal vor den allerschlimmsten, aber die Vorstellung zu wissen, was sich hinter seiner Stirn abspielte, war mindestens so erregend, wie sich an seinen nackten Körper zu schmiegen.

Eleonora folgte ihm bis zum Strand, wo sich auf dem dunklen Sand kleine harmlose Wellen brachen. Sie waren die Ausläufer jener Wogen, die auf dem offenen Meer brandeten, sozusagen in anderen Dimensionen.

»Dinge, die weit entfernt sind, wirken oft unglaublich anziehend, so wie Orte, an denen man noch nie war«, sagte Eleonora.

»Ich weiß. Deshalb läufst du auch ständig vor allem weg, nicht wahr? Der Gedanke, irgendwo Wurzeln zu schlagen, ist dir zuwider, dafür findest du alles Neue aufregend und damit erstrebenswert.«

Eleonora schluckte ihren Widerspruch hinunter und trat von hinten auf Alessandro zu. Ein Duft nach Blumen und Seife, ebenso vertraut wie betörend, stieg ihr in die Nase. Ihr Blick fiel auf den schwarzen Sand, und der spontane Wunsch überkam sie, diesen rundherum perfekten Mann zu beschmutzen. Doch ihre Vernunft siegte, und sie schaute rasch wieder weg.

»Wieso habe ich dich noch mal hierhergebracht?«, fragte Alessandro, mehr an sich selbst als an Eleonora gewandt.

»Du wolltest mit mir reden. An einem Ort, der so weit wie möglich von deiner Wohnung entfernt ist.«

»Das war ein Fehler.«

»Alessandro, ich verstehe dich einfach nicht. Ich gebe mir alle Mühe, ich schwör's, aber es gelingt mir einfach nicht. Dir ist weder mit Vernunft noch mit Logik oder gesundem Menschenverstand beizukommen …«

Bei ihren Worten drehte er sich abrupt um, nahm ihr Gesicht in beide Hände und küsste sie. Fordernd eroberte seine Zunge ihren Mund, und Eleonora riss vor Schreck die Augen auf, um sie gleich darauf so fest wie möglich zusammenzukneifen. Obwohl sie diesen Mann am ganzen Körper spürte, hatte sie das Gefühl, mutterseelenallein am Strand zu stehen, sobald sie die Augen öffnen würde.

Eleonora legte ganz sacht ihre Arme um Alessandros Hals. Sie leckte ihm über die Lippen, saugte an seiner Zunge, spielte mit ihr und genoss jede einzelne Sekunde.

»Im Oktober wird hier ja wohl irgendwo noch ein Hotel geöffnet sein?«, flüsterte Alessandro auf ihren Lippen, während seine Hände über ihre Pobacken glitten, sie packten und ihren Unterleib gegen seine Erektion pressten. »Andernfalls breche ich den nächstbesten Schuppen einfach eigenhändig auf. Sonst werde ich noch wahnsinnig.«

Eleonora hätte gern etwas Passendes erwidert. Zum Beispiel: »Du kannst mich nicht einfach benutzen wie eine Marionette.« Oder: »Nicht du allein entscheidest, wann wir vögeln.« Sie tat nichts dergleichen.

»Lass uns gehen«, sagte sie.

Schließlich war es ein Wunder, dass Alessandro sie noch begehrte. Schließlich hatte sie seit Monaten auf diesen Moment gewartet. Das Verlangen nach ihm überkam sie wie eine Lawine.

An der Küstenstraße gab es sechs Hotels, von denen sie das erstbeste betraten, da sie ihr Verlangen kaum mehr aushielten. Das Hotel stand halb leer, weshalb sie sogar ein Zimmer mit Aussicht bekamen. »Mit wunderbarem Meerblick«, versicherte ihnen der Mann an der Rezeption.

»Das Meer ist mir gerade so was von egal«, sagte Alessandro, der selbst den letzten Rest seiner Liebenswürdigkeit verloren zu haben schien.

Verstohlen musterte Eleonora den Mann, der vermutlich sogar der Besitzer des kleinen Hotels war. Alessandros unfreundliche Antwort hatte ihn sichtlich getroffen. Möglicherweise hatte der gut aussehende, elegante Gast ja einen guten Eindruck auf ihn gemacht, oder er hatte den berühmten Schauspieler sogar erkannt und auf etwas Werbung gehofft.

Wortlos stiegen sie die Treppe in den ersten Stock hinauf. Alessandro steckte die Magnetkarte in den Schlitz neben der Tür, woraufhin die Kontrollleuchte grün blinkte. Er öffnete die Tür und ging hinein, führte jede einzelne Bewegung mit nervtötender Langsamkeit aus. Als er sein Hemd auszog, wich Eleonora zurück und drückte die Schultern gegen die Wand, als wäre sie ganz benommen von der Ungeheuerlichkeit, die sie gleich begehen würden.

Als Alessandro seinen Oberkörper entblößte, wollte Eleonora sich ebenfalls ausziehen und versuchte, sich aus der Erstarrung zu reißen – vergeblich.

Alessandro erlöste sie schließlich, indem er sie hochnahm und aufs Bett legte. Den Blick auf seinen nackten Körper und den erigierten Penis gerichtet, der wie eine Waffe auf sie zielte, konnte Eleonora kaum glauben, dass Alessandro sich tatsächlich daranmachte, ihr die Strümpfe auszuziehen. Gebannt sah sie zu, wie er sie langsam von ihren Schenkeln rollte, ihre kalten Füße befreite, wie ihre dunkelrot, beinahe schwarz lackierten Fußnägel sichtbar wurden. Sie kamen ihr vor wie die Füße einer anderen.

»Seit Monaten träume ich von dir«, sagte Alessandro, während er ihr den Slip abstreifte und sacht ihre Beine auseinanderschob.

Sie hatte den Pullover noch an und fühlte sich daher mit der unter seinem forschenden Blick bloßgelegten Scham noch nackter. Sie errötete und hielt sich die Hände vors Gesicht, da sie seinen Blick nicht mehr ertrug.

Alessandro stöhnte auf, griff nach ihren Handgelenken und befreite ihre Augen wieder. Er sagte dabei nicht ein einziges nettes Wort, weder neckte er sie, noch beruhigte er sie sanft.

Er schob ihre Beine noch ein bisschen weiter auseinander und begann sie zu lecken wie ein Tier, das seinem Welpen über eine Wunde schleckt.

Irgendwie gelang es Eleonora, sich auf Alessandros unverschämt lange Wimpern zu konzentrieren, die einen Schatten auf seine Wange warfen, während er mit der Zungenspitze kleine Kreise über ihre Vulva zog. Sie stützte sich sogar auf die Ellbogen, um seinen gierigen Mund besser im Blick zu haben.

Eleonora spürte, dass sie jeden Moment kommen würde, und als hätte er es ebenfalls gemerkt, hielt Alessandro abrupt inne, was ihr einen unwilligen Seufzer entlockte.

»Warte«, sagte Alessandro, ganz Herr der Situation. »Ich tue es nicht wahrhaftig.«

Was für ein absurder Satz in diesem absurden Moment.

Alessandro war sich immer irgendwie treu, auch wenn er unverständliche Dinge von sich gab.

Dann erst begriff Eleonora, was er da gerade gesagt hatte.

Alessandro krümmte den Rücken, um in ihren gefügigen Körper einzudringen, und musste nicht einmal mit der Hand nachhelfen. Es war, als folgte er einer schnurgeraden, bereits vorgezeichneten Spur. »Ich kann es einfach nicht glauben, das hier passiert jetzt nicht wirklich.«

Doch, es war geschehen. Alessandro füllte sie aus und verharrte reglos, gleichsam überrascht in ihr. Er hatte tatsächlich die Kontrolle verloren und konnte sich nicht erklären, wie oder warum, und genauso wenig wusste er, wann genau er sich ergeben hatte.

Als Alessandro sich in ihr zu bewegen begann, hörte Eleonora auf zu denken. Die ersten Stöße waren noch verhalten, so als wäre er sich nicht ganz sicher. Als Eleonora seinen wie gemeißelten, athletischen, geradezu unwirklichen Körper auf dem ihren spürte, spannte sie alle Muskeln an und hielt ihn instinktiv fest. Angst überkam sie, denn sie wollte nicht, dass er sich jemals wieder aus ihr zurückzog. Sie spürte, wie er kurz erbebte bei dem Versuch, sich ihr zu entziehen.

»Lass mich«, sagte Alessandro, während er mit den Lippen über ihre steifen Brustwarzen strich und mit der Zunge in die Mulde zwischen ihren prallen Brüsten fuhr.

Trotzig spannte Eleonora die Muskeln noch fester an und verschränkte die Beine hinter seinem Rücken, nicht gewillt, ihn so einfach freizugeben.

Sanfte Wellen der Lust durchströmten sie wie in einem Traum, gefolgt von langen, fast zärtlichen Kontraktionen, ganz anders als die explosionsartigen Erschütterungen, die sie mit Emanuele erlebte. Sie nahm Alessandros Gesicht in beide Hände und schaffte es, ihm in direkt die Augen zu schauen. In dieser Sekunde gab Alessandro jeden Widerstand auf. Er, der sonst die Entscheidungen traf, um sie gleich darauf rückgängig zu machen wie ein Tyrann, ließ endlich seiner Begierde freien Lauf und nahm sie wie ein echter Mann. Von seiner gewohnten Liebenswürdigkeit war nicht viel zu spüren, als er sie nach allen Regeln der Kunst durchvögelte.

Eleonora geriet in Ekstase. Sie wand sich unter seinen Stößen, schrie seinen Namen, verschwand aus dem altmodischen Hotelzimmer, aus allen Räumen, um kurz darauf wieder zurückzukehren, wahrhaftiger und lebendiger als je zuvor.

Alessandro kam unmittelbar nach ihr zum Höhepunkt. Er stöhnte laut auf, das Gesicht in ihren Haaren vergraben, und seine Lust wollte einfach nicht abebben. Dann endlich entspannten sich seine Muskeln und Nerven, und er ließ sich auf Eleonora sinken. Obwohl er ziemlich schwer war, spürte sie sein Gewicht kaum. Er blieb in ihr, wollte sich nicht aus ihr zurückziehen. Sein Penis pulsierte noch immer, als er schließlich sanft und vorsichtig aus ihr herausglitt.

»Was habe ich da bloß getan?«, murmelte er. Nur Alessandro konnte ungewollt so grausam sein.

»Du hast mich geliebt.«

»Bitte verzeih mir.«

Alessandro flüsterte noch immer dicht an ihrem Ohr, während um sie herum die Dinge langsam wieder ihren gewohnten Platz einnahmen, die Zimmerwände und die Möbel ebenso wie das Bett, auf dem sie lagen.

»Da gibt es nichts zu verzeihen, Alessandro. Nichts.«

Er küsste sie zärtlich. Der Honig benetzte ihre Lippen

und Wangen, lief davon herab, immer weiter, bis hinunter zum Herzen.

»Ich liebe dich«, sagte Eleonora in die Stille.

Alessandro blieb stumm.

Nachdem sie einer nach dem anderen geduscht hatten, fuhren sie zurück nach Rom.

11

Eleonora verrichtete die alltäglichen Dinge ganz automatisch und unbewusst. Duschen, ankleiden, schminken – sie tat alles wie in Trance.

Alessandro hatte sie in einen der verborgenen Winkel seiner geheimen Welt geführt, und dort hatten sie sich geliebt. Eben hatten sie noch zusammen ans Meer fahren wollen, und im nächsten Moment lagen sie in einem Hotelzimmer auf dem Bett, ein jeder in den anderen versunken und dennoch beide woanders.

Dann hatte Eleonora einen schweren Fehler gemacht und ihm gesagt, dass sie ihn liebte. Sofort hatte er sich von ihr zurückgezogen und sie vor den Toren seiner geheimen Welt zurückgelassen.

Hirnverbrannte Idiotin!

Eleonora nippte an dem Cappuccino, den sie sich aufs Zimmer hatte bringen lassen, und griff nach ihrem Telefon, um Sonia anzurufen. Sie musste sich unbedingt noch bei ihrer Freundin entschuldigen. Sobald Alessandro am Horizont auftauchte, gab es nur noch ihn, und Eleonora ließ die restliche Welt stehen.

»Hey«, sagte Sonia munter, sie klang heiter und gelassen.

»Ciao. Ich … Es tut mir leid.«

»Was ist das denn für ein Jammerton? Jetzt hör schon auf. War es wenigstens ein schöner Tag?«

»Wunderschön und schrecklich zugleich.«

»Das habe ich mir schon gedacht.«

»Wir waren miteinander im Bett.«

Stille, dann: »Ich könnte jetzt sagen, dass ich dich darum beneide, aber mir ist nicht nach Scherzen zumute. Was hast du nun mit Emanuele vor?«

»Ich muss mein Leben endlich selbst in die Hand nehmen. Wenn ich so weitermache, entgleitet es mir noch total. Ich kann unmöglich mit Emanuele zusammenleben, wenn ich seinen Bruder liebe.«

»Das ist jammerschade«, erwiderte Sonia, als hätte Eleonora noch genießbare Lebensmittel im Müll entsorgt. »Er liebt dich sehr. Wir haben lange über dich geredet, als ich bei euch auf dem Hof war. Er meinte, er hätte gar nicht gewusst, was Liebe ist, ehe er dich getroffen hat.«

Ein Kobold hieb Eleonora seine spitzen Zähnchen in die Brust. Ein kleiner Biss nur, jedoch überaus schmerzhaft.

»Aber ich liebe ihn nicht.«

»Bist du dir sicher? Ich meine … Immerhin bist du freiwillig zu ihm gezogen. Dafür wird es doch einen Grund geben.«

»Ich fühle mich unwiderstehlich von ihm angezogen, so als wäre ich ihm hörig. Keine Ahnung, ich kann das nicht richtig in Worte fassen.«

»Brauchst du auch nicht. Ich würde mir nie erlauben, über dich zu urteilen. Jeder hat gute Gründe für die Entscheidungen, die er in seinem Leben trifft. Aber wir müssen jetzt ganz praktisch denken. Wenn du ihm nicht widerstehen kannst, wie willst du ihn dann verlassen?«

»Ich muss es tun, es geht nicht anders. Es ist lächerlich, einfach nur lächerlich. Ich bin doch kein Teenie mehr!«

»Sei nicht so streng mit dir. Ich habe die beiden Brüder ja nur ganz kurz kennengelernt, aber ich habe ihre Macht deutlich gespürt. Da bist du echt in einen schönen Schlamassel reingeraten. Echt kompliziert das Ganze.«

»Das kannst du laut sagen.«

»Na ja, du bist eben auch eine ziemlich komplizierte Person, nicht wahr?«

Eleonora konnte spüren, wie Sonia lächelte, und musste ebenfalls grinsen. »Ja.«

»Deine Unentschlossenheit hat vermutlich damit zu tun, dass du dich nach einem Zuhause sehnst, nach einem Nest. Ich ahne, wie schwer das alles damals für dich gewesen sein muss. Außerdem weiß ich, dass der einzige Mensch, der diese Erlebnisse mit dir teilen und sie erträglicher machen könnte, alles daransetzt, sie zu verdrängen. Wenn du und Corinne endlich mal miteinander reden würdet, dann wäre sicher alles leichter. Davon bin ich überzeugt.«

»Kann sein. Aber bitte mach hier keinen auf Psychologin, ich bin eh schon völlig durch den Wind.«

»Ist ja gut. Fährst du gleich los?«

»Ja. Ich laufe erst mal in aller Ruhe rüber zum Bahnhof, und danach sehe ich weiter.«

»Gute Reise, meine Süße.«

»Danke und bis bald.«

Eleonora verabschiedete sich mit einem Kloß im Hals von ihrer Freundin. Dann sah sie nach, wer angerufen hatte, während sie mit Sonia gesprochen hatte. Es war Alessandro. Sie atmete tief durch und rief ihn zurück.

»Hallo, Julia.«

»Bitte nenn mich nicht so.«

»Was hast du denn für eine Stimme, du meine Güte. Alles in Ordnung mit dir?«

»Keine Ahnung.«

»Ich bin gerade unterwegs zu dir, um dich zum Bahnhof zu bringen. Nur leider muss ich sofort wieder los, wir haben nämlich schon wieder ein Meeting wegen des neuen Drehbuchs.«

»Am Sonntag?«

»In dieser Branche wird sieben Tage die Woche gearbeitet. Ich bin kein Bankangestellter.«

Eleonora nickte und versuchte sich vorzustellen, wie Alessandro die Anweisungen anderer Leute entgegennahm. Es gelang ihr nicht. »Gut, ich warte im Hotel auf dich.«

»In zehn Minuten bin ich da.«

Seite an Seite und im Gleichschritt liefen sie in Richtung Bahnhof, die Hände in den Taschen und ein mulmiges Gefühl im Magen.

Immer mal wieder drehte sich einer der Passanten um und starrte Alessandro nach. Eleonora seufzte. Daran würde sie sich wohl nie gewöhnen, obwohl Alessandro schon in der Villa Bruges immer im Mittelpunkt gestanden hatte.

Vor einem Zeitungskiosk blieb Alessandro kurz stehen und betrachtete das schrille Cover einer Klatschzeitschrift. Im Vordergrund prangte das derzeit angesagteste TV-Showgirl in Großaufnahme, aber auf einem der kleineren Fotos am Rand war Alessandro in Begleitung einer jungen Frau abgebildet. Darunter stand in Rot: »Der neue Star des italienischen Kinos findet Gefallen an der Zweisamkeit.«

»Was soll das heißen?«, fragte Eleonora und überlegte, ob sie die junge Frau kannte. Auf dem Foto steckte Alessandro ihr gerade eine Zigarette an.

»Das ist Mia Lepore, die Sängerin. Man sagt uns eine Affäre nach.«

»Und, ist was dran?«

Alessandro schüttelte den Kopf. »Nein, kein bisschen. Wir haben uns zufällig auf einer Party getroffen und draußen zusammen eine geraucht.«

»Der helle Wahnsinn. Macht dir dieses ganze Tamtam um dich denn keine Angst?«

Alessandro zuckte mit den Schultern. »Das ist der Preis des Erfolgs. Ich werde mich damit abfinden müssen.«

Er beschleunigte seine Schritte, und Eleonora folgte ihm gedankenverloren. Erst als sie auf dem Bahnsteig auf den Zug warteten, rückte sie mit der Sprache heraus. Sie musste sich beeilen, Alessandro wollte los.

»Hör zu …«

»Da ist er ja schon wieder, dieser seltsame Ton.« Alessandro zündete jedem eine Zigarette an. »Falls du über gestern reden möchtest, sage ich dir freiheraus, dass ich mich zutiefst schäme.«

Er schämt sich. Zutiefst. »Mir emotionale Tiefschläge zu verpassen scheint dir ja großen Spaß zu machen. Komm, gib's zu. Sag: ›Ich bin Sadist und liebe es, anderen wehzutun.‹ Nun sag es schon.«

Alessandro wirkte bestürzt. »Auf keinen Fall. Ich wollte dich bloß um Verzeihung bitten.«

»Wofür denn? Dafür, dass du mit mir geschlafen hast? Dass du mich geküsst und berührt hast? Dass du mir Lust verschafft hast?«

Alessandro sah sich um, als wollte er sichergehen, dass niemand zuhörte. »Bitte, Eleonora, versteh mich nicht falsch.«

»Da gibt es nichts falsch zu verstehen. Ich bin in dich

verliebt und versuche, die Augen davor zu verschließen. Aber die Lage ist ziemlich offenkundig, selbst für mich.«

»Ach ja? Dann erklär sie mir bitte.«

»Ich will's gerne versuchen. Auch ich habe so meine Schwierigkeiten mit der Realität, musst du wissen.«

»Wer hat die nicht?«

»Wir beide vermutlich etwas mehr als andere, Alessandro. Jedenfalls«, Eleonora schloss kurz die Augen, um sich zu sammeln, dann heftete sie den Blick auf seine dunklen Augen, »werde ich mich von Emanuele trennen.«

Alessandro schwieg. Vielleicht wartete er darauf, dass sie weiterredete, oder er versuchte, die Folgen ihrer Entscheidung abzuwägen. Schließlich sagte er: »Ich weiß nicht, Eleonora ...«

»Du musst gar nichts wissen. Es reicht, wenn ich es tue. Fest steht, ich kann so nicht weitermachen. Ich fühle mich hundeelend dabei.«

»Deshalb habe ich mich ja entschuldigt.«

»Hör bitte auf damit. Selbst wenn du mich nicht willst, kann ich trotzdem nicht länger mit deinem Bruder zusammenleben. Ich liebe ihn nicht. Dabei ist er ein wunderbarer Mensch. Er verdient es nicht, den Lückenbüßer spielen zu müssen. Das war er schon viel zu oft, für viel zu viele Frauen. Ich will nicht so sein wie alle, ich bin anders.«

Die Kraft in Eleonoras letztem Satz schien Alessandro aufzurütteln. Er nahm ihre Hand in seine und drückte sie. »Alles wäre anders, wenn du nie mit ihm zusammengewesen wärst. Das verstehst du doch, oder?«

»Meinst du? Ich bin mir nicht sicher. Manchmal kommt es mir so vor, als würdet ihr einen immerwährenden Wettkampf austragen und ewig darum ringen, wer in Führung geht. Bruder gegen Bruder, die ganze Zeit über.«

»Was für ein Blödsinn.«

»Mag sein.«

»Wenn ich auf den Sieg aus wäre, dann hätte ich dich einfach gebeten, Emanuele zu verlassen. Du hättest es sofort getan.«

»Ich werde es so oder so tun.« Eleonora schnippte die Kippe auf die Gleise, kurz bevor der Zug einfuhr.

Das Kreischen der Bremsen war ohrenbetäubend laut, aber tröstlich. Im Chaos entdeckte Eleonora stets Teile von sich, die sie irgendwo verloren hatte. Mitten im Getöse fand sie nun ein Stück Lebenskraft wieder.

»Weißt du, was? Es ist richtig, dass du dich bei mir entschuldigt hast. Wenn ich wüsste, dass du mich liebst, ohne deine Gefühle zu erwidern, würde ich nie mit dir ins Bett gehen.«

Mit großer Ruhe drückte Alessandro seine Zigarette im Abfalleimer aus. Dann nahm er Eleonoras Trolley und wartete im Gedränge der Reisenden, bis die Wagentür aufging.

»Du irrst dich«, sagte er, ohne Eleonora anzuschauen.

Wieder nahm die Wirklichkeit eine neue Wende, was Eleonora kaum noch überraschte. Diesmal flatterte ihr Herz nicht in der Brust, sondern hielt die Flügel still. Im Grunde erklärte sich Alessandro nie, vielmehr warf er den anderen seine rätselhaften Gedanken hin und überließ ihnen die Mühe, sie zu deuten.

Beim Abschied war Alessandro liebenswürdig wie immer. Er verstaute Eleonoras Trolley auf der Ablage und umarmte sie herzlich. Er blieb sogar auf dem Bahnsteig stehen, um ihr zu winken. Doch als sich die Lok in Bewegung setzte, gefror ihm das Lächeln auf dem Gesicht, und er lief neben dem Zug her.

Bevor er immer weiter zurückfiel und schließlich stehen blieb, sagte er noch etwas, das Eleonora allerdings nicht verstand. Eine verzweifelte Unruhe ergriff sie, als würden seine stummen Worte zwischen Licht und Dunkel, zwischen Leben und Tod entscheiden.

Eleonora brach unvermittelt in Tränen aus, und die alte Dame, die ihr gegenübersaß, reichte ihr mitfühlend ein Taschentuch.

»Ach ja, die Liebe«, sagte sie teilnahmsvoll und legte die Hände auf ihren mächtigen Bauch. »Immer dieselben Szenen, die sich stets von neuem wiederholen. Die Liebe ist so was von eintönig, und trotzdem können wir ihr nicht widerstehen.«

Als sie ankam, war Emanuele nicht da.

Corinne begrüßte Eleonora mit einer Umarmung und zog sie als Erstes in die Küche, da sie merkte, dass ihre Freundin müde und niedergeschlagen war.

Dass Corinne sie so sehr mit Aufmerksamkeit überschüttete, machte Eleonora misstrauisch. Aber sie war völlig erschöpft und hatte keine Lust, der Sache auf den Grund zu gehen.

»Wo steckt Emanuele? Das Restaurant ist voll.«

»Ein Notfall bei den Pferden.«

Eleonora murrte unwillig. Sie wollte die Angelegenheit so rasch wie möglich hinter sich bringen. Mit einem Mal schien ihre Zukunft davon abzuhängen, ob sie es schaffte, sich von Emanuele zu trennen. Wenn es ihr tatsächlich gelang, würde sie nichts mehr aufhalten können.

Während die beiden Frauen bei einem Glas Wein zusammensaßen, brach ein Unwetter los. Das Restaurant leerte sich daraufhin ziemlich schnell, das Personal machte früher als gewöhnlich Feierabend, und Corinne zog sich gähnend auf ihr Zimmer zurück.

Eleonora blieb allein in dem kleinen Wohnzimmer neben dem Restaurant zurück und starrte auf das Feuer, das im Kamin brannte. Die Glut erhitzte ihr Gesicht, stach auf ihren Wangen wie kleine Nadeln, aber es war ein angenehmer Schmerz, erst recht im Vergleich zu dem Eissturm, der draußen an den Ästen der Bäume rüttelte.

Irgendwann betrat Emanuele fluchend die Empfangshalle und stürzte in das kleine Wohnzimmer. Er war völlig durchnässt, zog sich noch im Laufen Hemd und Hose aus und warf sie zu Boden. Bei dem dumpfen Geräusch schreckte Eleonora aus dem Schlaf hoch. Müde beobachtete sie, wie die Eiswasserrinnsale sich wie Finger auf dem Parkett ausbreiteten. Der längste Finger floss geradewegs auf sie zu, er gehörte zu einer Hexe, und Emanuele verkörperte ihre Zauberkraft.

Er musterte Eleonora aus dem Augenwinkel, während er seinen wohlgeformten nackten Körper direkt am Feuer wärmte. Aus dem nassen Kleiderhaufen neben ihm stieg Dunst auf, ein feuchter, kalter Hauch, wie eine stumme Klage, die sich in der Luft verlor.

»Was ist passiert?«, fragte Eleonora und hob den Kopf von der Sofalehne, die ihr als Kopfkissen gedient hatte. »Du bist ja ganz nass.«

»Herzlich willkommen«, sagte Emanuele und hockte sich neben sie auf den Boden. Er hatte sich offenbar genug aufgewärmt.

»Hallo, Emanuele.«

»Eines der Pferde ist gestorben.«

»Wie das?«

»Eine schwere Kolik.«

»Oje, das tut mir leid«, sagte Eleonora und schlug den Blick nieder, als ein völlig unangemessenes Schuldgefühl sie überkam.

»Mach nicht so ein Gesicht.«

Sein Tonfall war so hart, dass Eleonora vor Schreck aufschrie, als Emanuele plötzlich hochschnellte und sich über sie beugte. Er legte sich mit dem ganzen Gewicht seines straffen, muskulösen Körpers auf sie und grinste beim Gedanken an das, was er vorhatte.

»Mach gefälligst nicht so ein Gesicht, eigentlich müsste ich dich hassen.«

»Weshalb?«

Emanuele umfasste ihre Brüste und schob ihr den Pullover hoch, um sie besser streicheln zu können.

»Was hast du in Rom getrieben, sag schon? War es so spannend, dass du darüber vergessen hast, mich anzurufen? Dass du am Ende sogar mich vergessen hast?«

»Nichts! Was soll der Quatsch?«

Mit dem Knie drückte er ihr die Beine auseinander. Jetzt war der Moment, ihm zu sagen, dass sie ihn nicht liebte. Jetzt war der Moment, für Klarheit zu sorgen und ihm zu sagen, dass sie nicht zusammenbleiben konnten.

Sein Penis war hart und drückte vehement gegen ihre weiche, pulsierende Vulva. Eleonora spreizte die Beine noch mehr, doch sie hatte die Strumpfhose noch an.

»Was ist das denn?«, fragte Emanuele, als hätte sie noch nie eine Strumpfhose getragen.

Ungeduldig riss er daran und richtete sich kurz auf, um sie ihr ganz abzustreifen, ehe er ihr den Slip bis zu den Knien herunterzog.

»Emanuele …«

»Was denn?«

Seine mit sanftem Druck auf ihrem Bauch kreisenden Fingerkuppen und das Kribbeln, das sie in ihr auslösten, lenkten Eleonora ab. Sie war erregt vom Kopf bis zu den Zehen, doch das bedeutete noch lange nicht, dass sie von ihrem Entschluss ablassen würde. Keineswegs! Sie war nur verwirrt, verdammt noch mal! Verwirrt von diesen geradezu magischen Fingerkuppen.

Eleonora schloss die Beine oder versuchte es zumindest, doch Emanuele drückte sie ihr mit sanfter Gewalt wieder auseinander und drang, ohne zu zögern, mühelos in sie ein.

»Endlich«, stöhnte er. »Endlich.«

Es war nicht richtig, so sollte es nicht laufen.

Eleonora sah sich um, nervös und aufgeregt wie eine Maus in der Falle. Es gab keinen Fluchtweg, was sie jedoch nicht von ihrer hektischen Suche abhielt.

Emanuele ließ ihre Knie los und stützte sich mit den Händen neben ihrem Kopf auf. Sein Penis schien mit ihr verschmolzen zu sein, es gab kein Entrinnen.

Von oben schaute Emanuele auf sie herab, selig wie ein Gott. »Noch ein Tag, ohne dich zu vögeln, und ich wäre verrückt geworden.«

Beim ersten heftigen Beckenstoß entfuhr ihr ein hoher Schrei. Sie kam sich vor wie ein verschrecktes junges Mädchen und spähte besorgt zur Tür hinüber.

»Bitte hör auf, ich habe Angst«, murmelte sie und hasste sich selbst dafür.

»Angst? Wovor denn?«

»Dass jemand reinkommen könnte.«

»Wenn du leise bist, kommt bestimmt niemand.«

Emanuele küsste sie und verschloss ihr so den Mund, ehe er mit aller Kraft zustieß, so als müsste er sich jede einzelne Minute zurückholen, die sie ihm gefehlt hatte.

Eleonora legte ihm die Hände auf die Brust. Alles in ihr sträubte sich gegen ihn und diesen Akt, doch das Feuer in ihrem Unterleib zog ihn unerbittlich an und steigerte seine Lust nur noch. Mit dem Becken passte sie sich seinem Rhythmus an, während sie ihn mit beiden Armen von sich fernhielt.

»Was tust du da? Was ist los, Eleonora?«, fragte Emanuele dicht vor ihrem Mund.

Sie hätte ihm liebend gern geantwortet, aber sie konnte nicht. Stattdessen öffnete sie die Lippen und saugte stöhnend seinen Atem ein. Gleichzeitig hasste sie sich.

»Ich werde dir nicht erlauben wegzulaufen.«

Emanuele schob die Hände unter ihr Gesäß, um noch tiefer in sie einzudringen. Wieder einmal machte er sie damit zu seinem Besitz, wie ein Geschenk an sich selbst, das Eleonora schreiend gab. Sie kam gleich zweimal hintereinander, ein Orgasmus, der unmittelbar in den nächsten überging, ehe Emanuele ebenfalls den Höhepunkt erreichte.

Vor ihrem geistigen Auge sah Eleonora die beiden Brüder, wie sie auf ihrer Brust zur Ruhe kamen, wie ihr Atem sich langsam beruhigte, wie sie sacht aus ihr herausglitten, während die kleine Flamme in ihr noch immer flackerte.

Beide lagen sie auf ihrem willigen Körper, und während der eine sie zärtlich küsste, hatte der andere eine Hand auf ihre Vulva gelegt, um zu spüren, wie viel Lust noch in ihrem Körper war.

»Ich liebe dich über alles.«

Es war Emanueles Stimme, nur seine.

12

Am nächsten Tag hatte Corinne die gleiche eigentümlich gute Laune wie bei Eleonoras Ankunft. Sie werkelte in der Küche und tischte zum Frühstück die verschiedensten Leckerbissen auf, so als hätte Alessandros Großzügigkeit in ihrem Körper Zuflucht gesucht, um für die Sünden zu büßen, deren er sich seiner Meinung nach schuldig gemacht hatte.

Corinne wirkte so glücklich und zufrieden, dass in Eleonora der Verdacht aufkam, sie hätte mit Emanuele geschlafen. Auch sie war nach dem Sex mit ihm manchmal geradezu euphorisch. Sie stellte sich Emanuele vor, wie er mit einer Krone auf dem Haupt auf einem roten Thron saß, während die Frauen aus der Villa Bruges zwischen seinen Beinen knieten und ihm den heiligen Schwanz leckten.

Bei der Vorstellung musste Eleonora spontan lachen, was ihr jedoch sofort unangenehm war. Um ihrerseits Buße zu tun, sprach sie ihre Freundin auf die gute Laune an.

»Dir scheint es ja bestens zu gehen, Corinne«, säuselte Eleonora und überlegte, ob sie lieber einen Toast mit Butter und Erdbeermarmelade oder noch ein Stück von der warmen *torta margherita* nehmen sollte. Sie entschied sich für die Torte. »Ich habe dich seit Monaten nicht so gut gelaunt erlebt.«

»Oh ja, mir geht es gerade super. Probiere mal den hier, der ist mit Kokosnuss«, erwiderte ihre Freundin und reichte ihr ein Stück Schokokuchen, der mit duftenden weißen Kokossplittern bestreut war. Corinne hatte ihn gerade frisch aus dem Ofen der Restaurantküche geholt.

Er schmeckte hervorragend. »Habt ihr den Konditor gewechselt?«

»Ganz genau. Der Mann ist ein Volltreffer. Die Gäste werden bald nur noch seinetwegen herkommen. Emanuele hat wirklich tolle Ideen! In einem Agriturismo müssen keine Schickimicki-Kreationen von einem Spitzenkonditor auf der Karte stehen. Die Leute wollen einfache Süßspeisen, die mit frischen Zutaten aus der Region gemacht sind, am besten Rezepte, die ein Engländer oder Russe sonst nur kennenlernt, wenn er bei einer italienischen Familie zu Gast ist. Findest du die Idee nicht auch genial?«

Eleonora versuchte, überzeugend zu wirken. »Und ob, allerdings nur, wenn er die richtigen Süßspeisen auswählt.«

»Ja klar!« Corinne trällerte fröhlich vor sich hin. Zwischendurch gab sie den Kellnerinnen Anweisungen, wie sie die Torten für die wenigen Frühstücksgäste in der Nebensaison aufschneiden sollten, um sich dann wieder ihrer Freundin zuzuwenden. »Weißt du was? Ich liebe ihn nicht mehr.«

Im ersten Moment begriff Eleonora die Tragweite dieser Enthüllung gar nicht. Ihre Gedanken kreisten nur um Corinne und darum, wie geschickt sie sich in der Küche bewegte. Eigentlich hätte sie selbst die Kellnerinnen anweisen müssen, stattdessen hatte Corinne, warum auch immer, nach und nach die Aufgaben der Hausherrin zu ihren gemacht. Im Lauf der Zeit hatte die Freundin ihr so beiläufig das Zepter aus der Hand genommen, weil sie selbst an der Leitung des Agriturismo nie sonderlich interessiert gewesen war.

»Seit wann kümmerst du dich um die Küche?«

Corinne hielt beim Schneiden der Torte inne. »Hast du mir gerade zugehört, Julia?«

»Nenn mich gefälligst nicht so. Sag schon, seit wann machst du all das hier?«

»Was soll die Frage? Ich tue, was ich kann, um Emanuele zu helfen, wenn ich Zeit habe. Wir haben die anstehenden Aufgaben unter uns aufgeteilt.«

Himmel, wie vernünftig sie war.

»Egal. Was hast du gerade gesagt? Ach ja: ›Ich liebe ihn nicht mehr.‹ Eine echte Sensationsmeldung.«

Verärgert stemmte Corinne die Hände in die Hüften. »Du glaubst mir nicht.«

»Es fällt mir ein bisschen schwer, das wirst du sicher verstehen.«

»Sehr gut sogar. Aber wenn ich dir sage, dass es so ist, dann ist das die Wahrheit.«

»Wann und wie hast du es bemerkt? Ich meine, war es, wie wenn man durch eine Tür hinausgeht und durch eine andere wieder reinkommt? Wie wenn man ewig lange durch ein Labyrinth irrt, um am Ende herauszufinden, dass der Ausgang genau neben dem Eingang liegt? Oder ist es dir eher langsam bewusst geworden, so als wärst du im Halbschlaf von einem Traum in einen anderen übergegangen?«

Corinne antwortete nicht gleich. Sie hatte die Frage zwar verstanden, wusste aber wohl nicht, was sie darauf erwidern sollte.

»Na ja, jedenfalls freue ich mich für dich«, schloss Eleonora, als sie merkte, dass ihre Freundin nach Luft rang.

Corinne verfügte immer noch über eine gewisse Macht, wenn es darum ging, andere sanft zu stimmen.

»Es ist mir klar geworden, als du nach Rom gefahren bist.«

»Aha. Du kannst es also doch an einem bestimmten Punkt festmachen.«

»Ja klar. Was glaubst du denn? Kaum warst du weg, bin ich unruhig geworden. Du in Rom, Alessandro in Rom.«

»Was willst du damit sagen?« Eleonora fuhr zusammen.

»Gar nichts, ich dachte, ihr würdet euch sehen, Zeit miteinander verbringen. Keine Sorge, ich bin nicht eifersüchtig auf dich …«

Lügnerin. »Und weiter?«

»Irgendwann ist mir aufgegangen, dass ich gar nicht wirklich besorgt war. Ich habe sogar versucht, mir euch beide im Bett vorzustellen.«

»Corinne!«

Es gelang Eleonora zwar, ihre Verlegenheit als Empörung zu tarnen, aber sie fühlte sich trotzdem schäbig.

»Bitte, lass mich ehrlich zu dir sein. Du bist doch meine beste Freundin, oder?«

»Ja klar. Nun sag schon.«

»Also, ich habe mir vorgestellt, wie ihr beide zusammen im Bett seid, und habe nicht das Geringste dabei empfunden. Gar nichts. Früher war ich auf jede Frau eifersüchtig, die nur in seine Nähe gekommen ist, selbst auf seine Mutter. Ich weiß, es ist lächerlich. Aber wenn du jemanden so sehr liebst, wie ich ihn geliebt habe, erst recht wenn du einen Mann wie Alessandro liebst, dann frisst dich deine Verunsicherung bei lebendigem Leib auf, sie macht dich völlig kirre.«

Ich weiß. »Ich bin echt froh, Corinne. Ganz ehrlich. Bitte vergiss meine blöden Bemerkungen zu deiner Rolle hier im Agriturismo. Ich habe dich genau aus dem Grund hierhergeholt, damit du unabhängig von Alessandro wieder ein Zuhause findest. Ich weiß doch, wie wichtig das für dich ist.«

»Und du? Brauchst du nicht auch ein Zuhause?«

Eleonora zuckte zusammen. Die Frage war unerträglich. So musste sich eine Frau fühlen, die keine Kinder bekommen kann, wenn man sie nach ihrem Mutterinstinkt fragte. Warum musste man sich für einen Mangel auch noch schuldig fühlen? Schließlich waren in der Natur sowohl Materie als auch Antimaterie vorgesehen. Warum sollte sie sich unbedingt etwas aufbauen? Warum sollte sie die Leerstellen ihres Lebens ausfüllen? Wer hatte das zu entscheiden und weshalb?

»Ich weiß es nicht, Corinne. Ich weiß nur, dass ich bald fortgehen werde.«

Corinne verzog das Gesicht. Es sah sehr eigentümlich aus, so als ob die Luft im Raum plötzlich extrem dünn wäre und sie nicht mehr richtig atmen könnte.

»Wo willst du hin?«

»Auch das weiß ich nicht.«

»Was ist mit deinem Job? Mit Emanuele? Mit uns?«

»Lass uns darüber reden, sobald ich wieder einen klaren Kopf habe, okay?«

»Emanuele wird verlangen, dass du dich ein für alle Mal entscheidest, und zwar noch heute Abend. Er wird wissen wollen, was mit eurer Heirat ist. Und mit eurer Zukunft.«

Eleonora rang nach Atem und musste ein Glas Wasser trinken. Sie versuchte, die Sache herunterzuspielen. »Ich weiß, dass Emanuele mich heiraten will. Aber ich habe ihm schon mehr als einmal gesagt, dass ich in absehbarer Zeit nicht frohen Herzens an eine Hochzeit denken kann.

Ich muss mir erst sicher sein, dass ich irgendwo Wurzeln schlagen kann, und zwar allein, bevor ich mit ihm etwas aufbauen kann. Als Paar. Sonst hätte ich ihn ja schon letzten Oktober heiraten können, wie es ursprünglich geplant war. Aber dazu war ich beim besten Willen nicht in der Lage, was, wie du weißt, zu Reibereien geführt hat. Wir haben die Sache ausführlich besprochen, und Emanuele hat es verstanden.«

»Er wird dir bestimmt einen richtigen Antrag machen und eine eindeutige Antwort von dir haben wollen, Eleonora. Ich glaube nicht, dass er bereit ist, noch länger zu warten.«

»Wenn du mich bei meinem richtigen Namen nennst, werde ich nervös.«

Erneut griff Eleonora zum Glas, aber sie verschluckte sich und musste husten. Sie brauchte dringend etwas Alkoholisches.

»Du solltest dir gut überlegen, was du tust.«

»Okay, okay, ich hab's kapiert.«

»Für immer hier zu leben und alltägliche Dinge an einem vertrauten Ort zu tun ist nicht so furchtbar, wie du vielleicht denkst. Im Gegenteil ...«

Merkte Corinne denn nicht, dass sie mit ihrem Gerede Eleonoras Panik nur noch mehr schürte?

Nein, sie wusste offenbar nicht, dass allein die Vorstellung, am Morgen die Augen aufzuschlagen und über viele Jahre hinweg dieselben Deckenbalken über sich zu sehen, Eleonora verrückt machte.

Oder vielleicht doch?

Vielleicht wusste sie es und beharrte gerade deshalb darauf.

»Ich bitte dich, Corinne, hör auf.«

»Hör zu, ich muss dir etwas gestehen.«

»Ich bin mir nicht sicher, ob ich es hören möchte.«

»Wirst du aber. Danach ist Schluss, das verspreche ich dir.«

Eleonora schwieg, und Corinne brach das Schweigen mit einem abscheulichen Geständnis.

»Ich habe mit Antonella viel über dich gesprochen.«

»Du hast meine persönlichen Angelegenheiten vor einer Psychotante ausgebreitet?«

»Es war doch Antonella! Bitte hör mir zu. Wir haben alle in Alessandros Bann gestanden, wir hätten doch alles für ihn getan. Irgendwann habe ich mich gefragt: Weshalb bin ich ihm gegenüber eigentlich so großzügig, aber für meine beste Freundin habe ich nie etwas getan?«

»Ganz einfach: weil ich nichts gebraucht habe.«

»Das stimmt nicht. Auch du hattest Hilfe nötig. Ich habe inzwischen meine innere Balance gefunden, während du weiterhin ständig umziehst, den Job wechselst …«

Eleonora lachte, obwohl ihr zum Weinen zumute war. »Was für ein Unsinn!«

»Du hast dich selbst kaputtgemacht. Du bist unfähig, irgendwo Fuß zu fassen.«

»Herrgott, das waren gerade mal zwei Umzüge!«

»Nein, es waren drei. Das weißt du ganz genau, Julia.«

»Du sollst mich nicht immer so nennen!«

Den letzten Satz hatte Eleonora gebrüllt. Zwei Kellnerinnen blieben in dem Gang zwischen Küche und Restaurant stehen, die Arme voller Teller und Tassen, und starrten sie an.

Verlegen senkte Eleonora den Blick, schloss die Augen und versuchte, sich wieder in den Griff zu bekommen. »Es reicht jetzt«, sagte sie. »Bitte lass mich allein.«

Corinne nickte, gab sich geschlagen und verließ die Küche.

Der Himmel hatte sich erneut verdüstert, und das Licht im Flur funktionierte nicht. Es hatte einen Stromausfall gegeben, die Servicetechniker waren schon unterwegs. In der Zwischenzeit behalf sich Eleonora mit dem schwachen Schein einer Kerze, um die Tür zu ihrem Zimmer zu finden.

Als sie eintrat, empfing sie ein wohliges Dämmerlicht, das vom Kaminfeuer und zwei langen duftenden Kerzen stammte.

Sie schaute auf die Uhr. Schon halb elf. Es war spät geworden, was nicht daran lag, dass sie ungewöhnlich viele Gäste gehabt hatten. Eine Gruppe Amerikaner hatte das Restaurant von sieben bis zehn in Beschlag genommen, um den Geburtstag des jüngsten Familienmitglieds zu feiern, eines mürrischen und schlecht gelaunten Jungen, der mitten in der Pubertät steckte. Nicht mal die Kerzen auf seiner Torte hatte er ausblasen wollen, sondern immer nur *»What a crap«* gemurmelt und sich dabei zwei Finger in den Hals gesteckt.

Vermutlich war das Verhalten des Jungen eine Reaktion auf die hysterische Begeisterung seiner Familie, die tatsächlich etwas Abstoßendes hatte.

»Die wollten und wollten nicht gehen«, sagte Eleonora und schaute Emanuele verstohlen an.

Er saß auf dem Sofa, die Ellbogen auf den Knien, der Blick auf den Boden gerichtet, wo eine leere Whiskyflasche lag.

Leise ging Eleonora ins Bad, um sich zu waschen. Als sie ein paar Minuten später zurückkam, saß Emanuele noch genauso da wie vorher.

Da erst bemerkte sie die Rosen, Hunderte von Blütenblättern, die auf Boden und Bett verstreut lagen. Dass es keine romantische Geste war, erkannte sie jedoch sofort, denn vor dem Heizkörper in der Ecke lagen die Stiele. An manchen hingen noch ein paar vereinzelte Blätter, und es sah aus, als hätte jemand die Rosen als Peitschen benutzt und sie dann achtlos weggeworfen. In der Ecke gegenüber lag eine mit blauem Samt ausgeschlagene Schachtel, deren Schatten im Kerzenlicht zitterte.

Eleonoras Herzschlag wurde schneller.

»Jede Rose fällt dem Winter zum Opfer«, sagte Emanuele mit rauer, alkoholschwerer Stimme und fügte mit einem bitteren Lächeln hinzu: »Das ist von Dschalāl ad-Dīn ar-Rūmī, einem persischen Sufi-Mystiker und Dichter. Kennst du ihn, Julia?«

»Du …«

»Ich soll dich nicht Julia nennen, ich weiß. Trotzdem: In dir leben zwei Frauen. Die eine ist neugierig und voll unbändiger Lust, die andere in einer finsteren Höhle eingeschlossen. Du bist einerseits Eleonora und andererseits Julia.«

Emanuele erhob sich schwankend und ging in die Küche, auf der Suche nach etwas zu trinken. Im Kühlschrank war noch Wodka, wenn auch nicht mehr viel. Er trank die Flasche in einem Zug aus.

»Warum trinkst du so viel? Davon wird dir bloß schlecht.«

»Vor einiger Zeit hat Sonia mir von deiner Flucht aus Rom erzählt. Sie war besorgt, weil sie befürchtete, dass du bald auch mich verlassen würdest, ohne dass ich den wahren Grund je erfahre. Ehrlich gesagt, hat es mich nicht sonderlich überrascht. Corinne und ich wollten dir helfen, deshalb hat sie dich damals in die Villa Bruges eingeladen. Der pure Hohn. Corinne hat sehr viel für meinen Bruder getan, musst du wissen. Als sie mir von der schlechten Beziehung zwischen dir und deiner Mutter erzählte, sagte ich, wir könnten doch auch dir helfen. Damit du irgendwann merkst, dass deine Überzeugung, von niemandem geliebt zu werden, ein Trugschluss ist. Aber du willst gar nicht, dass man dir hilft. Du willst gleich zweimal sterben, als Julia und auch als Eleonora.«

Emanuele musste sich an der Wand abstützen, so betrunken war er, doch selbst in diesem tragischen Moment war er noch so attraktiv, dass Eleonora die Fassung zu verlieren drohte.

Wenn es ihr gelang, ihn abzulenken, würde er hoffentlich aufhören zu reden. Außerdem würde sie dann ihren Durst nach ihm noch einmal stillen können. Ein letztes Mal, schwor sie sich.

Eleonora trat auf Emanuele zu, ging neben ihm in die Knie, öffnete seine Hose und begann ihn zu streicheln. Es brauchte nicht viel, um ihn zu erregen. Sein Körper hatte etwas Animalisches. Purer Instinkt.

Emanuele packte sie bei den Haaren, während Eleonora seinen Penis in den Mund nahm und daran saugte wie ein wildes Tier, wie eine Löwin, die sich über ihre Beute neigt. Allerdings hatte sie Emanueles Macht unterschätzt. Er war noch immer fähig, weiter zu bohren, immer tiefer vorzudringen und Schlamm aufzuwühlen, selbst während sie seinen Schwanz bearbeitete.

Als er sie an den Haaren zog, glitt sein Penis aus ihrem Mund und entlockte ihr einen unwilligen Seufzer. Emanuele nahm sie hoch, legte sie aufs Bett, entkleidete sie und lehnte sich zurück, um sie in Ruhe zu betrachten. Offenbar war er nicht zufrieden, denn er drückte ihr die Knie so weit auseinander, bis Eleonora mit angewinkelten Beinen dalag.

»Ich dachte, es sei ganz leicht, dich zu nehmen.«

Eleonora atmete schwer, als das Verlangen in ihr übermächtig wurde, wie schon so oft. An diesem Abend hätte sich alles klären sollen. Der Abend des Abschiednehmens, der Aussprache, der Versuche, dem anderen nicht wehzutun. Stattdessen lag sie wehrlos da und wartete sehnsüchtig darauf, Emanuele in sich aufzunehmen. Es war, als hätte er sie in Ketten gelegt, als käme sie nicht gegen die übermächtige Schwerkraft an, die ihren Körper mitsamt ihrer Seele auf das Bett niederdrückte.

Eleonora streckte die Arme aus, und Emanuele ließ zu, dass sie ihn umarmte. Er streichelte sie zwischen den Beinen, allerdings ohne die übliche Energie, was sie fast zum Schreien brachte.

»Bitte!«

Der übliche Reigen ihrer Betteleien begann. Sie wollte es nicht, aber sie konnte nicht anders.

»Wie kannst du nur, Eleonora?«

»Was ist heute Abend denn nur mit dir los, Liebster? Was hast du?«

»Liebster?«

Emanuele hob sie ein Stück an und drehte sie unsanft um. Jetzt lag sie wirklich wie ein gefangenes Tier ausgestreckt auf dem Bett, während er ihre Pobacken auseinanderschob, um in sie einzudringen. An diesem Abend war etwas in Emanuele, das in ihrem Körper bei jeder Bewegung, zu der er sie nötigte, einen Schrei auslöste. Es war etwas Primitives, Animalisches.

Er umfasste ihre Hüften und schob sich so tief in sie hinein, dass es ihr den Atem raubte.

»Hier gibt es keine Liebsten«, grollte er, nahm eine Hand von ihrer Hüfte und drückte auf ihren Unterleib. »Nur Lust. Mörderische Lust.«

»Nein, nein, nicht nur das.«

»Du Lügnerin!«

Beim nächsten Stoß prallte Eleonora mit der Stirn gegen das Kopfteil des Bettes. Emanuele schenkte dem keine Beachtung. Er vögelte sie ohne Unterlass, mit einer Wut, die ihr Angst machte. Eleonora konnte weder sprechen noch schreien oder betteln. Sie ließ ihn einfach machen und wartete nur noch darauf, dass er zum Höhepunkt kam. Endlich zog er sich aus ihr zurück, um sich über ihren Rücken zu ergießen, und dabei stöhnte er so abgrundtief, wie sie es noch nie gehört hatte.

Als Eleonora die Wärme seines Spermas auf der Haut spürte, kamen ihr die Tränen. Sie drehte sich um und ließ sich ins Kissen sinken, während er sich anzog, ohne sich zu waschen.

Es war alles so verwirrend, so kompliziert. Wohin wollte er nur?

Eleonora drehte sich zur Tür, doch Emanuele hatte das Zimmer bereits verlassen.

Dann spürte sie einen heftigen Schmerz zwischen den Beinen und setzte sich auf, rang nach Atem. Es musste etwas Schreckliches passiert sein. Hier, in diesem Raum.

Ihr Blick fiel erneut auf die Rosenblätter und die fast kahlen Stiele. Sie folgte der Spur des Zorns, der sich in ihrem Schlafzimmer entladen haben musste, bis zu der blausamtenen Schachtel, die halb geöffnet in der Ecke neben der Badezimmertür lag.

Als sie den kaputten Deckel aufmachte, entdeckte sie einen Ring. Der Diamant schien im Licht der fast erloschenen

Kerze zu lächeln. Doch es war ein feixendes, ein höhnisches Lächeln.

Links davon lugte unter dem Nachttischchen die Ecke eines Papiers hervor. Mit zwei Fingern angelte Eleonora danach und hielt eine Zeitschrift in der Hand.

Sie war in der Mitte aufgeschlagen, genau auf der Seite, auf der ein großes Foto abgedruckt war. Darauf waren sie und Alessandro zu sehen, wie sie sich am Strand von Ostia küssten.

13

Eleonora rief in der Schule an und bat die Rektorin, sie für einen Tag zu beurlauben.

Am liebsten hätte sie sich für den Rest ihres Lebens beurlauben lassen, da sie jedes Interesse an ihrer Klasse und der Abiturprüfung verloren hatte. Die verwöhnten Rotzlöffel würden sowieso alle problemlos einen Job finden, und wer von ihnen studieren wollte, konnte sich auf die große Zahl korrupter Professoren verlassen.

Was das anging, war sich Eleonora sicher, deshalb hatte sie auch weder Skrupel noch Bedauern, als sie sich krankmeldete. Schließlich schlief sie derzeit höchstens zwei Stunden pro Nacht und träumte, sobald sie zwischendurch mal einnickte, immer wieder von der einen Nacht, in der alles anders geworden war, jener Nacht, in der das Grauen in ihr Leben getreten war.

Als Letztes legte sie das schwarze Etuikleid in den Koffer, damit es nicht knitterte. Ihr lag viel an dem Kleid, denn es machte eine gute Figur.

»Ich verstehe das alles nicht. Wieso willst du so von jetzt auf gleich …«

Corinne lehnte am Türrahmen, als könnte sie sich kaum mehr auf den Beinen halten. In ihrem Blick lag kein echter Kummer über das, was sich hier gerade abspielte, sondern etwas, das Eleonora eher wie Angst vorkam. Wovor, hätte sie allerdings nicht zu sagen vermocht. Vielleicht fürchtete Corinne sich davor, allein zu bleiben. Oder davor, dass einer ihrer geheimen Wünsche in Erfüllung gehen könnte. Manchmal verfolgt man jahrelang ein Ziel, und wenn man es endlich erreicht, dann erscheint es einem auf einmal zu groß oder zu klein oder gar sinnlos.

»Worauf soll ich denn warten? Auf die nächste Demütigung? Emanuele wird mich nicht mehr sehen wollen. Und ich kann ihn nur zu gut verstehen.«

Der Koffer ließ sich mühelos schließen, er war nicht mal voll. Fast alles, was Eleonora im Alltag verwendete, gehörte dem Agriturismo, mit Ausnahme der alten Zahnbürste, die sie ständig auszutauschen vergaß, sowie einer Kosmetiktasche mit Schminkzeug.

»Was hat Maurizio gesagt?«

»Wie erwartet hat er sich gleich dazu bereit erklärt, mich bei sich aufzunehmen. Ich werde aber nicht lange in der Villa Bruges bleiben.«

»Du könntest bei deinem alten Vermieter in Florenz nachfragen. Vielleicht ist die Wohnung ja noch frei.«

»Ich werde auch nicht lange in Florenz bleiben.«

Corinne seufzte wie eine Mutter, die nicht lockerlassen will, aber auch nicht weiß, was sie noch tun soll.

»Das kann's doch nicht sein, Eleonora. Für eine Privatschule bezahlen sie nicht schlecht, und du bekommst so viel Lob für deine Arbeit.«

»Unsinn, das Gehalt ist ein Witz. Und jetzt lass mich bitte durch.«

Eleonora hob den Koffer an, der ihr erstaunlich schwer vorkam. Als Corinne ihr helfen wollte, stieß sie die Freundin brüsk beiseite. Sie hatte genug von ihrer Freundlichkeit.

Es war immer dieselbe Leier: Die sanftmütige Corinne schubste die wilde Eleonora, die daraufhin drei Meter in die Tiefe fiel, was nur leider keinem auffiel, weil der Stoß als Liebkosung getarnt war.

Corinne hätte ihre Freundin eigentlich hassen müssen, obwohl sie ihr neulich erst gestanden hatte, dass sie Alessandro nicht mehr liebte. Aber das war sowieso unglaubwürdig. Stattdessen stand sie mit Tränen in den Augen vor ihr, die Hand nach ihr ausgestreckt und mit der Zärtlichkeit einer Mutter, die kaum Lebenserfahrung hat.

Scher dich zum Teufel.

»Was ist mit Alessandro?«, fragte Corinne, während sie die Treppe hinuntergingen, Eleonora mit dem Koffer voran, der auf jeder Stufe aufschlug. »Hast du in letzter Zeit etwas von ihm gehört?«

»Nein.«

»Du solltest mit ihm reden. Möglicherweise kann er …«

»Was denn? Auf einem Schimmel daherkommen und mit mir ins Glück reiten?«

»Nein, ich meine … Ach, keine Ahnung, aber vielleicht …«

Eleonora blieb so abrupt am Ausgang stehen, dass Corinne in sie hineinlief. Sie unterdrückte den Impuls, ihre Freundin zu umarmen.

»Denk nicht mehr daran, Corinne. Alessandro hatte bloß einen schwachen Moment und ich auch. Das war alles.«

»Wärst du denn nicht gern mit ihm zusammen?«

»Du liebes bisschen«, seufzte Eleonora. »Das fehlte gerade noch, dass wir hier über eine Beziehung zwischen mir und Alessandro rumphilosophieren. Ausgerechnet du und ich! Immerhin bist du nach wie vor seine Ehefrau.«

»Zwischen Alessandro und mir ist es aus. Außerdem: Nur weil man über eine Sache nicht spricht, heißt das noch lange nicht, dass sie nicht existiert.«

Corinne hatte recht, aber wie sollte sie ihr erklären, dass sie mal wieder das Gefühl hatte, eher ihre Freundin, die für sie wie eine Schwester war, betrogen zu haben als Emanuele? Da war brüske Abwehr sicher der bessere Weg. Vielleicht würde Corinne sie dann endlich auch mal schlecht behandeln. So wie sie es verdiente.

Ohne sich groß zu verabschieden, stieg Eleonora ins Auto und fuhr los. Im Rückspiegel sah sie die magere, zerbrechliche Gestalt von Corinne, die an die Eingangstür gelehnt dastand. Ihr Blick war starr auf die Heckscheibe des davonfahrenden Wagens geheftet, so intensiv, dass er das Glas durchbohrte.

Für einen Augenblick schloss Eleonora die Augen und hoffte, Corinne wäre verschwunden, wenn sie sie gleich wieder öffnete.

In der Villa Bruges war niemand zu Hause. Eleonora benutzte ihren alten Schlüsselbund, den sie immer noch bei sich trug.

In der Eingangshalle blieb sie kurz stehen, und wie früher herrschte eine bedrückende Atmosphäre, wenn niemand da war. Die Villa Bruges war wie ein gieriges Monster, das einen freundlich in seinem Schoß aufnahm, um einen anschließend zu verschlingen. Es war ein Ort wie aus einem Märchen, deshalb fühlte man sich hier auch nie ganz unbeschwert.

Eleonora stellte nur schnell den Koffer ab und verließ die Villa gleich wieder. Mit dem Auto fuhr sie nach Borgo San Lorenzo, um einen Spaziergang zu machen. Bei jedem

Versuch, über das nachzudenken, was in den letzten Tagen passiert war, erklang in ihrem Kopf ein Stimmengewirr aus Beschuldigungen und Vorwürfen. Sonia und Corinne, ebenso wie Maurizio und Alessandro überschütteten sie mit Vorhaltungen, und das Geschrei hallte in ihrem Innern wider. Sie hoffte, dass der Druck endlich nachlassen würde, wenn sie durch die Straßen des Dorfes schlenderte und unterwegs Silben und Buchstaben verstreute, so wie Hänsel seine Brotkrumen.

Auf dem Parkplatz in der Nähe der zentralen Piazza stellte Eleonora den Wagen ab, und gerade als sie der spontane Wunsch überkam, ihre Mutter anzurufen, erschien der Name von Alessandro auf dem Display ihres Handys.

»Ciao, Alessandro.«

»Wie geht es dir?« Er klang sehr besorgt, offenbar wusste er Bescheid.

»Wer hat es dir gesagt?«

»Maurizio, vor wenigen Minuten. Du bist auf dem Weg zu ihm, nicht wahr? Das ist gut so. Bleib in der Villa Bruges, solange du willst, ich bitte dich darum.«

»Danke.«

»Bist du jetzt sauer auf mich? Wenn ja, kann ich es gut verstehen. Es tut mir schrecklich leid. Ich hätte daran denken müssen, dass diese Mistkerle mir überallhin folgen. Ich bin seit Wochen ständig in den Medien, mir kommt das bloß alles noch so unwirklich vor. Bitte verzeih mir, Eleonora.«

Das war zwar eine schöne Aneinanderreihung von Entschuldigungen und Erklärungen, aber wahrhaftig und aufrichtig hörte sich das alles nicht an, eher so, als wäre er ihr aus Versehen auf den Fuß getreten.

Eleonora gab sich großherzig. Alessandro war in der Vergangenheit oft sehr milde mit ihr gewesen, jetzt galt es, sich zu revanchieren. Sie empfand weder Wut noch Rache oder Schuld, sondern befand sich in einem seltsamen Schwebezustand, in dem alles Vergangene und alles Zukünftige wie in Watte gehüllt wirkte, wie eine gemütliche Wolke in einer Ecke dieser Zwischenwelt.

»Dass ich mich auf dich eingelassen habe, beweist nur, dass es zwischen mir und Emanuele schon länger nicht mehr gestimmt hat«, sagte sie. »Ich hätte es ihm allerdings gerne persönlich gesagt. Wir hatten am Bahnhof kurz vor meiner Abfahrt darüber gesprochen, weißt du noch?«

»Ehrlich gesagt, erinnere ich mich nur vage an den Moment. Ich weiß bloß noch, wie dein Mund aussah, wie deine Haare dein Gesicht umtanzten, wie der Duft deiner Haut, der mich in Wellen erreichte, mich betäubte.«

Eleonora unterdrückte ein Schluchzen. Sie war durstig und konzentrierte sich voll und ganz darauf, damit sie den nächsten Satz über die Lippen brachte.

»Was hast du zu mir gesagt, als der Zug anfuhr?«, fragte sie.

Schweigen.

»Warum hast du gewartet, bis ich im Zug saß, oder vielmehr bis er wegfuhr?«

»Dafür gibt es keinen bestimmten Grund. Ich habe geschwiegen, so lange ich konnte, und als ich mich nicht länger zurückhalten konnte, habe ich versucht, dir etwas zu sagen.«

»Aber ich habe es nicht verstanden. Sag's mir jetzt, bitte.«

»Nein, nicht am Telefon. Ich komme am Samstag vorbei und hole dich ab.«

»Warum?«

»Ich kenne dich, du wirst nicht lange in der Villa Bruges

bleiben. Wir müssen für dich eine Wohnung in Florenz suchen.«

»Wir müssen? Weshalb? Bin ich etwa so beschränkt und hilflos, dass ich das allein nicht kann?«

»Eleonora.«

»Nun sag schon.«

»Ich weiß, du bist sauer auf mich. Aber dieser bissige Ton muss echt nicht sein.«

»Ja, und zwar genauso wenig wie dein Versuch, Buße zu tun. Ich schaffe das schon. Ohne dich.«

»Lass uns am Samstag darüber reden.«

Eleonora seufzte und beobachtete ein junges Paar, das Hand in Hand über den Platz lief. Wie einfach das Leben doch für die beiden war, zumindest sah es so aus. Da gab es entweder ein »Ich liebe dich« oder ein »Ich liebe dich nicht«, es gab entweder einfache oder schwierigere Tage, aber letztlich verlief alles nach einer klaren Melodie, ohne Misstöne und falsche Einsätze.

»Alessandro, hör zu. Ich bin nervös und schlecht drauf, ich weiß. Trotzdem möchte ich dich bitten, nicht gleich herzukommen. Emanuele ist außer sich vor Wut. Ich möchte nicht, dass etwas passiert.«

Dass etwas passiert?

Wie konnte sie es wagen, einen solchen Satz überhaupt auszusprechen, nachdem sie mit beiden Brüdern geschlafen und sie gegeneinander aufgebracht hatte?

Eleonora biss die Zähne zusammen und versuchte, die Erinnerung an den Klang ihrer Worte zu unterdrücken. Doch ein leises unangenehmes Echo blieb zurück und ließ ihr Trommelfell vibrieren, ohne dass sie etwas Konkretes hörte.

»Emanuele wird ganz sicher nichts unternehmen, zumindest nicht mir gegenüber.«

Vielleicht hatte er recht. Wer wusste das schon.

»Tu, was du für richtig hältst.«

»Und du, versuch, dich nicht so zu quälen. Ich kümmere mich um alles.«

Eleonora hätte bei dem Satz laut losprusten können, aber sie beherrschte sich. Es wäre unpassend gewesen. »Ist gut. Wir sehen uns dann am Samstag.«

»Und lauf ja nicht weg. Ich bitte dich. Bleib in der Villa Bruges, bis ich komme.«

»Ich will's versuchen.«

»Versprich es mir.«

»Versprochen.«

»Okay. Bis Samstag.«

Aus dem Spaziergang wurde bald ein strammer Marsch. Mit weit ausholenden Schritten stapfte Eleonora durch die Gassen von Borgo San Lorenzo und blieb vor einem Schaufenster mit Gebäck stehen. Spontan betrat sie die Bar an der Piazza, trank einen Kaffee im Stehen am Tresen und ging wieder hinaus, um eine Zigarette zu rauchen.

Das Chaos in ihrem Kopf entwirrte sich dabei allerdings nicht. Die dichte schwarze Wolke wurde immer wieder wie Blitze von Gedankensplittern ohne erkennbare Logik geteilt.

Eleonora begrüßte den Kunsthandwerker, der sich gut gelaunt vor der Tür seines Ladens aufgebaut hatte. Wie öde sein kleines Leben doch war. Unbeweglich stand er auf der Schwelle seines Ladens und wartete auf Kunden, die mittlerweile nur noch vorbeikamen, um eine Zeitung zu kaufen. Keiner interessierte sich mehr für seine Werke, selbst die Touristen kauften inzwischen lieber den Plastikschrott von den Straßenhändlern. Deshalb versuchte er vermutlich, mit den Zeitungen und Zeitschriften etwas dazuzuverdienen.

»Halt, ich hab da noch was für Sie!«, rief der Händler ihr überlaut hinterher.

Er verschwand in seiner Werkstatt und kam mit einem Büchlein über die indonesische Küche zurück.

Was zum Henker soll ich denn damit? »Oh, vielen Dank, wirklich sehr nett.«

»Das lag der neuen *Chi* bei, Corinne hat es neulich hier auf der Theke liegen lassen.«

Der Körper des Mannes verschwamm vor Eleonoras Augen, zog sich zunehmend in die Länge, ebenso wie seine Arme, mit denen er ihr das kleine, rot-weiß eingebundene Büchlein hinstreckte, als sei es ein schweres Paket.

War das nicht dieselbe Zeitschrift, in der das Foto von ihr und Alessandro erschienen war?

Eleonora nahm dem Mann das Büchlein aus den Händen und betrat die Werkstatt. Drinnen roch es nach Klebstoff, Moos und Weihrauch – und ein bisschen nach Seitensprung.

»Signorina, die Zigarette …«

Eleonora beachtete ihn nicht weiter, sondern ging zum Zeitungsständer und griff nach der neuesten Ausgabe von *Chi*. Im Innenteil entdeckte sie tatsächlich die Beilage, und zwar genau zwischen der Doppelseite mit dem Foto von ihrem Kuss am Strand.

»Entschuldigung«, murmelte Eleonora und legte die Zeitschrift wieder ordentlich zurück.

Sie verließ den Laden und stürmte zum Parkplatz, wo sie ganze zehn Minuten brauchte, um ihr Auto wiederzufinden.

Sie konnte es einfach nicht erkennen.

Mit gesenktem Kopf trat Emanuele aus dem Stall. Es regnete, wenn auch nur leicht. Es regnete ständig in jenen Tagen.

Eleonora bemerkte ihn sofort, obwohl ihre Aufmerksamkeit ganz auf Corinne gerichtet war. Von ihrem Standort im Garten aus, in einem Schattenkegel gleich beim Küchenfenster, hatte sie perfekte Sicht, während man sie vom Haus aus nicht sehen konnte.

Corinne erteilte dem Personal mit strenger Bestimmtheit Anweisungen, als hätte sie nie etwas anderes getan. Den neuen Kellnerinnen lächelte sie aufmunternd zu, während sie diejenigen, die in ihren Augen trödelten, mit missbilligenden Blicken bedachte. Sie probierte Soßen, zupfte Schürzen zurecht, kontrollierte das Menü und die Speiseabfolge.

Eleonora ließ das Büchlein fallen. Innerhalb weniger Minuten war es vom Regen völlig aufgeweicht.

»Ja, sie ist sehr tüchtig«, sagte Emanuele plötzlich neben ihr. Abgesehen davon, dass er den Kopf einzog, suchte er keinen Schutz vor dem Regen und auch nicht vor ihr.

Eleonora bemühte sich, seinem Blick standzuhalten. »Entschuldige, ich wollte nicht spionieren.«

»Weshalb bist du hier?«

»Nicht deinetwegen. Ich weiß, dass du mich nicht sehen willst.«

»Das erscheint mir nur logisch.«

»Ist es auch. Ich bin wegen Corinne hier.«

Emanuele warf einen Blick zur Küche, wo Ordnung und Harmonie herrschten. Dann wandte er sich wieder an Eleonora, wobei er nur mit Mühe seine Wut in Schach hielt.

»Ich hole sie. Ihr könnt auf der Terrasse reden, da seid ihr ungestört.«

»Ist egal, lass nur.«

Er nickte, ohne zu verstehen. »Es ist also nicht so wichtig. Dann kannst du ja wieder gehen.«

»Es ist schon wichtig, nur bringt es nichts. Die meisten Dinge, die wir für wichtig halten, erweisen sich früher oder später als nutzlos. Tut mir leid, dass ich hergekommen bin.«

Sie drehte sich um und wollte so schnell wie möglich davonlaufen, aber es gelang ihr nicht. Sie wäre gerne noch eine Weile geblieben, um zu beobachten, wie ein glücklicher, normaler Ort aussah. Corinne hatte ihr Zuhause gefunden, einen Ort, an dem sie gebraucht wurde, der ihre Bedürfnisse befriedigte.

War das nicht genau das, was Eleonora sich wünschte? Seelenfrieden für Corinne. Doch, doch, es war, was sie immer gewollt hatte, seit sie ihre Freundin damals in dem Schrank versteckt hatte, um sie zu beschützen.

Corinne war fast achtzehn gewesen und extrem zartbesaitet. Man durfte sie nicht erschrecken und verstören schon gar nicht.

»Du bist stark«, hatte ihre Mutter immer von oben herab gesagt. »Nichts macht dir Angst, nichts wirft dich aus der Bahn. Du stehst alles durch. Corinne dagegen …«

Corinne dagegen … Sie ist ja so zartbesaitet.

Eleonora setzte sich ins Auto. Ihr Gesicht war nass, obwohl sie längst im Trockenen saß. Als sie merkte, dass sie weinte, schlug sie mit der Faust aufs Lenkrad.

Sie ließ den Motor an und tat, als würde sie Emanuele nicht sehen, der unter dem Terrassendach darauf wartete, dass sie zu ihm zurücklief und ihn um Verzeihung bat.

Auch in dieser Nacht schlief sie nur zwei Stunden.

14

Der Tag würde schwer auf ihr lasten, das spürte Eleonora sofort, kaum dass sie am nächsten Morgen die Augen aufschlug. Sie schob eine Hand unter der kuscheligen Daunendecke hervor und stellte den Wecker aus. Daran, dass es nicht nach Kaffee und frischen Brötchen duftete, merkte sie, dass sie nicht mehr im Agriturismo war.

Zehn Minuten später klopfte Maurizio an die Tür. »Eleonora? Bist du wach?«

»Ja, aber mir geht's heute nicht so gut.«

Sie bat ihn, nicht hereinzukommen, und Maurizio redete hinter der geschlossenen Tür weiter.

»Was hast du?«

»Nichts, vielleicht bekomme ich eine Grippe.«

»Aha. Ich mache mich gleich auf den Weg in die Schule. Du kommst dann also nicht mit?«

»Nein danke.«

Eleonora wartete, bis Maurizios Schritte sich entfernt hatten, dann erst ließ sie ihren Tränen freien Lauf. Ohne einen einzigen Laut von sich zu geben oder sich zu rühren, weinte sie lange in ihr Kissen, den Kopf voller albtraumhafter Szenen.

Es war höchste Zeit, von hier wegzugehen.

Eleonora riss sich aus ihrer Starre und rief ihre Mutter

an, die zu ihrer Überraschung gleich beim ersten Klingeln abnahm. »Wo bist du?«

Rita sagte einige Sekunden lang nichts, bis ihr dämmerte, wer am Telefon war. »Eleonora, bist du das?«

»Ja.«

»Wie geht es dir, Liebes?«

»Schlecht. Wo bist du?«

»In Wien. Was ist mit dir?«

»Mama, warum bin ich eigentlich nie genug?«

Erneut eine Pause, dann ein Schluchzen.

Wie Corinne zog auch Rita es vor, das Offenkundige zu verdrängen. »Du hast ja ein ganz dünnes Stimmchen, wie als kleines Mädchen.«

»Lass das, Mama. Ich habe Besseres zu tun, als mit dir über meine Stimmlage zu reden. Ich habe wieder Albträume und schlafe keine Nacht mehr als zwei Stunden.«

»Du musst die Dinge endlich akzeptieren, Liebes.«

»Warum muss ich das? Ich bin dreißig und keine zwölf mehr.«

»Na und? Ich bin sechzig. Uns ist schweres Unrecht widerfahren.«

»*Mir* ist Unrecht widerfahren.«

»Das hat unser Leben in ein Vorher und ein Danach gespalten. Die beiden Teile passen seitdem nicht mehr zusammen, und das musst du endlich akzeptieren. Und jetzt hör auf zu heulen! Hast du dich etwa mit Emanuele gestritten?«

»Ja.«

»Er ist ein intelligenter Mann. Er wird es verstehen.«

»Was weißt du schon von Emanuele? Du hast doch höchstens ein- oder zweimal mit ihm gesprochen.«

»Es braucht nicht viel, um ihn einzuschätzen. Er ist oft

ironisch und hat einen Blick für Details. Das zeichnet intelligente Menschen aus.«

»Es funktioniert einfach nicht mit uns.«

»Wie du willst, Liebes. Aber jetzt musst du mich bitte entschuldigen, die Bank hat schon zigmal versucht, mich anzurufen. Ich verspreche dir, dass wir noch mal in Ruhe darüber reden, ja?«

Die Bank …

Eleonora beendete das Gespräch, ohne sich von ihrer Mutter zu verabschieden, und wählte die Nummer von Sonia. Ihr wurde langsam warm unter der Daunendecke und dem Gewicht des bevorstehenden Tages, außerdem musste sie zur Toilette. Aber der Drang, anderen die Schuld in die Schuhe zu schieben, war zu groß. Nach ihrer Mutter war nun Sonia an der Reihe.

»Ciao, Eleonora!«

»Warum hast du das getan?«, platzte sie heraus.

Stille.

»Nun?«

»Wovon redest du, Eleonora?«

»Warum hast du mich so hingestellt, als wäre ich verhaltensgestört und damit beziehungsunfähig? Wieso hast du mit Emanuele über mich gesprochen?«

»Eleonora, hör zu. Ich bin im Büro, ich kann hier nicht privat telefonieren. Auf jeden Fall habe ich nie wem anders gegenüber behauptet, dass du verhaltensgestört bist. Das habe ich nicht mal gedacht. Emanuele hat einiges über dich verstanden und sich Sorgen gemacht, deshalb wollte er sich mit mir austauschen.«

»Ihr habt hinter meinem Rücken über mich geredet.«

»So darfst du das nicht sehen. Er liebt dich, und mir liegt viel an dir. Es tut mir leid, ich wollte dir nicht wehtun und dich schon gar nicht hintergehen. Ich habe nur versucht …«

»Was denn? Mich zu retten? Ich habe die Schnauze voll, dass mich alle wie eine bekloppte Psychopathin behandeln.«

»He, steigere dich da nicht so rein. Es bringt gar nichts, am Telefon darüber zu reden, wir sollten uns besser treffen. Egal was ich jetzt sage, du würdest es in den falschen Hals bekommen.«

»Ganz genau.«

»Lass uns unter vier Augen reden und beruhige dich wieder.«

Eleonora seufzte tief und gab schließlich klein bei. Wie immer hatte es ihr auch diesmal keine Erleichterung verschafft, die Schuld bei jemand anders zu suchen. Vielmehr erreichte sie genau das Gegenteil und musste feststellen, dass das Schuldgefühl in ihr wuchs, je heftiger sie andere attackierte, und sich zu einem riesigen unverdaulichen Kloß ballte.

»Ist ja gut, tut mir leid. Ich hätte dich nicht anrufen sollen.«

»Nein, nein, das war schon richtig. Und keine Sorge, ich bin nicht sauer auf dich. Du weißt, dass ich nicht wie die anderen bin. Ich kann nur zu gut verstehen, warum es dir schlecht geht, trotzdem bitte ich dich: Lauf diesmal nicht weg wie sonst immer.«

Sonia ahnte es. Sie spürte, dass Eleonora wieder einmal die Flucht ergreifen wollte, so wie früher, wenn Rita ihr vorgeworfen hatte, dass sie etwas nicht hinbekam, oder sie als Enttäuschung bezeichnet hatte. Meist hatten diese unschönen Begegnungen in der Küche oder an ihrem Bett stattgefunden. Ähnlich wie jetzt hatte sie auch damals reglos dagelegen, den Blick starr an die Decke oder auf einen beliebigen Gegenstand gerichtet, als wollte sie sein Volumen berechnen.

Eleonora hatte dann immer am ganzen Leib gezittert, mit elf genauso wie mit fünfzehn.

»Mama.«

»Warum tust du das, Eleonora?«

»Ich hab gar nichts gemacht, Mama.«

»Stehlen ist deiner Meinung nach also ›nichts‹?«

»Ich war's nicht!«

»In der Turnhalle sind Kameras.«

»Ich war's wirklich nicht!«

»Du bist echt die größte Enttäuschung meines Lebens.«

Sie wollte nicht daran erinnert werden, daher sagte sie schnell: »Ich muss jetzt los, Sonia. Ich ruf dich später noch mal an.«

»Wohin gehst du? Ich bitte dich, Eleonora, warte lieber, bis wir uns getroffen haben. Ich kann hier leider gerade nicht weg, ich habe dieses Jahr schon zu oft gefehlt. Aber sobald ich kann, komme ich nach Borgo San Lorenzo, und wir reden.«

»Bis bald dann. Danke für alles.«

Mit einem raschen Wischen übers Display brachte Eleonora ihre Freundin zum Schweigen und schälte sich dann unter der Bettdecke hervor.

Ihr Koffer war schon gepackt, daher gab es nichts weiter zu tun, als sich auf den Weg zu machen.

Die Rektorin versuchte, Eleonora von ihrem Vorhaben abzubringen, doch sie merkte bald, dass sie nicht dagegen ankam. Eleonoras eisernem Willens stand sie ratlos gegenüber und wusste nicht, wie sie darauf reagieren sollte.

»Ich brauche mein Diplom zurück. Ich habe es am Montag im Sekretariat abgegeben.«

»Ja, aber … Etliche Familien haben ihre Kinder bei uns in der Hoffnung angemeldet, Sie als Klassenlehrerin zu bekommen. Das ist wirklich sehr, sehr schade.«

»Darüber bin ich mir durchaus im Klaren. Trotzdem kann ich nicht anders, ich muss leider kündigen.«

»Sie können die Schüler doch nicht einfach mitten im Schuljahr sich selbst überlassen. Bis Juni müssen Sie Ihre Klassen auf jeden Fall behalten, immerhin haben Sie einen Vertrag zu erfüllen.«

»Dann bin ich eben krank. Ich werde das Attest die Tage nachreichen. Darauf habe ich ein Anrecht.«

»Sie sind krank?«

»Ja. Wenn Sie mich jetzt bitte entschuldigen wollen. Ich werde mich demnächst wieder bei Ihnen melden.«

Damit erhob Eleonora sich und stürzte wie eine Furie aus dem Büro der Schulleiterin. Vor der Tür rempelte sie die Konrektorin an, die ihr erbost etwas hinterherrief. Sie wusste selbst, dass sie sich gerade unmöglich benahm, wie ein trotziges kleines Mädchen. Sie wusste es sogar ganz genau. Trotzdem konnte sie nicht anders.

Eleonora lief, bis sie den Bahnhof erreichte, und blieb erst vor der elektronischen Anzeigetafel stehen, um sich die einzelnen Abfahrtszeiten und die Fahrtziele durchzulesen. Sie hielt nach einem Schnellzug Ausschau, der sie möglichst weit weg brachte, zum Beispiel nach Kalabrien, wo sie seit Jahren nicht mehr gewesen war. Dort würde sie sicher eine kleine Wohnung finden, die einigermaßen erschwinglich war. Fürs Erste würde sie einfach den Schulkindern im Dorf Nachhilfeunterricht geben. Ein Dorf, ja, das war die Lösung, ein Dorf an der ionischen Küste.

Um Viertel nach zwölf fuhr ein Zug nach Lamezia. Der Gedanke, eine geschlagene Stunde warten zu müssen, war Eleonora unerträglich, und für einen Augenblick erwog sie, doch ihr altes Auto zu nehmen. Allerdings verwarf sie die Idee sogleich wieder. Es war immer noch besser, eine Stunde am Bahnhof in Florenz zu verlieren, als mit einem Motorschaden auf der berüchtigten Strecke zwischen Salerno und Reggio Calabria liegen zu bleiben.

Während sie in der Schlange vor dem Fahrkartenschalter stand, rief Corinne an. Eleonora ging ran, als wäre alles wie immer.

»Hallo.«

»Ciao. Wie geht's?«

»Gut, danke. Und dir?«

»Gut. Ich dachte … Na ja, bald hat Rita Geburtstag, da könnten wir doch im Agriturismo eine Überraschungsparty für sie organisieren. Sie würde sich bestimmt freuen, glaubst du nicht?«

»Meine Mutter lebt in Wien.«

»Na und? Dann steigt sie eben in den Flieger und kommt her.«

»Hast du mich deswegen angerufen, Corinne?«

»Ja. Warum?«

»Nichts, schon gut.«

»Na, was meinst du? Wäre das nicht eine schöne Überraschung? Selbstverständlich organisiere ich die Party nur, wenn du einverstanden bist.«

»Wieso? Mach dein dämliches Fest ruhig allein. Der Agriturismo ist sowieso längst dein Ding geworden.«

Eleonora war die Nächste am Fahrkartenschalter. Sie wühlte in ihrer Handtasche und holte einen Hunderteuroschein hervor.

»Bitte eine Fahrkarte nach Lamezia. Gibt es noch freie Plätze im Frecciargento um Viertel nach zwölf?«

»Ja, Signora. Möchten Sie zweite Klasse fahren?«

»Ja bitte.«

»Lamezia?«, hörte sie Corinne entgeistert rufen, woraufhin ihr bewusst wurde, dass ihre Freundin immer noch am anderen Ende war.

Eleonora seufzte und versuchte, die Fassung zu behalten. »Sorry, ich melde mich später noch mal, Corinne.«

»Was soll das bitte schön heißen? Bist du etwa am Bahnhof? Mach bloß keinen Mist.«

»Und du spar dir deinen überbesorgten Tonfall. Genau das wolltest du doch, als du Emanuele die Zeitschrift gezeigt hast, oder etwa nicht? Jetzt mal ehrlich, Corinne.« Mit einem Nicken dankte Eleonora dem Mann am Fahrkartenschalter und wandte sich in Richtung Bahnsteig, wobei sie sich um einen gelassenen Tonfall bemühte. »Nachdem du dein Helfersyndrom an Alessandro ausreichend ausgelebt hattest, dachtest du dir, als Nächstes könntest du mir helfen und damit endgültig zur Heiligen werden. Doch leider sind die Dinge ein bisschen anders gelaufen, als du es dir vorgestellt hast, und ich habe ein bisschen zu viel Raum eingenommen.«

Da am Bahnhof nicht viel los war, war es auch nicht sehr laut, und Eleonora konnte Corinne keuchen hören.

»Zur Heiligen werden?«, sagte sie mit wehleidigem Unterton. »Wovon redest du?«

»Sieh an, du hast das Schlüsselwort sofort erkannt. Du bist gar nicht so dumm, wie ich dachte.«

»Was ist denn nur los mit dir? Machst du dich etwa schon wieder aus dem Staub? Was ist mit der Schule?«

»Ich habe den Job gekündigt.«

»Mitten im Schuljahr?«

Nichts zu machen, Corinne überging die Sache mit der Zeitschrift einfach. Eleonora hätte ein Buch über ihre Freundin schreiben können: *Corinne und wie sie die Welt sah.*

»Vergiss es. Wir telefonieren, okay? Mach du ruhig weiter dein Ding. Ich wünsche dir viel Glück und Erfolg da, wo du gerade bist. Hoffentlich findest du deinen Frieden. Was mich betrifft, habe ich mittlerweile eingesehen, dass es mir wohl nie gelingen wird.«

»Eleonora! Ich bitte dich, hör auf.«

Eine Bewegung mit dem Finger, und wieder hatte sie ein Telefongespräch mit großer Genugtuung abgewürgt. Dies war der Tag des Zorns. Nicht besonders angenehm, aber alles andere als frustrierend. Gewisse Dinge mussten nun mal erledigt werden.

Emanuele sah sie auf dem Bahnsteig rauchen. Mit gesenktem Kopf, den Blick auf die Gleise gerichtet stand sie da.

Als sie ihn bemerkte, unterdrückte Eleonora den Impuls wegzulaufen, hinunter auf die Gleise zu springen und ihrer Spur bis ans Ende der Welt zu folgen.

Rasch wandte sie Emanuele den Rücken zu und hoffte, dass die unschöne Halluzination verschwinden möge.

Er fasste sie grob am Arm. Sosehr sie es auch versuchte, Eleonora konnte sich nicht aus seinem Klammergriff befreien.

»Mach jetzt bloß keine Szene. Und komm mit.«

Eleonora drehte sich um. »Mach *du* keine Szene. Warum bist du hier? Etwa um mich zurückzuholen? Schon vergessen, dass du mich gerade erst weggejagt hast?«

»Mach dich nicht lächerlich. Du bist dabei, einen großen Fehler zu begehen.«

»Na und? Was kümmert dich das?«

»Es kümmert mich sehr wohl, verdammt noch mal. Bring mich nicht dazu, dass ich fluche, sondern komm endlich mit.«

»Was hat Corinne zu dir gesagt? Fahr zum Bahnhof und hol die Verrückte zurück? Wohl kaum. Ihr geht es ganz sicher nicht schlecht ohne mich.«

»Red keinen Schwachsinn, Corinne ist total verzweifelt.«

»Wie bitte? War sie etwa auch verzweifelt, als sie dir den Zeitschriftenartikel gezeigt hat?«

Emanuele dachte kurz nach, dann schüttelte er niedergeschlagen den Kopf. »Daran will ich gar nicht denken, nicht jetzt. Jedenfalls hat die Aktion nichts mit ihrer Zuneigung zu dir zu tun. Sie war eben außer sich, als sie das Foto von dir und Alessandro gesehen hat. Das ist nur verständlich.«

»Dass ich nicht lache. Hau ab.«

Der Zug fuhr pünktlich ein. Einige wenige Fahrgäste mit schweren Koffern stiegen aus. Eleonora kam es so vor, als hätte keiner von ihnen es sonderlich eilig, einen Fuß auf den Boden zu setzen – was sie sehr gut nachvollziehen konnte.

Emanuele packte sie an den Schultern und versuchte zweimal, sie zu sich umzudrehen, ehe sie ihn anschaute.

»Eleonora, hör mir zu. Wenn ich trotz allem, was du mir angetan hast, jetzt hier bin, dann gibt es dafür einen Grund. Ich liebe dich, wie ich noch nie eine Frau geliebt habe. Ich habe alles versucht, damit du dich bei mir zu Hause fühlst, wenigstens einmal in deinem Leben. Ich habe mir von ganzem Herzen Mühe gegeben, doch nach dem, was geschehen ist, kann und will ich nicht mehr mit dir zusammen sein. Ich fühle mich hintergangen und gedemütigt, keine Frage, und irgendwie liebe und hasse ich dich gleichermaßen, und ich bin nicht so masochistisch, dir noch einmal zu verzeihen. Trotzdem hindert mich all das nicht daran, dich zurückzuhalten und dir nur das Beste zu wünschen. Du darfst nicht länger weglaufen, Eleonora. Du vergeudest dein Leben.«

»Lass mich los, ich bitte dich.«

»Hast du gehört, was ich gerade gesagt habe? Hier hast du ein Zuhause und Menschen, die dich gernhaben.«

»Ein Zuhause? Du willst mir im Ernst erzählen, dass die Villa Bruges mein Zuhause ist?«

»Aber ja doch. Sie ist unser aller Zuhause.«

»Emanuele, ich wollte dir nicht wehtun.«

Bei dieser völlig unpassenden Bemerkung brach Eleonora in Tränen aus. Sie versuchte, sich zu beherrschen, was ihr jedoch nicht gelang.

»Ich weiß.«

»Es war nur, nachdem ich erfahren hatte, dass Denise schwanger ist.«

»Bitte fang nicht wieder damit an. Komm, gib mir den Koffer und lass uns gehen.«

»Ich kann nicht.«

Mit einer heftigen Bewegung riss sie sich los und ging auf den Waggon zu, in dem sich ihr reservierter Sitzplatz befand.

»Ich werde dir nicht hinterherlaufen«, sagte Emanuele laut.

Eleonora schaute sich verlegen und mit gesenktem Kopf um, ob die anderen Fahrgäste etwas mitbekommen hatten. Zum Glück war außer ihnen kaum jemand auf dem Bahnsteig.

»Hast du mich gehört? Ich werde dir nicht hinterherlaufen! Wenn du jetzt gehst, dann hast du ein für alle Mal verloren, Julia. Dann wirst du für immer Julia bleiben.«

Eleonora lief los, denn Emanuele war mit jedem Wort lauter geworden und hatte den letzten Satz regelrecht gebrüllt. Sie wollte nur noch weg von diesem Ort, um auf der anderen Seite der Welt wieder aufzutauchen.

»Du hast verloren, Julia!«

Eleonora stürmte in den Waggon und ließ sich auf ihren Platz fallen, dann zog sie das Rollo vorm Fenster herunter und kauerte sich zusammen. Bald fiel sie in einen unruhigen Schlaf, der sie endlich mit sich in die Ferne zog.

15

Von: alevannini73@gmail.com
An: juliefromnowhere@yahoo.it
Betreff: Spurensuche

Liebe Eleonora,

ich weiß nicht, ob die Mail-Adresse noch gültig ist, aber ich versuche es trotzdem. Du bist einfach spurlos verschwunden, ich konnte dich nirgendwo mehr finden. Corinne behauptet, dass du in Kalabrien bist. Sie hat uns erzählt, dass ihr als junge Mädchen mal einen Sommer am Ionischen Meer verbracht habt, und du meintest, dass du dir dort ein Haus am Meer baust, wenn du mal nicht mehr weißt, wohin. Außerdem hat sie mitbekommen, dass du dir eine Fahrkarte nach Lamezia gekauft hast. Du könntest ebenso gut auf Sizilien sein. Oder in Australien, verdammt. Ich ertrage es nicht, dass ich nicht weiß, wo du steckst.

Ich war gerade dabei, mir eine Zukunft aufzubauen. Die hast du nun in zwei Hälften zerbrochen und eine davon mitgenommen. Damit kann und will ich mich nicht abfinden.

Kurz nachdem du abgereist warst, wollte ich mit meinem Bruder reden und ihm erklären, dass ich mich wirklich bemüht hatte, dich zu vergessen, es mir aber nicht gelungen ist. Aus irgendeinem Grund weiß ich, dass du über meine vielen

Fehler und ständigen Entgleisungen hinwegzusehen bereit warst. Ich weiß auch, dass du mich so akzeptierst wie ich bin, vielleicht weil wir uns so ähnlich sind. Wir finden alle beide keine Ruhe.

Doch dann warst du von einem Tag auf den anderen verschwunden. Du gehst nicht mehr ans Telefon, nicht einmal, wenn Corinne anruft. Ich war völlig verzweifelt und bin sofort zur Villa Bruges gefahren. Zweimal war ich seitdem dort. Ich habe dich auch in Borgo San Lorenzo und Florenz gesucht, leider ohne Erfolg. Du warst und bleibst wie vom Erdboden verschwunden.

In der Zwischenzeit ist hier einiges passiert. Corinne wird als Geschäftspartnerin bei Emanuele einsteigen, sie betreiben den Agriturismo jetzt zusammen. Sie wirkt über diese Entscheidung sehr glücklich. Die ganze Liebe, die sie für mich empfunden hat, scheint verflogen zu sein. Das bedaure ich keineswegs, sondern freue mich für sie. Ich kann es noch immer kaum glauben, dass ich mich ihr gegenüber nicht länger schuldig fühlen muss. Sie hat sich meinetwegen fast umgebracht, weißt du noch? Das bestürzt mich irgendwie.

Vielleicht brauche ich ja diesen ständigen Druck und fühle mich unwohl, sobald ich keine große Last mit mir herumschleppen muss. Es kommt mir so vor, als wäre eine der Pflichten weggefallen, aus denen sich mein Leben wie ein Mosaik zusammensetzt.

Und jetzt brauchst du mich, mein Verständnis und meine Reue auf einmal auch nicht mehr. Ich fühle mich völlig verloren, ohne jeden Halt.

Genug jetzt, ich will dich nicht mit meiner Paranoia belästigen. Es sind noch ein paar andere Dinge geschehen, die positiver und überraschender sind.

Erinnerst du dich noch an Lorena? Sie hat mich vor ein paar

Tagen angerufen. Sie war zufällig in Rom, und wir haben uns in einem Café getroffen. Sie hat mir alles erzählt, aber das kann ich dir unmöglich alles in einer Mail erklären. Nur so viel: Sie war das Mädchen, das mir damals zu essen gebracht hat. Sie ist die Tochter von einem der beiden Entführer, und stell dir vor, ihr richtiger Name ist Sophie. Das Erstaunlichste daran ist aber, dass sie die ganze Zeit dachte, sie hätte damals Emanuele versorgt. Alle waren davon überzeugt, dass sie es mit dem älteren Sohn der Familie Vannini zu tun hätten. Lorena hat mir außerdem erzählt, dass sie längst mit Emanuele darüber gesprochen, er das Missverständnis aber nie aufgeklärt hatte.

Ehrlich gesagt, verstehe ich das nicht. Warum hat mein Bruder zugelassen, dass Lorena die ganze Zeit nach ihm gesucht hat? Was hatte er davon?

Auf jeden Fall war es ein unglaublich ergreifender Moment. Als ich ihr gesagt habe, dass ich der Junge im Keller war, ist sie in Tränen ausgebrochen. Sie war mindestens so glücklich wie verzweifelt und hat immer wieder gesagt: »Bitte vergib mir.«

Das ist es, was sie wollte, was letztlich alle wollen: Vergebung. Indem er sich ein weiteres Mal für mich ausgegeben hat, versagte Emanuele ihr genau das. Warum diese Boshaftigkeit? War es Rache, Schmähung oder Trotz? Warum ausgerechnet ihr gegenüber, dem einzigen Menschen, der in der fürchterlichen Situation von damals so etwas wie Menschlichkeit gezeigt hat?

Übrigens bin ich immer noch nicht nach London gefahren. Drehbeginn ist jetzt doch erst im Februar, es hat Probleme mit der Produktionsfirma gegeben. Die Wirtschaftskrise hat verheerende Auswirkungen auf die Filmbranche. Der Regisseur muss nun mit einem Drehbuch leben, aus dem alles entfernt wurde, was irgendwie unpopulär sein könnte, bis er beim x-ten Einwand der Produktionsfirme den Bettel entnervt hingeworfen hat. Nach langen Verhandlungen haben sie sich am Ende doch noch geeinigt. Damit dürfte es jetzt keine Änderungen mehr geben. Ich kann den Regisseur sehr gut verstehen. Sie waren kurz davor, einen interessanten Film in eine 08/15-Komödie zu verwandeln. Es ist eine Schande!

Eigentlich weiß ich nicht, warum ich dir das alles schreibe. Vielleicht liest du die Mail ja gar nicht oder nur die ersten Zeilen oder nicht einmal die. Ich weiß gar nichts mehr, außer dass du mir fehlst. Und dass ich eine Menge falsch gemacht habe. Ich habe selbst dann noch Fehler gemacht, als ich mir über die Vergangenheit, die Entführung und die wahren Verantwortlichkeiten längst im Klaren war. Es ist, als würde das Echo all der verdrängten Dinge in meinem Kopf ständig denselben Satz wiederholen: Du bist schuld.

Woran genau, weiß ich zwar nicht, trotzdem verhalte ich mich die ganze Zeit, als wäre ich es. Ich bin schwach, und um einem kleinen Übel aus dem Weg zu gehen, verursache ich ein viel größeres.

Aber ich habe mich verändert. Das schwöre ich dir, Eleonora.

Bitte komm zurück nach Bruges. In ein paar Tagen ist Weihnachten. Ich habe sogar schon ein Geschenk für dich, und deine Mutter hat sich ebenfalls angekündigt, weißt du? Wir alle werden da sein, deine Familie. In deiner Villa Bruges.

Keine Angst, ich werde dir die Flügel nicht stutzen. Wir können ein Leben führen, das uns beiden gerecht wird. Wir brauchen keine Wurzeln zu schlagen. Ich muss beruflich ohnehin ständig verreisen, und wenn du magst, kannst du mich immer begleiten. Ich habe ein Angebt für einen neuen Film bekommen, eine amerikanische Produktion diesmal. Die Dreharbeiten für den britischen Film haben wie gesagt noch nicht begonnen. Bist du dabei? Wir werden jedes Jahr an einem anderen Ort sein. Das gefällt uns doch, immer auf dem Sprung zu neuen Ufern. Wir lassen uns von niemandem mehr einreden, dass mit uns etwas nicht stimmt, genauso wenig müssen wir uns verpflichtet fühlen, jede Krankheit zu heilen.

Man kann nun mal nicht alles heilen. Außerdem ist noch lange nicht jeder glücklich, nur weil er geheilt wird.

Bitte schreib mir zurück.

Dein Alessandro

Der Fischer hatte eine Menge Tellmuscheln hochgeholt, was sehr ungewöhnlich für diese Jahreszeit war. Er machte die Erwärmung der Meere dafür verantwortlich, denn in der Natur gab es für alles eine Ursache. Eleonora bedankte sich bei dem Mann und zahlte ihm mehr, als die Muscheln kosteten, obwohl sie noch immer keine neue Stelle hatte.

»Gib ihm ein bisschen Trinkgeld, dann bringt er dir beim nächsten Mal eine Überraschung mit«, hatte Alessandro ihr ins Ohr geflüstert.

Der Tag gehörte allein Alessandro. Eleonora wachte neben ihm auf, frühstückte mit ihm und hängte die Wäsche auf. Danach gingen sie zusammen auf den Markt, wo Eleonora kiloweise Früchte kaufte, weil Alessandro sie so gerne mochte, spazierten am Strand entlang, saßen mit ein paar älteren Einheimischen auf den roten Plastikstühlen vor einer Bar und tranken Kaffee, obwohl es viel zu kühl dazu war. Später aßen sie in der kleinen Küche Fisch, säuberten die Gräten mit den Fingern, lutschten an den Krebsscheren und drückten duftende Zitronen über Glasschüsseln mit Garnelen aus. Gemeinsam spülten sie das Geschirr und redeten dabei über die kleine, wie in einer Muschelschale eingeschlossene Dorfwelt, ehe sie noch einmal nach draußen gingen und über die Uferpromenade schlenderten, die dem Meer Einhalt gebot, während der

Wind in ihre Kleider fuhr, mit ihren Gedanken spielte und sie mit sich forttrug.

Am Abend verflüchtigte sich Alessandro nach und nach. Während er den Tisch abräumte, wurde seine liebenswürdige Miene zunehmend unscharf. Es war ein sehr ergreifender Moment, der in gewisser Weise auch voller Schönheit war. Eleonora blieb sitzen, die Ellbogen zwischen den vielen Tellern und Schüsseln aufgestützt. Sie mochte es, mehrere verschiedene Gerichte zu probieren, sozusagen aus jedem Schälchen einen Happen.

Es war nicht richtig, dass er einfach mit einer leichten Verbeugung verschwand, so als tue er ihr einen Gefallen.

Die Nacht gehörte Emanuele. Er nahm den Platz seines Bruders an dem quadratischen Tisch ein und aß, ebenfalls mit aufgestützten Ellbogen, eine Olive. Er schien seiner Sache vollkommen sicher zu sein.

Aufmerksam und voller Begehren beobachtete Emanuele, wie Eleonora die Äpfel schälte. Hinter seinen dunklen Augen loderte ein blaues Feuer, während die Pupillen wie erloschene Glut waren und jedes Gefühl zu verbergen wussten.

Der listige Thronräuber half ihr, die Apfelreste und die Plastikteller wegzuwerfen, die sie für das Obst verwendete. Er kümmerte sich um die einfachen Aufräumarbeiten, schließlich hatte Alessandro bereits die Keramikteller gespült.

Ungeduldig wartete Emanuele, bis alles aufgeräumt war, und erlaubte Eleonora gerade noch, eine Zigarette zu rauchen. Manchmal zog er sie schon währenddessen aus und nahm sie, wo es sich ergab. Meistens noch in der Küche.

Mit der einen Hand drückte er sie gegen das nach Seife

duftende Spülbecken, während er mit der anderen ihre Hüften massierte, bis sie anfing zu stöhnen und sich auf die Zehenspitzen stellte, um sich an seinem Penis zu reiben.

Eleonora gefiel es, wenn sie sich derart berührten, und hätte stundenlang so verharren können. Während sie den Hintern an ihn drückte und sich an seiner Jeans rieb, zog er sie besitzergreifend an sich.

Emanuele sagte nie auch nur ein Wort, sein Körper sprach für ihn, und Lügen waren ohnehin nicht vorgesehen. Es gab Nächte, in denen er Eleonora selbst dann noch oral befriedigte, wenn sie schon schlief. Durch den zarten Nebel des Schlafes spürte sie, wie seine Zunge ihren gesamten Venushügel bedeckte, sie neckte und mit ihr spielte. Sogleich öffnete sich Eleonora ihm ohne jede Scham, denn gegen einen solchen Ansturm gab es keine Verteidigung.

Dann wiederum gab es Nächte, in denen er sie nicht einmal küsste und sie auch kaum berührte, sondern von ihr verlangte, dass sie ihn widerspruchslos in sich aufnahm. Sie sollte nehmen, ohne zu geben.

Es war für sie schrecklich, auf diese Weise zum Höhepunkt zu kommen, wenn er sie nur ausfüllte, um sich zu entleeren. Dies war immer dann der Fall, wenn er wegen irgendetwas wütend war, und ihr Orgasmus machte ihn nur noch wütender. Er stieß dann umso kräftiger zu und sagte: »Ich ficke dich nicht zu deinem Spaß.«

Meist kam Eleonora dann noch einmal, und Emanuele zog kurz darauf stinksauer ab.

Allerdings verschwand er nicht langsam, wie Alessandro es tat. Nein, Emanuele schlug Türen zu, machte Gegenstände kaputt und schwor, dass er nie mehr in dieses dämliche Kaff zurückkommen würde.

Von: juliefromnowhere@yahoo.it
An: alevannini73@gmail.com
Betreff: Re: Spurensuche

Lieber Alessandro,

schreib mir bitte nicht mehr.

Danke der Nachfrage, mir geht es gut. Allerdings habe ich weder Lust, nach Bruges zurückzukehren, noch meine Mutter zu sehen. Außerdem habe ich einen neuen Freund, und wir wollen uns ein neues Leben aufbauen.

Glaub mir, es war nicht leicht. Nach den ganzen Ereignissen war ich dermaßen durcheinander, dass ich bei meiner Ankunft hier kaum noch wusste, in welchen Zug ich gestiegen und wann ich losgefahren war.

Wenige Augenblicke zuvor war ich noch in der Villa Bruges, und plötzlich war ich hier.

Wenn dir wirklich etwas an mir liegt, dann lass mich in Frieden.

Eleonora

Von: alevannini73@gmail.com
An: juliefromnowhere@yahoo.it
Betreff: Re: Re: Spurensuche

Was für ein Roman ist das? Klingt sehr interessant, ich würde ihn gerne verfilmen.

Du bist nicht aus der Villa Bruges weggelaufen, weil du durcheinander warst. Du hast bloß wieder einmal die Flucht ergriffen, wie du es schon dein ganzes Leben lang tust.

Keine Sorge, ich verurteile dich nicht. Ich verstehe dich nur zu gut. Schließlich tue ich dasselbe, bloß auf meine Art.

Aber jetzt lass uns mit diesem Schwachsinn aufhören.

Ich rechne fest mit dir.
Alessandro

PS: Grüß deinen Freund von mir und sag ihm, dass er meine Liebste gut behandeln soll, damit sie in Bestform ist, wenn ich sie abhole.

Von: juliefromnowhere@yahoo.it
An: alevannini73@gmail.com
Betreff: Re: Re: Re: Spurensuche

Du glaubst, ich meine es nicht ernst? Da irrst du dich. Wann kommt meine Mutter? (Ich frage übrigens nicht, weil ich vorhabe zu kommen.) Und was hat Denise mit dem Kind gemacht?

Von: alevannini73@gmail.com
An: juliefromnowhere@yahoo.it
Betreff: Re: Re: Re: Re: Spurensuche

Kein Kind. Deine Mutter kommt am 24. im Lauf des Vormittags an, sie hat schon nach dir gefragt. Mach ihr keine Sorgen.

Komm halt einfach für zwei Tage vorbei, okay? Danach kannst du ja wieder zurück ans Ende der Welt und zu deiner großen Liebe fahren.

Von: juliefromnowhere@yahoo.it
An: alevannini73@gmail.com
Betreff: Re: Re: Re: Re: Re: Spurensuche

Okay, mal sehen. Ich gebe meiner Mutter einen Kuss und dann fah…

Eleonora löschte die Zeile wieder. Schrieb sie noch mal neu. Löschte sie ein zweites Mal.

Inzwischen war es elf Uhr morgens, im Dezember die beste Tageszeit, um am Strand joggen zu gehen.

Die milde Wintersonne streifte die glanzlose Wasseroberfläche und ließ die Illusion entstehen, dass ein Geben ohne Konsequenzen möglich wäre, und zwar ohne jenen blendenden Widerschein, durch den die Details so gut wie nicht zu erkennen waren.

16

Auch Eleonora kannte inzwischen den Weg zur Villa Bruges, ließ den Blick in Richtung Wald schweifen, sah den Pfad vor sich und lief ihn im Geiste entlang.

Es braucht Liebe, um einen von Hindernissen versperrten Weg zu erkennen, ebenso braucht es Zeit und eine gewisse Routine.

Nur über Weihnachten, sagte sie sich seit einer guten Stunde. An einen der Pfeiler gelehnt, die den verborgenen Teil des Eingangstors stützten, stand sie da und zögerte. Hinter ihr befand sich die Villa Bruges, vor ihr lagen der Pfad und der Wald – genau so, wie es sein sollte, aber nie war.

Nur ein paar Tage.

»Da zeigst du dich aber als schwacher Sklave: An die Mauer drückt man den Schwächsten.«

Beim Klang von Emanueles Stimme fuhr Eleonora zusammen. Sie konnte ihn zwar nicht sehen, war sich aber ziemlich sicher, dass er auf der anderen Seite des Pfeilers stand, den Blick auf die Villa Bruges gerichtet.

»Seit wann zitierst du Shakespeare?«, fragte sie und wunderte sich über ihre hohe, feste Stimme.

»Ich habe mal eine Julia geliebt. Wie lange willst du eigentlich noch hier draußen rumstehen? In zehn Minuten essen wir.«

Eleonora errötete bei dem Gedanken, dass alle von drinnen gesehen hatten, wie sie sich vor dem Tor herumdrückte. Sie konnte sich die Szene lebhaft vorstellen: Corinne war peinlich berührt und Alessandro niedergeschlagen, wobei er, diskret wie immer, so tat, als würde er nichts bemerken, während Denise albern lachte und eine Augenbraue hochzog, Maurizio den Tisch deckte und ihre Mutter die anderen neugierig zur Seite schob und eine Beleidigung nach der nächsten von sich gab. Dazwischen Emanuele, der irgendwann seufzend seine Daunenjacke anzog und hinauslief.

Eleonora rückte widerstrebend von dem Stein ab und drehte sich zu Emanuele um. Durch die Gitterstäbe sah sie, dass er tatsächlich am Pfeiler lehnte, den Kopf leicht in den Nacken gelegt und den Blick zum Himmel gerichtet. Bei jedem Atemzug entwich seinen halb geöffneten Lippen eine warme Dunstwolke.

Emanuele sah sie an. »Gehen wir?«

Eleonora nickte stumm. Sie wartete, bis er die Fußgängertür in dem großen Tor öffnete, und trat hindurch, um schon nach zwei Schritten abrupt stehen zu bleiben. Die widerstrebenden Gefühle, die in ihr rangen, strengten sie ungemein an. Sie war noch nie gerne an einen vertrauten Ort zurückgekehrt, sondern quälte sich jedes Mal, wenn sie an einen vertrauten Flecken Erde zurückkam, den sie zuvor voller Vorfreude verlassen hatte.

Nebeneinander gingen sie zur Villa. Das Glück war so banal! Eleonora hätte Emanuele am liebsten umarmt und ihn an sich gezogen, als wäre er ein lange Zeit vermisster Liebhaber. Ein Liebhaber und zugleich ihr Liebster.

Aber sie tat nichts dergleichen. Sie ging hinter ihm ins Haus und ließ sich von der aufgesetzten Fröhlichkeit der Anwesenden anstecken.

»Da bist du ja! Wo hast du denn die denn ganze Zeit gesteckt? Was hast du denn so getrieben?«, fragten sie, und dazu hagelte es Umarmungen und Küsse.

Alessandro sagte als Einziger nichts, sondern nahm nur ihre Hand. Seine Haut war so warm, und seine Arme waren so einladend, dass Eleonora ein Schluchzen unterdrücken musste.

»Du Miststück, ständig muss man sich Sorgen machen um dich!«, rief ihre Mutter dazwischen, dabei hatte sie Eleonora in der ganzen Zeit nicht ein einziges Mal angerufen. »Wo warst du denn diesmal?«

»In Kalabrien«, antwortete Eleonora und bereute es sogleich wieder. Sie war verwirrt, ihr Herz klopfte wie wild, und sie fühlte sich beklommen. Mit einem Mal bedauerte sie, hergekommen zu sein.

»Na, so was, in Kalabrien! Was hast du denn dort gemacht, noch dazu im Dezember?«

»Ich hatte zu tun.«

Eleonora setzte sich vor allen anderen an den Tisch, um den Begrüßungsreigen zu unterbrechen, der ihr die Kehle zuschnürte und ihr die Luft zum Atmen nahm. Warum war sie bloß an diesen Ort zurückgekehrt? Etwa um ein Stückchen Glück, sozusagen ein schmales Scheibchen vom Weihnachtskuchen abzubekommen?

Inmitten der üblichen Gemeinschaft machte sie eine Fremde aus. Eine neue Frau, die ewig wiederkehrende, zufällig ausgewählte Spielfigur in der Villa Bruges. Die attraktive, anmutige junge Frau setzte sich eilig neben Emanuele. Sie erinnerte Eleonora entfernt an jemanden.

»Eleonora, ich möchte dir Romina Pastori vorstellen«, sagte Alessandro und deutete auf die Porzellanpuppe. »Wir werden in London zusammen vor der Kamera stehen.

Vielleicht hast du sie ja im neuesten Streifen von Magli gesehen.«

Ach, natürlich. Aber was macht diese Person hier, anstatt Weihnachten im Kreise ihrer Familie zu feiern?

»Ja klar. Ein toller Film. Freut mich, dich kennenzulernen. Ich bin Eleonora.«

»Ganz meinerseits«, antwortete Romina und gab ihr die Hand.

Sie lächelten sich kurz unverbindlich an, dann kam zum Glück Denise mit der Lasagne herein, und alle wandten sich dem Essen zu. Alessandro hatte rechts neben Eleonora Platz genommen und sah sie mit der ihm eigenen Zärtlichkeit an, während er ihr leeres Glas füllte und ihr die Serviette reichte.

Nichts hatte sich verändert. Die Zeit in Kalabrien, diese Episode hatte es nie gegeben, die vergangenen Wochen waren wie ausgelöscht.

»Erzähl uns von Wien«, forderte Corinne irgendwann Rita auf, die ihre Portion Lasagne schon fast aufgegessen hatte.

»Was soll ich sagen, Mädels?«, antwortete Rita, als säßen sie nur zu dritt am Tisch. »Erst wenn du eine Weile in Nordeuropa lebst, geht dir auf, wie mies das Leben in Italien ist. Meinetwegen auch in Spanien oder Griechenland … Kurzum, der Norden ist einfach eine ganz andere Welt.«

»Hast du vor, für immer dortzubleiben?«, fragte Eleonora und wagte sich damit auf gefährliches Terrain vor.

»Für immer? Wer kann das schon sagen? Im Moment gefällt es mir dort sehr gut. Alles andere wird sich zeigen. Mein Lebensgefährte kann vorerst nicht von Wien wegziehen, er hat gerade einen Fünfjahresvertrag bei der Oper unterschrieben. Aber wer weiß, was danach kommt.«

»Fünf Jahre sind eine lange Zeit.«

Corinne schüttelte resigniert den Kopf. »Ach was, fünf Jahre reichen nicht mal, um die Sprache richtig zu lernen. So viel Zeit braucht man mindestens, um sich irgendwo einzuleben. Keine Ahnung, wie ihr beiden das macht. Ich würde verrückt werden und wüsste nicht mal, in welcher Stadt ich bin, wenn ich morgens aufwache. Ich könnte das nicht, ständig umziehen und jedes Mal wieder irgendwo fremd sein.«

Verdrängung ist etwas Wunderbares. Fremdheit war nämlich das Gefühl, das Corinne in ihrer Jugend am häufigsten empfunden hatte. Sowohl Eleonora als auch sie waren ausgerechnet von dem Menschen zurückgewiesen worden, der sich um sie hätte kümmern müssen. Allerdings hatte Corinne, im Gegensatz zu Eleonora, Ersatz gefunden.

Denise schwieg, was sehr ungewöhnlich war. Sie kam Eleonora abgemagert und niedergeschlagen vor. Irgendwie verändert. Vermutlich hatte die Abtreibung ihr mehr zugesetzt als gedacht.

»Wie geht es dir, Denise?« Die Frage kam ihr wie ein Geschoss über die Lippen, ehe sie auch nur darüber nachdenken konnte, sie zurückzuhalten.

Denise am anderen Ende der Tafel hob erstaunt den Blick. »Mir? Gut. Wieso?«

»Ach, nur so.«

Maurizio spielte nervös mit seiner Serviette. Vermutlich wollte er etwas sagen, damit Eleonora sich nicht länger mit dem körperlichen und seelischen Zustand seiner untreuen Ehefrau beschäftigte. Aber seine Sorge war unbegründet. Alessandro hatte unter dem Tisch Eleonoras Hand ergriffen, weswegen sie, selbst wenn sie gewollt hätte, nicht die Kraft gefunden hätte, bei dem Thema zu bleiben.

Rechts neben Alessandro saß Romina, die Emanuele förmlich mit Liebenswürdigkeiten überschüttete. Eleonora wurde mit jeder Sekunde gereizter. Sie war es leid, jedes Mal demselben Schauspiel beizuwohnen, und in der Villa Bruges gab es nun mal nur ein Drehbuch.

Sie hatte gut daran getan, von hier fortzugehen. Dieser Ort, vor allem aber dieses Theater waren ihr unerträglich geworden.

Eleonora stand auf, um die Teller in die Küche zu tragen, und kämpfte gegen das starke Schwindelgefühl an, das sie plötzlich überkam. Als Denise sie auf dem Weg zum Spülbecken am Arm fasste, zuckte sie zusammen.

»Dir geht es schlecht, nicht mir«, sagte Denise.

Eleonora wurde sich bewusst, dass sie Denise einfach nicht ausstehen konnte. Lange Zeit hatte sie es sich nicht eingestehen wollen, schlicht weil sie Denise zwar ihre Affäre mit Emanuele vorwerfen konnte, selbst aber ebenfalls untreu gewesen war. Denise zu hassen hätte bedeutet, sich selbst zu hassen.

Das Merkwürdige an der ganzen Sache war, dass sich der Hass ausgerechnet hier in der sauberen Küche der Villa Bruges zeigte, zwischen einer zärtlichen Geste ihrer großen Liebe und einem Stapel schmutziger Teller. Warum sollte sie Denise hassen? Immerhin liebte sie doch Alessandro und nicht Emanuele?

»Mir ist bloß ein bisschen schwindlig«, erwiderte Eleonora und stieß Denise' Arm weg. Sie wollte sie nicht berühren, sie wollte sie nicht einmal ansehen.

»Wirklich?«

»Wirklich.«

Da sie Denise nicht davon abhalten konnte, gemeinsam mit ihr die Teller ins Spülbecken zu stellen, trat sie zur Seite und überließ ihr das Feld, um frisches Besteck und die Teller für den Hauptgang und die Beilagen zu holen. Genau in dem Moment betrat die strahlende Corinne die Küche.

»Na, was sagt ihr? Ich bin eine vorbildliche Köchin geworden, gebt es ruhig zu!«

»Ja, fantastisch«, antwortete Denise knapp.

Eleonora nickte. »Ich dachte eigentlich, die Neue da draußen wäre mit Alessandro zusammen, stattdessen ist sie scharf auf Emanuele. Habt ihr die beiden im Kino gesehen? Ist sie gut?«

»Was kümmert's dich?«, meinte Corinne und nahm eine Flasche Wein aus dem Kühlschrank. »Im Übrigen ist sie nicht mit Alessandro zusammen, die beiden sind bloß gute Freunde. Emanuele scheint genau ihr Typ Mann zu sein, das ist mir auch schon aufgefallen.«

Eleonora hatte genug von den ewig gleichen Gesprächen, der aufgesetzten Fröhlichkeit, der Feindseligkeit von Denise und den gekünstelten Sätzen von Corinne, obwohl es sicher richtig gewesen war, für ein paar Tage hierher zurückzukommen. Der räumliche Abstand und die Zeit, die sie wie in einer Blase verbracht hatte, machten ihr klar, warum sie so ungeduldig und nach wie vor verwirrt war. Alessandro behandelte sie, als wäre nichts vorgefallen, und das Gleiche galt für Emanuele. Auch Denise und Corinne spielten ihren üblichen Part, ihre Mutter redete wie immer nur Unsinn, und Frischfleisch gab es diesmal in Gestalt von Romina.

Sie hatte wahrlich genug.

»Was hast du?«, fragte Denise und zündete sich einen Joint an.

»Bitte nicht«, sagte Corinne gereizt. »Früher hast du wenigstens draußen geraucht.«

»Draußen ist es zwei Grad unter null. Geh du doch raus. Oder, noch besser, rauch selbst mal einen Joint, das tut dir sicher gut.«

Ewig die alte Leier und die gleichen Wortgefechte.

Eleonora hielt es nicht länger aus und ging zurück ins Wohnzimmer. Sie ignorierte Romina, die Emanuele nicht von der Seite wich, und gesellte sich zu Alessandro, der am Kopf der Tafel saß und sich eine von Ritas Tiraden anhören musste.

»Es ist genauso gekommen, wie ich es vorausgesagt habe, oder etwa nicht?«, dozierte ihre Mutter und zündete sich eine Zigarette an. »Sie hat sich nicht umgebracht. Dafür braucht man nämlich Mut, weißt du? Nicht alle schaffen das.«

Alessandro nickte ratlos. Eleonora konnte ihn gut verstehen, denn die Äußerungen ihrer Mutter hatten oft etwas Surreales.

»Mama, von wem redest du da?«

»Von wem wohl? Von Corinne natürlich. Alessandro hat mich ungefähr zweihundertmal angerufen, als er damals die Scheidung eingereicht hat. Er wollte, dass ich sofort herkomme, um Corinne zu trösten. Er hatte Angst, sie könnte sich wieder was antun.« Rita zog intensiv an ihrer Zigarette und spie den Rauch in einer dicken Wolke aus, woraufhin Romina husten musste. »Entschuldige, meine Liebe. Ich weiß, ich sollte nicht drinnen rauchen.«

Romina schüttelte versöhnlich den Kopf, ohne sich auch nur einen Zentimeter von Emanuele zu entfernen. Sie war zwar verärgert, zugleich aber viel zu glücklich, um einen Streit vom Zaun zu brechen. Die Hormone schienen sie milde zu stimmen.

»Corinne wollte nichts weiter als einen Ort, an dem sie Wurzeln schlagen konnte«, sagte Emanuele, der ihnen zugehört hatte, statt sich auf Rominas üppigen Busen zu konzentrieren. »Sie ist sehr glücklich im Agriturismo … und inzwischen wirklich unersetzlich geworden. Deshalb habe ich ihr auch vorgeschlagen, dass sie meine Teilhaberin werden kann. Das hat sie verdient, sie ist echt tüchtig und kompetent dazu. Sie verschafft uns eine Menge neuer Gäste und hat viele gute Ideen.«

»Das freut mich für sie«, sagte Eleonora und meinte es auch so, trotzdem konnte sie Emanuele dabei nicht in die Augen sehen. Sie roch seinen warmen Duft, obwohl Rominas Parfum sich im ganzen Raum ausbreitete. Eleonora witterte den Geruch seiner Haut und darunter den herben Duft der Besitzgier.

Emanuele beachtete sie kaum, es war unerträglich. Eleonora hätte es vorgezogen, wenn er ihr seinen Hass gezeigt hätte. Mit einem großen Felsbrocken aus Hass im Rücken hätte sie sich lebendig gefühlt.

»Mir wäre es allerdings lieber, wenn du auch dort wärst, mit ihr zusammen.«

Ihre Mutter tat wieder einmal alles, um sie zu provozieren. Ein weiteres Déjà-vu.

»Wo denn, Mama?«

»Mit Emanuele und Corinne auf dem Agriturismo. Ich hatte den Eindruck, dass ihr ein gutes Team seid.«

Gleich mehrere Erwiderungen lagen Eleonora auf der Zunge, unter anderem: »Du kannst nicht immer so gemein zu mir sein. Nicht in deinem Alter. Nicht nach dem Leben, das ich deinetwegen geführt habe.«

»Die Dinge ändern sich, Mama«, sagte sie jedoch nur. Sie hatte schon genug Unheil angerichtet, es war besser, wenn sie ihre Zunge im Zaum hielt. »Emanuele und ich sind kein Paar mehr.«

»Das lässt sich bestimmt wieder einrenken. Nicht wahr, Emanuele?«

Denise fing an zu lachen. Wer weiß, wie lange sie schon dort stand und zuhörte.

»Oh, die Brüder Vannini sind außergewöhnliche Männer«, sagte sie und servierte die mit Rosmarin gewürzten Lammrippchen. »Sie verzeihen bereitwillig, sogar dann, wenn jemand sie gegeneinander ausspielen will.«

Was für ein dreistes Miststück! Palaverte von Schuld und Vergebung, ausgerechnet sie, die mit allen drei Vannini-Brüdern im Bett gewesen war und unlängst ein Kind von Emanuele abgetrieben hatte.

»Lammrippchen, lecker!«, rief Emanuele, um das Thema zu wechseln, obwohl er sich über den Disput zu amüsieren schien.

Schön für ihn. Schön für sie alle.

Nach dem Essen räumte Eleonora eilig den Tisch ab, da sie schnellstmöglich in eines der Zimmer im oberen Stockwerk fliehen wollte. Das Spektakel hatte sie erschöpft.

Alessandro kam zu ihr in die Küche, als sie die Reste in den Kühlschrank stellte, und küsste sie auf den Hals.

»Nimm es ihr nicht übel. Du weißt, wie Denise ist.«

Er nahm ihre Hand, und Eleonora drehte sich um.

»Ich freue mich riesig, dich zu sehen. Und du? Freust du dich denn auch? Wenigstens ein bisschen?«

Freust du dich denn auch?

»Ja. Ich bin bloß müde.«

»Was ist los?«

»Was los ist? Ich hatte beschlossen, für immer von hier

wegzugehen. Ehrlich gesagt, weiß ich selbst nicht, warum ich noch mal hergekommen bin.«

»Meinetwegen vielleicht?« Ein vertraulicher Blick, als wäre es tatsächlich so. Als wäre tatsächlich alles vorhersehbar.

»Ich fühle mich nicht mehr wohl hier, aber daran bin ich selbst schuld. Ich war mit dir im Bett, obwohl ich mit deinem Bruder zusammen war. Das ist abscheulich. Und dass Emanuele mich dafür nicht hasst, macht alles nur noch schlimmer.«

»Eleonora, du weißt ganz genau, dass in der Villa Bruges nicht die gleichen Regeln gelten wie anderswo. Wir haben so viele Jahre mit vertauschten Rollen gelebt und mit vertauschter Schuld. Mein Bruder liebt mich noch genauso wie früher, falls dir das Sorgen macht. Ich habe ihn um Verzeihung gebeten, und er hat es verstanden.«

»Es sollte nicht so leicht sein. Nicht im wahren Leben.«

»Ich habe nicht gesagt, dass es leicht war. Ich habe ihm bloß erklärt, dass ich dich liebe. Dass ich versucht habe, mich von dir fernzuhalten, aber dass ich es einfach nicht geschafft habe.«

Seine Worte hätten einen Freudentaumel in ihr auslösen müssen. Doch er blieb aus. Momentan ging es nur darum zu verstehen, warum das so war.

»Und Emanuele?«

»Er hat es verstanden. Im Grunde hat er immer gewusst, dass wir beide uns lieben, und zwar lange bevor ich es erkannt habe.«

»Das hat er dir gesagt?«

»Ja. Nichtsdestoweniger hat er mich auch zum Teufel gejagt, aber das ist eine andere Geschichte«, erwiderte Alessandro lächelnd. Er wirkte zufrieden, so heiter und selbstsicher. Ganz offensichtlich war er davon überzeugt, dass Eleonora seinetwegen in der Villa Bruges war und ihm wohin auch immer folgen würde.

»Dann bin wohl ich das Problem.«

Alessandro beugte sich zu ihr, um sie zu küssen. Seine weichen Lippen, die Zungenspitze und der Geruch seines Atems machten Eleonora ganz benommen.

»Du warst nie das Problem, Eleonora. Niemand kann etwas dafür, dass wir dich beide lieben. Wir hatten früher auch schon Probleme wegen anderer Frauen. Das kommt vor.«

»Ich weiß nicht. Ich hab keine Ahnung, ob so was vorkommt. Ich bin total verwirrt ...«

»Du wirst sehen, alles regelt sich von selbst. Vertrau mir.«

Eleonora nickte und ließ sich von seinem Optimismus anstecken. Vielleicht sollte sie einfach aufhören zu denken. Sie war eine Herumtreiberin, allerdings keine geborene. Vielmehr hatte ihre Vergangenheit sie dazu gemacht, und Alessandro war genau wie sie.

Vielleicht waren sie ja wirklich füreinander bestimmt.

17

Die Nacht gehörte Emanuele.

Allerdings war es Alessandro, der die Tür zu ihrem Zimmer öffnete, als Eleonora gerade in den Jogginganzug schlüpfte, in dem sie in kalten Nächten immer schlief. Er ließ ein wenig Licht aus dem Flur herein und sperrte es gleich wieder aus, indem er die Zimmertür leise schloss. Dennoch wirkte der Raum danach heller.

Alessandro nahm ihr Gesicht in beide Hände, um seine Lippen auf ihren Mund zu drücken, und wie immer fühlte Eleonora sich, als würde sie sich jeden Moment auflösen. Alles war wie verzaubert, sobald der Magier sie berührte, ihr Körper wurde zu Luft, ihre Haut zu Atem.

»Ich muss gestehen, dass ich es nicht für möglich gehalten habe. Du warst so fest entschlossen, dich von der Villa Bruges fernzuhalten, und jetzt bist du trotzdem da.«

»Was hat dich umgestimmt?« Eleonora antwortete mit einer Frage. Diesmal entwich ihr kein einziger Schluchzer, und die Worte blieben ihr auch nicht im Hals stecken. Sie klang überzeugt, beinahe unbeschwert. Dann konnte sie vielleicht auch einen klaren Kopf behalten, zumindest für eine Weile.

»Umgestimmt? Wie meinst du das?«

»Vor zwei Monaten waren wir in Rom zusammen und

haben uns geliebt. Am nächsten Morgen hast du mich zum Bahnhof gebracht, als wäre nichts geschehen. Du hast mich einfach ziehen lassen.«

Alessandro war völlig perplex. Er machte ein Gesicht, als wäre Eleonora nicht in der Lage, die banalsten Tatsachen zu verstehen. Nach einer Weile ließ er sich endlich zu einer Erklärung herab.

»Na ja, ich musste erst nachdenken. Monatelang habe ich versucht, den Mut aufzubringen und dich zu fragen, ob wir uns in Rom oder sonst wo, möglichst weit weg von der Villa Bruges, sehen können. Hier ist die Realität völlig verzerrt. Die seit vielen Jahren etablierten Gewohnheiten in diesem Haus haben die Linse deformiert, durch die wir unsere Umgebung wahrnehmen.«

»Stimmt.«

Aus dem Nebenzimmer war ein Lachen zu hören, anhaltend und störend.

»Deswegen habe ich dich ziehen lassen. Es war ein wichtiger Moment für mich, um Klarheit zu erlangen. Selbst als du gegangen bist, habe ich noch versucht, dich aufzuhalten. Ich dachte erst, ich würde den Verstand verlieren, und habe dich gebeten, auf mich zu warten, als könntest du den Zug anhalten.«

Eleonora sah Alessandro lange in die Augen. Dieser wundervolle Mann war gerade dabei, ihr zwei schwere Verbrechen zu gestehen. Es ging um Liebe und Kapitulation. Er durfte die Frau seines Bruders nicht lieben, und zugleich durfte er vor diesem Gefühl nicht kapitulieren, nachdem er ein Leben lang all seine Emotionen unter Kontrolle gehalten hatte.

Dennoch war es passiert. Er liebte sie wirklich, das musste sie zur Kenntnis nehmen.

»Oh mein Gott!«

Aus dem Nebenzimmer drangen unmissverständliche Geräusche. Eleonora sah kurz zur Wand hinüber, und Alessandro tat es ihr nach.

»Ist Emanuele etwa hiergeblieben?«, fragte sie steif.

»Sieht ganz so aus.«

»Was ist mit dem Agriturismo? Sie haben an Weihnachten doch bestimmt Gäste. Wem hat er den Betrieb anvertraut, dieser verantwortungslose Kerl?«

Alessandro wirkte amüsiert. »Keine Sorge, er hat zwei Manager, die sich um alles kümmern. Der Laden brummt, und das nach so kurzer Zeit.«

Erneut ein Schrei, dann ein lautes Stöhnen.

Eleonora wurde rot und ballte die Fäuste. »Wie kann er nur? Übernachtet hier und schleppt erst mal deine Freundin Romina ab. Dieser Scheißkerl macht wirklich vor nichts Halt.«

Alessandro ließ ihre Hände los und erstarrte. »Du bist ja eifersüchtig«, sagte er, und seine Stimme traf sie wie eine Ohrfeige.

»Ich und eifersüchtig? Mach dich nicht lächerlich.«

»Schau dich doch an.«

Eleonora sah in den Spiegel neben dem Bett, während die Geräusche und Stimmen von nebenan ihr die Eingeweide zusammenschnürten. Emanuele raubte Romina den Verstand, versetzte sie in Ekstase. Plötzlich hatte Eleonora sie vor Augen, wie sie sich unter ihm wand, völlig überwältigt von zügelloser Leidenschaft.

Willkommen in der Welt der Lust, Romina. Besser spät als nie, was?

»Ich sehe mich. Und?«

»Du bist total eifersüchtig. Und wütend.«

»Von wegen! Ich ärgere mich höchstens über seine Taktlosigkeit und seinen gnadenlosen Egoismus.«

»Mach du dich nicht auch noch lächerlich. Und respektiere gefälligst meine Würde.«

Das war der berüchtigte Tropfen, der das Fass zum Überlaufen brachte. Wie jeder Tropfen war er nicht imstande, die Welt um sich herum zu zerstören, sondern nur den Behälter, in dem er sich befand.

»Deine Würde? *Deine* Würde? Was ist denn bitte schön mit meiner? Ich soll schön nach deiner Pfeife tanzen, wie es dir gerade passt? Erst liebst du mich, dann weist du mich zurück, heute begehrst du mich, morgen widere ich dich an! Seit fast zwei Jahren spiele ich nun schon den Sündenbock für dich, und du schwafelst hier was von Würde?«

Ihr Geschrei brachte Alessandro zum Schweigen, und auch Rominas Stöhnen nebenan verstummte.

Wieder sein erstauntes Gesicht. Sie würde ihn treffen. Mit Gewalt.

»Aber Eleonora, was sagst du denn da? Die Situation ist nicht so einfach, sie war es nie. Ich konnte doch nicht einfach hingehen und sagen: Okay, ich liebe sie, also nehme ich sie mir.«

»Du nimmst gar niemanden. Du entscheidest weder wann, wo, wie noch warum.«

»Schon gut, so war das ja auch gar nicht gemeint. Ich wollte damit nur sagen, dass Emanuele sich auf den ersten Blick in dich verliebt hatte und ich gar nicht frei wählen konnte. Verstehst du das denn nicht?«

»Nein, das verstehe ich nicht. Ich verstehe überhaupt nichts mehr, seit ich die Villa Bruges vor zwei Jahren zum ersten Mal betreten habe.«

»Meinst du etwa, das gilt nur für dich?« Jetzt war

Alessandro ebenfalls aufgebracht. Er war geradezu außer sich. »Erst behauptest du, dass du mich liebst, und dann vögelst du nicht nur meinen Bruder, sondern ziehst auch noch zu ihm! Was hätte ich denn deiner Meinung nach tun sollen? Emanuele gestehen, dass ich dich liebe, während du im Agriturismo die Hausherrin spielst? Ich bin doch nicht lebensmüde!«

Eleonora wollte etwas erwidern, aber sie bekam keinen Ton heraus. Lediglich ein unterdrücktes Schluchzen entfuhr ihr. So wie eben hatte sie Alessandro noch nie erlebt. Seine Wut war frevelhaft, so als würde jemand in der Kirche fluchen.

Obwohl Eleonora tief einatmete, bekam sie kaum Luft in die Lunge. Für den Moment reichte es jedoch. »Es tut mir leid«, sagte sie.

Alessandro nutzte den Moment ihrer Kapitulation aus und stürmte wutschnaubend nach draußen. Noch nie hatte er beim Laufen einen solchen Lärm gemacht. Normalerweise schlich er nahezu lautlos durch die Gegend.

»Du Feigling«, murmelte Eleonora in die Stille, die Alessandro hinterlassen hatte. »Du bist ja sogar noch feiger als ich.«

Sie blieb mitten im Raum stehen und wartete. Darauf, dass ihr Atem sich beruhigte und der Raum den Widerhall ihrer Worte unter die Möbel kehrte. Dann schleppte sie sich nach unten und hielt mit letzter Anstrengung die Krokodilstränen zurück, die ohnehin keine Erleichterung bringen würden. Stattdessen konnte sie damit die schwarzen Löcher von Reue und Wut in ihrem Innern ausfüllen.

Eleonora hatte Durst und ging in die Küche. Im Türrahmen hielt sie allerdings inne, da Emanuele vor dem offenen Kühlschrank stand und Wasser aus der Flasche trank.

Eleonora betrachtete die Konturen seines muskulösen Rückens, den Hintern, der sich unter der grauen Jogginghose abzeichnete, die nackten Füße auf dem kalten Fußboden. Sie unterdrückte den spontanen Impuls, ihn am Schopf zu packen, damit er sich zu ihr umdrehte, und ihn mit Haut und Haaren zu verschlingen.

»Komm ruhig rein, ich beiße nicht«, sagte er, ohne sich umzudrehen.

Wie er ihre Anwesenheit bemerkt hatte, war ihr ein Rätsel.

»Wer sagt, dass ich mich vor dir fürchte?«

Emanuele stellte die Flasche zurück, machte in aller Ruhe den Kühlschrank zu und drehte sich um, während Eleonora aus dem Wasserhahn trank.

»Was machst du eigentlich mitten in der Nacht in der Küche? Ich dachte, du hättest Besseres zu tun.«

Sei still, verdammt, sei bloß still. »Das Gleiche könnte ich dich fragen.«

»Na ja, ich habe mich gelangweilt.«

»Das hat sich aber nicht so angehört.«

Eleonora wischte sich mit dem Handrücken über den Mund und zögerte dann verunsichert. Sie wusste nicht, wohin mit der Hand. Sie hatte keine Taschen, um sie darin zu verstecken. Emanuele lehnte mit verschränkten Armen abwartend am Kühlschrank. Eleonora hatte ihn immer darum beneidet, wie er über alles reden konnte, ohne je die Beherrschung zu verlieren. Emanuele sagte stets das Richtige im richtigen Moment und hatte immer das letzte Wort – wo immer er es herhatte.

»Was hat sich nicht so angehört?«

»Dass du dich gelangweilt hast.«

»Woraus schließt du das?«

»Ach, vergiss es.«

Emanuele überlegte eine Weile, dann nickte er. Er löste sich vom Kühlschrank und trat zwei Schritte vor. Automatisch wich Eleonora zwei Schritte zurück, bis sie mit dem Rücken an der Wand stand. Dabei wusste sie ganz genau, wo der bessere Platz war, das hatte sie nach dem Desaster gelernt: immer mit dem Rücken zur Tür.

Nicht zur Wand, sondern zur Tür, du Idiotin.

»Hat Romina dich gestört?«

Er trat einen weiteren Schritt vor, noch dazu mit diesem unverschämten Grinsen im Gesicht. »Wie meinst du das?« Noch ein Schritt. »Miss Oberschlau, du kannst vielleicht meinen Bruder verarschen, aber mich nicht. Das weißt du ganz genau, nicht wahr?«

»Na klar. Keiner verarscht den mächtigen Zauberer von Oz.«

»Zauberer von Oz? Gefällt mir. Aber ich bin kein Zauberer, deshalb musst du meine Frage wohl oder übel beantworten.« Emanuele stand jetzt unmittelbar vor ihr. Er stützte erst den einen, dann den anderen Arm rechts und links von ihrem Kopf an der Wand ab. »Was ist heute Nacht passiert, Julia? Ich habe gehört, wie du laut geworden bist. Und, was noch unerhörter ist, der Heilige hat auf einmal auch gebrüllt.«

»Ach, hast du etwa gelauscht?«

»Wie gesagt, ich habe mich gelangweilt. Die Katze, mit der ich gespielt habe, hat mir keine große Befriedigung beschert.«

»Du ihr aber schon.«

»Na ja, wenn man nicht viel gewohnt ist.«

»Du bist ein arroganter Vollidiot. Aber früher oder später wirst du damit auf die Schnauze fallen.«

Emanuele sah sie liebevoll an, und die Zärtlichkeit in seinem Blick bohrte sich wie eine Nadel in ihre Brust.

»Ist bereits geschehen«, murmelte er.

»Durch mich etwa? Wie denn? Ich habe doch nichts anderes getan, als immer und überall deinen Befehlen zu gehorchen.«

»Red keinen Müll!«

Emanuele stieß sich von der Wand ab, und Eleonora stöhnte auf, von unerklärlicher Panik ergriffen. Der Käfig aus Emanueles Armen hatte ihr Wärme und Schutz gegeben. Jetzt fühlte sie sich verloren.

»Klar, ich rede ständig Müll. Du dagegen hast immer recht.«

»Das habe ich nie behauptet.«

»Das würde auch gerade noch fehlen. Na los, geh zu deiner Miezekatze zurück, vielleicht kannst du ihr ja noch etwas beibringen.«

»Genau. Wie wär's mit einem Intensivkurs? Schade nur, dass man ihr in keinem Kurs je wird beibringen können, so zu sein wie du.«

Die fast beiläufig hingeworfene Bemerkung schnürte Eleonora das Herz zusammen. Zum ersten Mal in ihrem Leben war jemand der Ansicht, sie wäre es wert, dass man ihr nacheiferte. Die Befriedigung besänftigte sie jedoch keineswegs, sondern ließ sie nur noch zorniger werden.

»Was ist mit Denise? Ist sie mir ähnlicher? Vielleicht hast du sie ja deswegen geschwängert, weil ich kein Kind wollte und du einen Ersatz gebraucht hast!«

Emanuele erwiderte nichts. Er seufzte nur, als laste das Gewicht der ganzen Welt auf seinen Schultern. Eleonora blieb nichts anderes übrig, als zu gehen.

Auf der Treppe begegnete sie der Miezekatze. Wie Schlangen umrahmten die Locken Rominas Gesicht, und in ihren Augen hatte sich ein tiefer schwarzer Abgrund aus Staunen aufgetan. Aber sie wirkte selig, was für die Neulinge in der Villa Bruges absolut nicht ungewöhnlich war.

»Hast du Emanuele gesehen?«, fragte sie und fasste Eleonora am Handgelenk, damit sie stehen bleiben musste.

Eleonora sah auf die Hand und ließ ihren Blick dann langsam nach oben wandern, bis zu Rominas Gesicht. »Er ist in der Küche.«

»Danke.«

Rominas Lächeln hing noch in der Luft, als sie schon die Treppe hinunterstieg. Mit etwas Abstand folgte Eleonora ihr. Sie war sich vollkommen bewusst, was sie da gerade tat, trotzdem konnte sie nicht widerstehen. Lautlos drückte sie sich an die Wand hinter der Küchentür, verharrte in der dunklen Ecke zwischen dem Eingang und dem Wohnzimmer und lauschte.

»Da bist du ja! Ich bin vielleicht erschrocken, als ich aufgewacht bin und du nicht da warst.«

»Ein Rudel Außerirdische hat mich entführt. Aber dann haben sie festgestellt, dass ich auf der Erde noch gebraucht werde, und haben mich zurückgebracht.«

Eleonora lachte leise in ihrem dunklen Versteck. Sie konnte nicht anders, Emanuele ließ ihr Herz vor Freude hüpfen. Trotz allem.

»Soll ich jetzt lachen?«

»Wenn du willst. Möchtest du etwas trinken?«

»Ja, gerne … Du, ich muss dir was sagen.«

»Nein, bitte nicht.«

»Wie meinst du das?«

Emanuele seufzte wieder, diesmal eher gereizt als resigniert. »Ich meine, dass ich es nicht hören will.«

»Aber du weißt doch gar nicht, was ich dir sagen will!«

»Egal. Trink etwas und geh zurück ins Bett. Es ist spät.«

Eleonora drückte sich gegen die Wand und zitterte am ganzen Körper. Sie stand aus einem ganz bestimmten Grund dort, wollte es sich aber nicht eingestehen.

»Warum behandelst du mich so? Wir haben gerade erst miteinander geschlafen. Ich wollte dir bloß sagen, dass es wunderschön war für mich. Dass ich dich gern näher kennenlernen würde. Nach den Weihnachtsferien bin ich zwar erst mal mit Alessandro in London, aber wir können ja in Kontakt bleiben. Was meinst du? Und uns wieder treffen, sobald die Dreharbeiten abgeschlossen sind.«

»Ich will nett zu dir sein, Romina, und ich möchte dich nicht verletzen. Aber du weißt selbst, dass wir uns … wie lange kennen? Seit zehn Stunden? Im Grunde weißt du doch genauso gut wie ich, dass das alles keinen Sinn hat. Wir sind beide alt genug.«

»Heißt das, du willst nicht mit mir in Kontakt bleiben, Emanuele?«

»Das heißt, ich würde mich wundern, wenn du es möchtest.«

»Warum das denn?«

»Okay, okay. Hör zu, ich will mich nicht binden. Genauso wenig bin ich interessiert an einer lockeren Beziehung, die nach ein paar E-Mails im Sande verläuft. Verzeih mir, aber ich gehöre nicht zu den Männern, die einer Frau was von ›in Kontakt bleiben‹ vorsäuseln und dann klammheimlich die Biege machen. Ich sage dir gleich, dass mich das alles nicht interessiert. Heute Abend waren wir scharf aufeinander und sind zusammen im Bett gelandet. Das war's dann auch für mich. Tut mir leid.«

Eleonora konnte zufrieden sein.

Als sie in ihr Zimmer zurückkehrte, hatte sie immer noch ein albernes Grinsen im Gesicht. Sie betrachtete sich lange im Spiegel, bis das Lächeln erstarrte.

Emanuele war ein gemeiner Verräter. Einer von den Typen, denen eine Frau allein nicht reicht.

Er war sogar mit der Frau seines eigenen Bruders in die Kiste gehüpft und hatte sie noch dazu geschwängert.

Und jetzt freute sie sich darüber, dass er einer Schauspielerin, die er seit ein paar Stunden kannte, den Laufpass gab?

Was gibt es da zu grinsen, du blöde Kuh?

Mal ganz davon abgesehen, dass Alessandro stinkwütend und vorhin einfach abgehauen war.

Eleonora warf sich aufs Bett und suchte im Dunkeln nach Antworten, die es nicht gab. Nach einer Weile fiel sie zum Glück in einen tiefen, traumlosen Schlaf.

18

Alessandros Frühstücksritual am nächsten Morgen sorgte bei allen für gute Laune, nur er selbst machte eine finstere Miene.

Eleonora vermutete, dass er Emanueles Anwesenheit in der Villa Bruges als ein schlechtes Omen betrachtete. Immerhin hatte sein Bruder den Agriturismo zu führen, der nach Corinnes Aussage über die Feiertage so gut wie ausgebucht war.

Dennoch war Emanuele an diesem Morgen in der Villa Bruges geblieben, bei ihr.

Alessandro musterte die beiden forschend, ehe er nach nebenan ging, um einen Anruf entgegenzunehmen. Die anderen waren alle nach draußen gegangen und reckten die Nasen in den Himmel, wie Kinder, die auf den ersten Schnee warten. Allein Emanuele und Eleonora saßen noch am Tisch und ließen sich die Pfirsichmarmelade von Bruges schmecken. Von der Miezekatze fehlte jede Spur, sie war wohl schon ganz früh abgereist.

»Es schneit tatsächlich«, sagte Eleonora mit Blick auf die zarten Flocken.

Emanuele, der mit dem Rücken zum Fenster saß, drehte sich um und nickte. »Da werden sich meine Gäste freuen.«

»Warum bist du nicht im Agriturismo?«

Durch das Glas hindurch, das er gerade zum Mund führte, warf Emanuele ihr einen tiefen Blick zu. Er trank den von Alessandro frisch gepressten Orangensaft in einem Schluck aus und starrte sie weiter unverwandt an. Das erinnerte Eleonora daran, dass er sie mit einem einzigen Blick beherrschen konnte.

»Ich vertraue meinen Mitarbeitern. Und heute ist Weihnachten.«

»Schön und gut, aber zumindest einer der beiden Chefs sollte vor Ort sein. Du oder Corinne. Selbst an Weihnachten.«

»Willst du mich loswerden?«

Emanuele nahm die Serviette von seinen Beinen und warf sie mit einer unwilligen Bewegung auf den Tisch – eine Reaktion auf die gespannte Stimmung, die entstanden war. Dann reckte und streckte er sich ausgiebig und gähnte dabei. Seine betonte Gleichmütigkeit war wie ein Schlag ins Gesicht und verärgerte Eleonora. Das hatte sie nicht verdient. Abgesehen davon hätte Emanuele sich schämen sollen für den Egoismus, den er sogar seinen Brüdern gegenüber an den Tag legte.

»Wie schaffst du das bloß?«, entfuhr es Eleonora.

Immer mehr Fragen kamen ihr ohne Erlaubnis über die Lippen. Schnell und treffsicher wie Pfeile, unaufhaltsam. Die Pfeile waren entschlossener als sie, wussten besser, was sie wollten.

»Was denn?«

Ein paar Sätze, ein kurzer Wortwechsel, und schon schien Emanuele genug zu haben. Das war also der Mann, der noch vor nicht allzu langer Zeit beteuert hatte, dass er sie liebe.

»Dass dir immer alles so scheißegal ist.«

»Mir alles scheißegal?«

»Ja. Du benimmst dich, als müsstest du niemandem gegenüber Rechenschaft ablegen, egal was du tust. Du bleibst hier, obwohl du im Agriturismo gebraucht wirst. Du schwängerst die Frau deines Bruders. Du behandelst die Freundin deines anderen Bruders wie ein Stück Dreck, nachdem du sie gevögelt hast. Und unmittelbar danach hättest du mich beinahe geküsst!«

Emanuele stützte die Ellbogen auf den Tisch. Seine Augen funkelten gefährlich, ein Zeichen dafür, dass er sich nur mit allergrößter Mühe beherrschen konnte.

»Also gut, dann mal der Reihe nach: Zum Agriturismo fahre ich in der nächsten Stunde, Denise habe ich nicht geschwängert, und Romina ist von sich aus zu mir ins Bett gekrochen, obwohl sie mich erst wenige Stunden kannte. Deswegen glaube ich nicht, dass sie auf einen Ehering gehofft hat. Davon abgesehen hatte ich nicht vor, dich zu küssen. Reicht das, Frau Richterin? Habe ich deinen Wahrheitsdurst gestillt? Oder hast du noch weitere Anschuldigungen parat, die du mir zusammen mit Orangensaft und Kaffee auf einem Silbertablett servieren willst?«

Eleonora versuchte, sich ebenfalls zusammenzureißen, aber ohne Erfolg. Sie schämte sich für den emotionsgeladenen Streit, den sie angezettelt hatte. Aber jetzt war es zu spät. »Du bist ein Lügner.«

»Jedenfalls würde ich es vorziehen, nicht belauscht zu werden.«

»Als ob ich lauschen würde!«

»Woher willst du dann wissen, dass ich Romina schlecht behandelt habe? Wer hat dir das erzählt, etwa der Magier Alessandro? Sie selbst? Oder gar Corinne? Hat Corinne uns belauscht?«

»Lass das.«

»Was sich liebt, das neckt sich!«, ertönte es hinter ihnen, und Rita trat im Pyjama und perfekt geschminkt in die Küche.

»Halt dich da raus, Mama.«

»Es ist so was von offensichtlich. Sie sticheln, um sich nicht küssen zu müssen.«

Eleonora knurrte wie ein wütender Hund, Emanuele dagegen wirkte amüsiert.

»Ich liebe dich, Rita«, murmelte er.

In dem Moment kamen auch die anderen in die Küche zurück, allerdings bemerkte Alessandro als Einziger die angespannte Stimmung. Eleonora sah, wie er nervös die Fäuste ballte, zumindest zeigte er eine menschliche Reaktion.

»Ich reise übermorgen ab«, sagte Alessandro und setzte Kaffee auf.

»Oh Alessandro!« Denise ließ sich auf einen Stuhl fallen, als habe das Warten auf den ersten Schnee sie völlig erschöpft. »Dein Kaffee hat mir so gefehlt!«

»Und Eleonora wird mit mir nach London kommen.«

Die Küchendecke schien auf die gesenkten Köpfe herabzustürzen, alle standen mit offenem Mund da und atmeten überrascht aus. In die Stille hinein fiel Emanueles Glas um und färbte die Spitzentischdecke orangerot. War es ihm aus der Hand gefallen? Jedenfalls war es der einzige Widerspruch auf die Ankündigung. Corinne war käsebleich geworden, und Rita verschlug es sogar die Stimme.

Auf einmal hatten alle etwas Dringendes zu erledigen. Selbst Denise ließ ihren Kaffee stehen und rannte aus dem Haus, um sich in Borgo San Lorenzo mit einem Freund zu treffen.

Eleonora hätte wütend sein müssen.

Sie hatte Alessandro zwar gesagt, dass sie ihn liebte, aber keineswegs eingewilligt, mit ihm nach England zu gehen.

Ganz zu schweigen von all den Dingen, die sie vor einer derart spontanen Reise würde regeln müssen. Ihre Sachen waren noch in Kalabrien, sie müsste die Wohnung kündigen, die Nachhilfeschüler informieren.

Gleichzeitig spürte Eleonora, dass sie keinerlei Recht hatte, sich zu widersetzen. Viel zu oft schon hatte sie eine überstürzte Entscheidung getroffen, um sie anschließend zurückzunehmen und genau das Gegenteil zu tun. Sie hatte jede Glaubwürdigkeit verloren, sogar vor sich selbst.

Daher ließ Eleonora zu, dass Alessandro ihr Leben und ihre Zukunft in die Hand nahm. Im Grunde erhoffte sie sich gar nichts anderes, als von Alessandro Vannini geliebt zu werden. Seit sie zum ersten Mal einen Fuß in die Villa Bruges gesetzt hatte, war sie hinter ihm her und versuchte, einen Zipfel seines Hemds zu erhaschen, nur um am Ende mit einem abgerissenen Stück Stoff in der Hand enttäuscht dazustehen.

Eleonora trat auf Alessandro zu, legte ihm die Hände auf die Schultern und atmete tief ein. Er stand in Gedanken versunken da und schaute aus dem Schlafzimmerfenster.

»Ich dachte, du wärst wütend auf mich«, sagte Eleonora und schob eine Hand in den Spalt zwischen zwei Hemdknöpfen, um der wohlgeformten Spur seiner Bauchmuskeln zu folgen.

»Das bin ich auch, allerdings mehr auf mich selbst. Ich hasse es, wenn ich eifersüchtig bin. Tut mir leid wegen der lächerlichen Szene von gestern.«

»Sei nicht so streng mit dir. Solche Momente sind nur menschlich, Alessandro, weil dann die wahren Gefühle hochkommen. Hör auf, dir ständig Gedanken zu machen, wie du auf andere wirkst, und sei einfach nur du selbst. Glaub mir, an das eigene Elend gewöhnt man sich.«

Eleonora hatte von sich selbst gesprochen, was Alessandro weder wusste noch ahnte. Er nahm ihren Ratschlag ernst und drehte sich sogar zu ihr um, um sich mit einem Kuss zu bedanken.

»Du hast recht. Ich habe viel zu viel Zeit darauf verschwendet, das Richtige tun zu wollen. In London werden wir uns ein neues Leben aufbauen. Und danach sind New York, Paris und Los Angeles dran oder wo auch immer uns mein Job und deine Wünsche hinführen werden.«

Während Alessandro Zukunftspläne schmiedete, spürte Eleonora nur ihre Brüste an seinem Oberkörper, die aufgerichteten Brustwarzen, den Wunsch, ihm endlich seinen Heiligenschein wegzunehmen. Sie wollte aus Alessandro einen Mann aus Fleisch und Blut machen.

Spontan kniete sich Eleonora vor ihn hin und öffnete seine Hose. Erst reagierte er nicht, dann sah es so aus, als wollte er sie an den Haaren packen, doch mitten in der Bewegung hielt er inne, griff ihr stattdessen unter die Achseln, zog sie hoch und trug sie zum Bett.

Leicht verlegen zog Eleonora ihn an sich und murmelte: »Verzeih mir.«

Wie alle verliebten Frauen bat sie für die Schuld anderer um Verzeihung. Was war falsch an dem, was sie getan hatte? Sie war verwirrt, verloren zwischen dem, was ihr Herz wollte, und dem, wonach ihr Körper verlangte. Einerseits fühlte sie sich zu einem Mann hingezogen, den sie endlich mit Haut und Haaren spüren wollte, andererseits sehnte sie sich nach einem anderen, dessen Seele sie suchte. Sie war in einem teuflischen Wechselspiel gefangen, in dem all ihre

Wünsche und Sehnsüchte unerfüllt zu bleiben drohten. Es sei denn, ihr gelänge der größte aller Zauber, nämlich beide Männer in einem einzigen Körper zu vereinen und aus beiden die eine Antwort auf all ihre Fragen zu machen.

Sie leckte Alessandro über die Lippen. Auf einmal kam ihre Zunge ihr obszön vor, genauso wie jeder Zentimeter Haut, die Alessandro mit seinem Körper bedeckte, so als existiere sie gar nicht. Er schien weder eine Zunge noch einen Penis noch Hoden oder Sperma zu haben. Doch dann spürte sie seine Erregung, und plötzlich wusste Eleonora, warum sie nicht von ihm loskam, sondern immer wieder seine Nähe suchte. Alessandro war genau so, wie sie schon immer sein wollte. Er war ein Mensch, der so gut in sich selbst zu verschwinden verstand, dass er alles um sich herum und irgendwann sogar sich selbst vergaß, bis er im totalen Vergessen sein Gleichgewicht fand.

»Ich liebe dich, Eleonora«, sagte er unvermittelt.

Da geschah ein weiteres kleines Wunder.

Diesmal antwortete sie nicht. Mit ruhigen Bewegungen streifte sie erst ihren Slip ab und zog danach Alessandro aus, der sie tatsächlich gewähren ließ. Dann umfasste sie seinen steifen Penis und führte ihn in sich ein, bis er sie ganz ausfüllte.

Alessandro verharrte reglos in ihr, während er sie ausgiebig küsste. Innig, konzentriert und mit irritierender Langsamkeit liebkoste er ihre Lippen und spielte mit ihrer Zunge, bis es sie innerlich fast zerriss. Sie spürte ihn in sich und wollte mehr von ihm. Ungeduldig begann sie die Hüften zu bewegen, um ihn zu animieren. Sie wollte, dass er sich in ihr austobte wie ein wilder Junge, wollte von einem echten Mann gevögelt werden, nicht von einem beherrschten Gentleman mit Heiligenschein.

Emanuele.

Ein Schrei stieg in ihr auf, blieb ihr aber im letzten Moment in der Kehle stecken. Zornig stieß Eleonora Alessandro von sich herunter, drehte ihn auf den Rücken und setzte sich auf ihn. Sie schloss die Augen und gab sich ihrer Ekstase hin.

Alessandro fing an zu stöhnen, und sie ritt ihn mit einer ungestümen Wut, die nur die Entdeckung der Wahrheit ausgelöst haben konnte. Als sie schließlich mit einem lauten Schrei kam, musste sie mit aller Kraft die befreienden Tränen zurückhalten.

Zum ersten Mal hatte sie Alessandro auch auf der körperlichen Ebene berührt, hatte seinen Körper *und* seine Seele besessen. Endlich hatte sie verstanden.

»Ich kann einen solchen Mann nicht lieben«, sagte Eleonora zu ihrer Mutter, die ungewöhnlich gelassen ihren Koffer packte. Rita wirkte vor Mittag sonst nie so entspannt. »Da muss ein Fehler vorliegen, Mama.«

»Was ist die Liebe denn schon? Eigentlich ein einziger großer Fehler. Eine Abweichung auf dem Lebensweg.«

Rita legte zwei Kleider zusammen, die so kurz und eng waren, dass Eleonora sie ihr am liebsten aus der Hand gerissen hätte. Was wollte ihre Mutter mit diesen knappen Teilen, in ihrem Alter? Noch dazu um Weihnachten mit ihrer Tochter zu verbringen. Diese Frau war einfach nur lächerlich.

»Er hat mich betrogen, und zwar mehr als einmal. Sogar mit Denise.«

»Ich finde ihn zauberhaft.«

»Wen?«

»Was heißt hier, wen? Von wem reden wir eigentlich?«

»Emanuele ist alles andere als zauberhaft, jedenfalls wenn man mit ihm zusammen ist. Er ist ein richtig mieser Typ.«

»Was hast du denn erwartet? Etwa, dass du einen Mann wie ihn ganz für dich allein haben kannst?«

»Mama, du bist realitätsfremd. Aber egal. Es ist meine Schuld. Wie bin ich bloß auf die blöde Idee gekommen, mit dir über meine Probleme zu reden?«

Rita streichelte ihr über die Wange, eine sehr ungewöhnliche Geste. Eleonora konnte sich nicht erinnern, dass ihre Mutter sie je so liebkost hatte. Vermutlich hatte es solche Momente doch ab und zu gegeben, etwa nachts, wenn sie im Bett gelegen und auf ihre Mama gewartet hatte, um ihr Parfum zu riechen.

»Du warst schon immer überaus romantisch, Julia.«

»Nenn du mich bitte nicht so.«

»Warum denn nicht? Das ist doch ein schöner Spitzname. Er passt zu einer romantischen Frau wie dir.«

Eleonora hatte einen Kloß im Hals, den sie jedoch sofort energisch hinunterschluckte. Wie konnte es dieser Gefühlsklumpen nur wagen, sich bemerkbar zu machen und sie in die Gefahr zu bringen, dass sie weinte, noch dazu vor ihrer Mutter?

»Du darfst nicht so leiden, das ist es nicht wert. Männer gehen nun mal fremd und Frauen auch. Sogar hässliche Männer. Da ist es doch besser, von einem attraktiven Kerl wie Emanuele betrogen zu werden, oder etwa nicht?«

»Was soll das sein? Etwa eine neue soziologische Theorie?«

Rita lachte. Unglaublich, wie sie sich verändert hatte. Eleonora kam spontan der Gedanke, dass auch seelische Wunden womöglich irgendwann heilten. Die Vorstellung, mit sechzig ein neues Leben zu beginnen, erschien ihr trotzdem nicht gerade reizvoll.

»Du kannst ja ironisch sein, mein Schatz. Noch ein Geschenk von Emanuele, sehr gut. Vergiss Alessandro, der ist kein Mensch, sondern ein Geist. Den kannst du in eine Vitrine stellen wie eine Nippesfigur, und wenn du ihn ein paar Tage hintereinander bewundert hast, bist du ihn leid. Glaub mir und hör auf deine alte Mutter.«

Aus der Liebkosung wurde ein Klaps, dann drehte Rita sich um und packte weiter all die unglaublichen Kleider in den Koffer, die Eleonora noch nie an ihr gesehen hatte. Sie stand schon in der Tür, als ihre Mutter sie noch einmal zurückrief. In Gedanken bereits ganz woanders, drehte Eleonora sich um und sah sie an.

»Sprich mit Corinne«, sagte Rita bekümmert.

Die übliche Sorge um Corinne nahm ihrer Mutter sogar die Gelassenheit, die sie sich so mühsam erobert hatte. Wenn von Eleonoras Problemen die Rede war, konnte sie lächeln, ironisch sein und alles herunterspielen. Doch kaum ging es um Corinne, setzte sie eine ernste Miene auf.

»Warum?«

»Sie weint seit Stunden und hat sich in einem der Schlafzimmer eingeschlossen.«

»Warum das denn?«

»Warum, warum. Geh einfach zu ihr und sag ihr, dass du nicht mit Alessandro nach London gehen wirst.«

Hab ich's doch gewusst. Du dumme verlogene Pute! »Sie hat mir selbst gesagt, dass sie ihn nicht mehr liebt.«

»Und du hast ihr geglaubt.«

»Na klar. Warum auch nicht?«

»Weil du sie kennst. Weil du weißt, dass sie dir nicht wehtun will. Selbst wenn sie dann doppelt leidet.«

Eleonora war kurz davor, aus der Haut zu fahren. »Schluss mit diesem Theater, Mama. Wenn es jemanden gibt, von dem wir all die Jahre jeglichen Schmerz ferngehalten haben, dann Corinne. Es ist schlicht und ergreifend nicht wahr, dass sie sich für mich aufopfert.«

»Sei nicht ungerecht. Sie wollte, dass du hierherkommst.«

»Na klar, das gehört schließlich zur Heiligsprechung.«

»Jetzt bist du gemein.«

»Nein, Mama. Ich habe es bloß satt. Die Welt ist nicht schwarz oder weiß, wie du es uns immer eingeredet hast. Corinne ist ebenso schuld wie ich. Genau genommen ist ihre Schuld sogar noch größer als meine.«

»Sie war ein Kind! Woher hätte sie wissen sollen, dass sie sich in Gefahr begibt?« Rita hatte die Stimme erhoben und von einer Sekunde auf die andere eine Mauer errichtet.

Aber du hast die Gefahr gekannt, wollte Eleonora erwidern, tat es jedoch nicht.

Sie verkniff sich die Antwort und stürmte hinaus. Wie schon so oft ergab sie sich und sah ein, dass gewisse Dinge nun mal nicht zu ändern waren. Sie würde mit Corinne reden.

19

Corinne saß im Wohnzimmer, die Füße unter eines der Kissen des samtbezogenen Sessels geschoben, so wie sie es als Kind immer getan hatte. Auf ihren Knien lag ein großes Buch mit einem dicken Einband, der an mehreren Stellen eingerissen war.

»Sieh mal, Eleonora, das Haus in Vieste! Ich hatte es ganz vergessen, genauso wie die Ferien dort. Dabei waren sie wunderschön. Wie kann das sein?«

Ihr Tonfall berührte Eleonora. Corinne hätte wütend, enttäuscht oder unglücklich sein müssen. Aber sie begrüßte ihre Freundin freudig, war großzügig wie immer.

Eleonora setzte sich neben sie und nahm ihr einen Teil des Gewichts ab, indem sie das Buch halb auf ihre Knie schob. Es war ein altes Fotoalbum, das Rita mitgebracht hatte. Eleonora hatte bisher nicht den Mut gehabt, es in die Hand zu nehmen.

Sie kniff die Augen zusammen, um hinter den beiden mageren Mädchenkörpern auf dem Bild das Haus zu erkennen, ebenso den großen Garten mit den vielen Blumen. Auch sie hatte schon lange nicht mehr an diesen Urlaub gedacht, dabei war das Haus in Vieste das schönste, hellste und gemütlichste, das sie je gemietet hatten. Dort waren sie glücklich gewesen.

Auf dem Foto hielt Corinne eine Margerite in der Hand wie ein Zepter, und mit den geröteten Wangen sah sie gesund und fröhlich aus. Eleonora hatte den Arm um die Schultern ihrer Freundin gelegt und trug ihr Lieblings-T-Shirt mit Deep Purple vorn drauf. Wenn sie es anhatte, fühlte sie sich besonders und geheimnisvoll. Auf ihrer Wange leuchtete ein grüner Streifen, ein Überbleibsel ihrer Malversuche mit Temperafarben. Eleonora war vierzehn und überzeugt, dass sie eines Tages als Malerin in verruchten Künstlerkreisen verkehren und so rebellisch wie ihr T-Shirt sein würde.

Auf ihrem Gesicht war immer ein leichtes Schmollen zu sehen, wenn sie ihre Freundin umarmte. Eleonora war mindestens zehn Zentimeter größer als Corinne und beschützte sie, wie es alle Erstgeborenen mit ihren jüngeren Geschwistern tun.

»Ich kann das nicht«, sagte Eleonora, schlug das Album zu und schob es auf Corinnes Knie zurück.

Ihre Freundin sah sie betrübt an, fast jede von Eleonoras Reaktionen war ihr unverständlich.

»Wo sind eigentlich die anderen?«

Corinne zuckte mit den Schultern. »Keine Ahnung. Sie sind vorhin alle gegangen, nur wir beide und Rita sind noch da.«

»Mama hat behauptet, du wärst schlecht drauf.«

»Ich? Nein.«

»Doch. Sie meinte, dir ginge es gar nicht gut, und du hättest dich in deinem Zimmer eingeschlossen.«

»Aber nein. Sie irrt sich.«

Corinne wirkte aufrichtig, doch irgendetwas musste Eleonora noch sagen.

»Hör zu, eines sollst du noch wissen: Selbst wenn ich mit Alessandro nach London gehen sollte, ist es nicht …«

Ihre Freundin schüttelte energisch den Kopf. »Du kannst tun und lassen, was du willst, Eleonora. Ich habe dir doch gesagt, dass ich ihn nicht mehr liebe.«

»Bitte lass mich ausreden.«

Corinne gab zwar nach, aber ihr Unbehagen war offenkundig. Sie senkte den Kopf, um die Worte abzudämpfen, und ballte die Hände im Schoß.

»Ich weiß nicht, was ich mit meinem Leben anfangen werde. Ich jage von einer Stadt zur nächsten, als würde mich jemand verfolgen. Trotzdem fühle ich mich oft allein und einsam. Verstehst du mich?«

Corinne nickte, ohne sie anzusehen.

»Ich könnte ein Stück meines Wegs zusammen mit Alessandro gehen. Das bedeutet aber nicht, dass wir ein Paar sind.«

»Ich verstehe.« Nur zwei Worte, und Corinne hatte die erste Tür zugeschlagen. »Kommst du also nicht mehr zurück?«

»Hierher? Natürlich komme ich irgendwann wieder. Und ich bin mir sicher, dass du den Agriturismo bis dahin zum begehrtesten Reiseziel in der ganzen Toskana gemacht hast.«

Corinne wurde ruhiger und hob schließlich das Kinn.

Die beiden Frauen umarmten sich, wie jedes Mal, wenn sie auseinandergingen und Eleonora wieder verschwand, denn gewisse Dinge gelingen nur beim Abschied.

Die anderen kehrten am Spätnachmittag in die Villa zurück, alle außer Emanuele.

Eleonora stand am Fenster und beobachtete die Gruppe, während sie nach Emanueles Gesicht suchte, nach der Zigarette, die er sich anzündete, kaum dass er aus dem Auto gestiegen war. Im ersten Moment hielt sie Alessandro für Emanuele, und die Enttäuschung, die sie empfand, als sie die Verwechslung bemerkte, deprimierte sie. Denise betrat das Haus vor den anderen. Sie hastete durch die Eingangshalle und lief in die obere Etage, wobei sie etwas Unverständliches brummelte.

Die anderen gingen schweigend in die Küche, die Stimmung war gedrückt.

»Alles in Ordnung?« Eleonora richtete die Frage an Alessandro.

Unterdessen stellte Corinne, die von alledem nichts bemerkte, einen Topf auf den Herd und bat den finster blickenden Maurizio, ihr beim Säubern der Venusmuscheln behilflich zu sein.

Alessandro seufzte und schloss für einen Moment die Augen. Er nahm Eleonora an der Hand und führte sie ins Wohnzimmer, doch bevor er antwortete, lockerte er in aller Ruhe seinen Schal und fachte das Feuer im Kamin an. Es war geradezu nervtötend.

»Jetzt sag schon. Was ist los? Denise ist vorhin stinkwütend nach oben gerannt.«

»Ach, was soll schon sein? Sie streitet die ganze Zeit mit Maurizio.«

»Über das Übliche?«

Statt zu antworten, sah Alessandro Eleonora an wie eine Schwachsinnige, der man alles erklären muss. Sie ballte die Fäuste und zwang sich, nicht laut zu werden.

»Na?«

»Ja, es geht um die üblichen Probleme. Maurizios Nerven liegen blank, selbst bei Kleinigkeiten rastet er sofort aus, und ich kann ihn ehrlich gesagt gut verstehen. Es ist ein Wunder, dass er Denise noch nicht rausgeworfen hat.

Die Situation ist mittlerweile unerträglich, und das ist allein meine Schuld.«

»Deine? Was hättest du denn tun sollen? Etwa das Leben der beiden managen? Oder für immer in der Villa Bruges bleiben?«

Alessandros Gesicht nahm einen merkwürdigen Ausdruck an, und er wollte etwas sagen, aber Eleonora redete einfach weiter.

»Abgesehen davon, was für Kleinigkeiten? Was ist denn passiert?«

»Emanuele hatte einen Reitunfall. Denise wollte sofort zu ihm, aber Maurizio ist einfach am Agriturismo vorbeigefahren, ohne anzuhalten, und da haben sie angefangen zu streiten. Allein wollte Denise auch nicht hin, und jetzt ist sie stinksauer, wie man sich vorstellen kann.«

Eleonora erstarrte. »Emanuele ist gestürzt? Und das sagst du mir einfach so? Wo ist er, im Krankenhaus?«

»Ach Quatsch, beruhige dich. Er ist zu Hause, der Arzt hat ihn schon untersucht. Es ist nichts Schlimmes.«

Eleonora drehte sich um und stürmte aus dem Raum. Ohne um Erlaubnis zu fragen, nahm sie Maurizios Autoschlüssel und rannte ohne Mantel aus dem Haus. Fast schien es, als hätte die Villa Bruges sie ausgespien, und auf den weißen Stufen der Vorhalle wäre sie beinahe gestürzt.

»Eleonora!«

Das war Alessandro. Seine Stimme hatte einen gebieterischen Unterton, und der lautstark gerufene Name kam einem Befehl gleich. Doch Eleonora achtete nicht darauf, sondern startete den Wagen.

Erst als sie das Anwesen erreichte, konnte Eleonora wieder richtig atmen. Sie ging hinein und klopfte leise an die Wohnzimmertür.

»Herein.«

Als sie die Hand auf die Klinke legte, bekam sie eine SMS von Alessandro. Eleonora musste sie zweimal lesen, bis sie verstand, was er ihr da geschrieben hatte. Sie hätte ein »Ich komme dich holen«, oder »Bist du jetzt vollkommen verrückt geworden?« oder zumindest eine Beleidigung erwartet, aber nicht das, was sie las.

»Hast du schon gepackt?«, stand da. Als wäre nichts gewesen.

Eleonora steckte das Handy weg und öffnete die Tür.

Emanuele lag auf der Couch vor dem Kamin, in dem ein Feuer brannte. Sein Oberkörper und der rechte Arm waren verbunden, trotzdem war er guter Dinge.

Erleichtert legte Eleonora eine Hand auf ihr Herz. Ihr Atem ging noch immer stockend, was ihr ein wenig peinlich war.

»Ich lebe noch«, sagte Emanuele, zündete sich eine Zigarette an und verzog dabei kurz das Gesicht. Er hatte bestimmt Schmerzen, was er allerdings niemals zugeben würde.

»Ja, das sehe ich.«

»Ich hatte die Idioten gebeten, dir nichts zu sagen.«

»Wie nett von dir.«

Er drehte sich zu Eleonora um und sah sie an. »Machst du dich über mich lustig?«

»Nein, es war wirklich nett von dir. Du wolltest nicht, dass ich mir Sorgen mache.«

»Nein, ich wollte vermeiden, dass du völlig überstürzt hier einfällst. Und prompt …«

Emanuele rutschte auf den Kissen hin und her und verzog wieder schmerzerfüllt das Gesicht. Eleonora wollte ihm helfen, aber er hielt sie mit einer Geste davon ab.

»Wenn ich pinkeln muss, gebe ich Bescheid, okay?«

Eleonora richtete sich auf und verschränkte trotzig die Arme vor der Brust. »Musst du immer so vulgär sein?«

»Wieso? Würdest du einem armen Kranken etwa nicht dabei helfen, seine Notdurft zu verrichten?«

»Du kannst mich mal.«

»Du solltest dich schämen, einen Behinderten so mies zu behandeln.«

»Stimmt, ich habe einen Fehler gemacht.« Eleonora drehte sich auf dem Absatz um, wild entschlossen, einen triumphalen Abgang hinzulegen. Es war ein schwerer Fehler gewesen, zu ihm zu eilen, Emanuele hatte recht. Er brauchte sie nicht. Er brauchte niemanden.

»Wo willst du hin? Komm her.«

Es war kein Befehl. Seine Stimme war leise, fast ein Flüstern. Von einem Moment auf den anderen schien die Tür unendlich weit weg zu sein, und um sie zu erreichen, bedurfte es einer ungeheuren Anstrengung. Eleonora hatte ihm bereits den Rücken zugewandt und blieb ein paar Sekunden stehen, damit er ihr einen Vorwand liefern konnte, um zu bleiben.

»Bitte, Eleonora, ich hätte gerne ein Glas Wasser.«

Schon besser.

Sie ging in die Küche an den Kühlschrank, der alles Mögliche enthielt, nur kein Wasser. Schließlich nahm sie einen Plastikbecher vom Fensterbrett, hielt ihn unter den Wasserhahn und ging zurück ins Wohnzimmer.

»Danke.«

In gebührendem Abstand setzte sie sich neben ihn aufs Sofa, bereit, bei der kleinsten Geste aufzuspringen und davonzustürzen.

Der Wunsch, ihn sogleich zufriedenzustellen, und ihre

Bereitschaft zu gehen, sobald er es verlangt hätte, machten sie wütend. Es war unfair. Emanuele hatte in ihrem Leben ebenso wie in der Villa Bruges einen festen Platz eingenommen. Außerdem hatte er gegenüber ihr, aber auch gegenüber Denise und vor allem Maurizio Schuld auf sich geladen. Dennoch nahm er sich heraus, weiter Befehle zu erteilen, geistreich zu sein und Gelassenheit zur Schau zu stellen, während er bequem auf seinem selbstgerechten Thron saß.

Es musste doch einen Weg geben, die alte Ordnung wiederherzustellen, damit sie sich nicht ständig im Unrecht fühlte und nicht länger diese lästige Dringlichkeit verspürte, eine Schuld begleichen zu müssen.

Alles war durcheinandergeraten.

»Wie ist es passiert?«

»Es war eine von den jungen Stuten. Sie ist sehr wild und buckelt gerne mal. Ich mag sie sehr. Und nachdem sie mich so zugerichtet hat, mag ich sie umso mehr.«

Eleonora versuchte, die Zweideutigkeit hinter seinen Worten zu ignorieren. »Du bist verrückt.«

»Zweifellos. Wie spät ist es eigentlich? Mein Gott, ist mir langweilig.« Emanuele legte eine Hand in ihren Nacken und zog sie zu sich heran.

»Halb zehn«, sagte Eleonora und bemerkte erst jetzt, dass Musik erklang. Wie konnte es sein, dass sie es bisher gar nicht wahrgenommen hatte?

Dann küsste Emanuele sie auf den Mund und zeigte einen Mut, den sie nie aufgebracht hätte.

»Es ist halb zehn«, wiederholte Eleonora.

Emanuele ließ sie los. »Ich habe es verstanden. Reist du morgen ab?«

»Ja.«

»Mmh.« Er wollte sich aufrichten, aber ein stechender Schmerz ließ ihn innehalten.

»Warte.« Eleonora legte ihm einen Arm um die Schultern, um ihm aufzuhelfen.

Sofort nutzte er den Moment aus und zog sie an sich.

Es war beinahe unwirklich, wie schnell Emanuele die Kontrolle über ihren Körper gewann. Mit dem gesunden Arm hatte er Eleonora hochgestemmt und auf sich gezogen. Sie betrachtete den Verband auf seiner nackten Brust und versuchte unbeholfen, sich nicht aufzustützen.

»Keine Sorge, du tust mir nicht weh«, sagte er, nahm ihr Gesicht in beide Hände und leckte ihr begierig über die Lippen.

Eleonora konnte ein verräterisches Stöhnen nicht unterdrücken. Sie hätte so viel zu sagen gehabt, aber das Einzige, was sie mit dem nächsten Atemstoß ausstieß, war sein Name.

»Emanuele.«

»Lass uns miteinander schlafen und so voneinander Abschied nehmen.«

Nein, ich will nicht.

Stumm zog Eleonora erst die Strümpfe und dann den Slip aus, während Emanuele reglos dalag und ihr zusah. Dann setzte sie sich rittlings auf ihn, und ihre nackte, feuchte Haut schmiegte sich an den weichen Stoff seiner Hose, drückte gegen seinen steifen Penis, gegen all das, weswegen es sich in diesem Moment zu atmen lohnte.

Warum? Warum hast du mich betrogen, obwohl du gesagt hast, dass du mich liebst?

»Ich werde dir wehtun …«

»Nein, wirst du nicht. Komm her. Komm her, Liebste.«

Emanuele küsste sie wieder, während er mit den Fingern in sie eindrang. Sie fanden den Weg mit Leichtigkeit. Den Heimweg.

»Emanuele.« Wieder sein Name. »Bitte …«

Obwohl er sich kaum rühren konnte, beherrschte und dirigierte er sie wie sonst auch immer. Er hob sie an und stimulierte sie so lange, bis ihr Körper erbebte. Dann erst drang er in sie ein, und sie genoss das Gefühl, dass er sie endlich ausfüllte. Eleonora kniff die Augen zusammen, spannte alle Muskeln an und schrie, doch es war ein stummer Schrei, der ihr förmlich in der Kehle stecken blieb, denn Emanuele war der falsche Mann für sie. Das spürte sie, obwohl ihr Körper ihn nicht mehr hergeben wollte und sie die Arme um ihn schlang, als wollte sie ihn nie mehr loslassen.

Langsam und vorsichtig bewegte Eleonora sich auf ihm, damit die innige Umarmung ja nicht an Kraft einbüßte. Doch Emanuele wurde ungeduldig, umfasste ihren Po und begann sie zu führen, immer schneller und schneller, bis sie die Muskeln locker lassen musste, damit er ihr nicht wehtat. Sie schlug die Augen auf.

»Genau, sieh mich an.«

Seine Stimme ging ihr durch Mark und Bein. Konnte Eleonora wirklich ohne sie auskommen? Konnte sie das einzig Richtige tun und diesen Mann sich selbst überlassen, wie er es verdiente?

»Sieh mich an, habe ich gesagt.«

Eleonora tat wie geheißen. Sie konnte gar nicht anders, als sich von ihm vögeln zu lassen und sich so zu bewegen, wie er es ihr befahl. So kurz vor dem Orgasmus reichte ihre Kraft nicht einmal für einen schwachen Protest.

»Gute Reise, Julia«, sagte Emanuele und sah sie an, ohne

zu blinzeln oder ein unkontrolliertes Seufzen von sich zu geben. Er war ganz Herr seiner selbst – und über sie.

Er wartete, bis Eleonora sich aufbäumte und seinen Namen rief, was ihm gefiel, dann umfasste er ihre Hüften fester, und nach zwei heftigen Stößen kam auch er.

Eine Weile lagen sie reglos da, während die Nachbeben in Eleonora verebbten und ihr Atem wieder ruhiger wurde. Nach einer Weile beruhigte sich, wenn auch widerstrebend, sogar ihr Herzschlag. Eleonora kämpfte gegen das Gefühl an, Emanuele zu brauchen, nicht ohne ihn sein zu können. Es gab kein Mittel gegen diese Krankheit, die tödlich verlief, und nicht einmal die Entfernung konnte eine Ansteckung verhindern.

»Warum?«, flüsterte Eleonora an seinem Ohr und richtete die Frage sowohl an sich selbst als auch an ihn. »Warum ausgerechnet du?«

»Weil ich unwiderstehlich bin.«

»Warum hast du das getan? War ich dir etwa nicht genug?«

»Genug? Ich wollte nichts anderes.«

»Warum hast du mich dann betrogen? Noch dazu mit Denise? Bin ich so wenig wert?«

Emanuele nahm sie bei den Schultern und schob sie sanft von sich herunter. »Ich bin es leid, ständig dasselbe zu wiederholen. Jetzt tust du mir übrigens doch weh.«

Was er wohl damit sagen wollte? Ob er nicht nur auf den körperlichen Schmerz, sondern auch auf tiefere Wunden anspielte? Obwohl es eher unwahrscheinlich war, gefiel ihr der Gedanke.

Eleonora stand auf und schlüpfte hinter der Couch in ihre Kleider, wobei sie sich viel verletzlicher fühlte als beim Ausziehen. Sie zitterte noch immer, als sie den verknitterten

Rock überzog, und sah Emanuele an, der mit gesenktem Kopf völlig gelassen dasaß und das Feuer, die Ruhe und die körperliche Befriedigung genoss.

Ich kann nicht. Nein, ich kann nicht.

»Sei so nett und schließ die Tür, wenn du gehst«, sagte Emanuele.

Eleonora gab es auf, irgendwelche verborgenen Bedeutungen hinter seinen Worten oder in seinem Leben zu suchen, und beschloss, dass es höchste Zeit war zu gehen.

20

Eleonora erwachte am nächsten Morgen in einem leeren Bett und konnte sich im ersten Moment an nichts erinnern, was sie sehr tröstlich fand. Die Amnesie begleitete sie bis unter die Dusche.

Sie hatte nicht wie sonst in der Dienstbotenkammer geschlafen, sondern im Bett der Königin der Villa Bruges: dem von Alessandro.

Während das lauwarme Wasser über ihren Körper rann, fiel ihr alles wieder ein. Sie dachte an Emanuele und wie er in sie eingedrungen war, daran, wie sie mit leisen Schritten in Alessandros Zimmer geschlichen und zutiefst erleichtert gewesen war, weil er schon fest schlief. Selbst die abgebrühteste Frau hätte unmöglich mit ihm Sex haben können, kurz nachdem sie seinen Bruder gevögelt und dabei einen heftigen Orgasmus gehabt hatte.

Im Halbschlaf hatte Alessandro ihr mitgeteilt, dass er am nächsten Morgen früh wegmüsse, um in seinem ehemaligen Unternehmen noch ein paar Angelegenheiten zu regeln. Sie würden sich dann um halb elf beim Check-in am Flughafen treffen.

Eleonora hatte ihm nur mit einem Brummen geantwortet, bevor sie in einen tiefen Schlaf gefallen war, der jede Erinnerung ausgelöscht hatte.

Schade, dass der Blackout nur so kurz gedauert hatte.

In der Küche traf Eleonora auf ihre Mutter, die ebenfalls reisefertig war. Sie stellte ihren kleinen Trolley neben den großen Koffer. Ihre wenigen Sachen im Schatten von Ritas umfangreichem Gepäck hatten etwas Rührendes.

»Was ist mit den anderen?«, fragte Eleonora, die sich möglichst rasch verabschieden wollte.

»Corinne ist im Agriturismo, Denise ist heute Morgen in aller Frühe aus dem Haus, und Maurizio muss irgendwo hier sein. Du gehst nun also tatsächlich mit nach London?«

Eleonora ging nicht auf die Frage ein, sondern holte ihr Handy hervor, um ihre Freundin anzurufen. Kurz darauf durchfluteten die vertrauten Geräusche und das heitere Stimmengewirr des Agriturismo die Küche der Villa Bruges. Sogar Corinne war heiter.

»Hallo, Julia! Fährst du gleich los?«

»Ja. Ich wollte mich noch von dir verabschieden.«

»Wann kommst du zurück?«

»Ich bin noch nicht mal weg ...«

»Ja klar, aber weißt du schon, wann du zurückkommst?«

»Nein. Ich rufe dich an, okay?«

»In Ordnung.«

Es kam Eleonora vor, als würde Corinne sich große Mühe geben, ihre Traurigkeit zu verbergen, und sofort wurde sie weich.

»Ich rufe dich wirklich an, Corinne. Großes Ehrenwort.«

»Okay, gute Reise. Grüß mir Alessandro und sag ihm, er soll es den Engländern zeigen.«

»Mach ich. Ciao, bis bald.«

»Meine Güte, bist du nett heute«, mokierte sich Rita, während sie die Abflugzeit auf ihrem Ticket kontrollierte. »Heute Morgen habe ich Alessandro gesehen. Mit Anzug und Krawatte ist er einfach verdammt attraktiv, das haut einen glatt um. Bei dem Mann hat sich die Natur aber mal gewaltig ins Zeug gelegt.«

»Mama, ich bitte dich«, erwiderte Eleonora gereizt und starrte unschlüssig auf das Display ihres Handys.

»Hey, reg dich nicht so auf. So, ich muss los, das Taxi ist da.«

Damit küsste Rita ihre Tochter, die zerstreut und gedankenversunken dastand, auf die Wangen und stürzte aus der Villa Bruges, als wäre es ein Leichtes, diesen Kokon zu verlassen.

Für Rita war es das vermutlich, jedenfalls lief sie wie ein junges Mädchen hinaus. Unbeschwert wie eine völlig normale Mutter, die ihre geliebte Tochter über Weihnachten besucht hat und nach den Feiertagen nach Hause zurückkehrt.

Es musste ein Geheimnis geben, wie man so viel Natürlichkeit an den Tag legen konnte. Rita musste das Rezept für einen Zaubertrank besitzen, etwas, das es ihr ermöglichte, trotz all der schweren Gesten, Gedanken, Erinnerungen und Gewissensbisse ihre Leichtigkeit zu bewahren.

»Ach je, zu spät«, sagte Maurizio hinter ihrem Rücken und sah dem Taxi nach.

»Sie lässt dich herzlich grüßen«, log Eleonora. Es war ihr ein Rätsel, weshalb sie ihre Mutter als eine höfliche und liebenswürdige Person hinstellen wollte, aber so war es nun mal. »Ich bin übrigens auch auf dem Sprung.«

Maurizio drückte Eleonora fest an sich, wobei er eine Verbundenheit vortäuschte, die in keinem Verhältnis zu den wenigen Worten stand, die sie wechselten.

»Hat er es dir nun gegeben?«

Eleonora schüttelte verständnislos den Kopf. »Was? Wer?«

»Er hat es dir also noch nicht gegeben. Das Geschenk, meine ich. Mein Bruder. Ich meine, Alessandro.«

Ja, er musste schon deutlich werden und den Vornamen dazusagen, um Missverständnissen vorzubeugen.

»Ach richtig, mein Weihnachtsgeschenk. Weißt du etwas darüber?«

»Oh ja, aber meine Lippen sind versiegelt. Er wird es dir in London geben, denke ich.«

Eleonora nickte und versuchte mit aller Kraft, die Frage zurückzuhalten, die ihr auf der Zunge lag, doch sie war zu scharf und zu forsch, und ihr ließ sich leider nicht Einhalt gebieten.

»Wie hast du das bloß geschafft, Maurizio?«

Er verstand sofort, worauf sie anspielte, und seine Miene verdüsterte sich.

»Was nützt es dir, wenn du es weißt?«

»Gar nichts, du hast recht. Bitte Entschuldige.«

Doch Maurizio wollte reden und verhinderte mit einem Wortschwall Eleonoras Rückzug. »Man tut nun mal eine Menge dumme Sachen aus Liebe. Man macht sich sogar unglücklich.«

»Ich kann dich nur zu gut verstehen.«

»Nein, tust du nicht. Aber das ist nicht deine Schuld. Ich wollte sie längst verlassen, weißt du? Allerdings habe ich den richtigen Zeitpunkt verpasst. Zuerst bin ich zu Emanuele gegangen und habe auf ihn eingeprügelt, so fest ich kann. Ich habe ihn angeschrien und ihm gesagt, dass ich ihn hasse. Dass er ein elender Mistkerl ist. Er hat sich nicht gewehrt, sondern hat sich einfach verprügeln lassen. So ist Emanuele nun mal. Hinterher hat er mich dann um Verzeihung gebeten und mir geraten, mir möglichst weit weg von Denise und der Villa Bruges ein neues Leben aufzubauen. Er hat recht, hier sitze ich in der Falle und schaffe es nicht, eine Entscheidung zu treffen. Daraufhin bin ich allen Ernstes nach Hause gefahren und habe so getan, als wäre nichts passiert. Zwischen mir und Denise ist es nun wieder wie früher, nur dass wir ein bisschen nervöser sind. Sie ahnt nicht einmal, dass ich alles weiß. Es ist, als würde mein Leben in der Villa Bruges keine Spuren hinterlassen.«

Eleonora nickte erstaunt. Mit einem Mal verstand sie die Mechanismen dieses verhexten Orts, ebenso seine Gesetze und Spukgestalten. Vermutlich fiel es ihr deshalb so schwer, von hier wegzugehen. Kein Wunder, dass die bevorstehende Abreise sie melancholisch stimmte.

Sie klopfte Maurizio auf die Schulter, als hätten sie sich gerade über das Wetter unterhalten und würden sich bald wiedersehen. Dann griff sie nach dem Trolley und ging.

Das Taxi kam und kam nicht.

Zum x-ten Mal sah Eleonora auf die Uhr und gestand sich ein, dass sie noch einmal in der Taxizentrale anrufen musste, wenn sie den Flieger nicht verpassen wollte. Just in dem Moment hielt Denise mit quietschenden Reifen auf der Allee an, und ein Regen aus Steinchen ging auf Eleonora nieder.

»Prima, du reist ab«, sagte Denise in aggressivem Ton und stieg aus. »Wo ist Alessandro? Wann geht euer Flug?«

Ihre Wut traf Eleonora wie ein Orkan. Sie fegte alle Melancholie weg und verlieh der Abreise eine neue Dringlichkeit. Eleonora hatte endgültig die Nase voll von dem Theater in der Villa Bruges.

»Was ist denn mit dir los?«

»Willst du zum Flughafen? Komm, ich bringe dich hin. Ich muss sowieso mit Alessandro reden. Und auf der Fahrt können wir uns schon mal unterhalten.«

Eleonora sah erneut auf die Uhr. Sie hatte keine Lust auf das hysterische Geschwätz von Denise, aber es war wirklich höchste Zeit. Mit einem tiefen Seufzer stieg sie widerwillig in den Wagen.

»Meine Maschine geht in anderthalb Stunden. Jetzt sag endlich, was los ist.«

Denise hielt den Blick starr auf die Straße gerichtet, ohne jedoch wirklich hinzuschauen. Mit überhöhter Geschwindigkeit raste sie durch alle Schlaglöcher und riskierte nicht nur eine Reifenpanne. Eleonora begann um ihr Leben zu fürchten, vor allem als Denise in einer Kurve überholte und um ein Haar gegen ein entgegenkommendes Fahrzeug geprallt wäre.

»Hey, Denise, beruhige dich. Du bringst uns noch um.«

»Red keinen Scheiß. Ich weiß, was ich tue.«

»Warum rast du dann so?«

»Ich muss es ihm sagen. Ich muss ihm sagen, dass er nicht einfach so abhauen kann. Und du wirst auch nicht mit ihm gehen.«

»Warum denn nicht?«

»Weil ich ohne ihn sterbe.«

Denise' Augen füllten sich mit Tränen, sie sah bestimmt kaum noch etwas durch die Windschutzscheibe. Eleonora verwünschte den Moment, als sie in dieses Auto gestiegen war, und legte sich eilig eine Strategie zurecht. Sie musste Denise unbedingt beruhigen, koste es, was es wolle.

»Hör zu, Alessandro und ich sind nur gute Freunde, glaub mir.«

»Red keinen Scheiß. Wir fahren jetzt zum Flughafen, und er soll dir alles gestehen.«

»Was soll er mir denn gestehen?«

»Dass ich seit Jahren seine Geliebte bin. Dass er mich vor

ein paar Monaten geschwängert hat. Dass er mich dazu gezwungen hat, das Kind abtreiben lassen. Ich dachte, er will keine Kinder, weil er sich noch nicht dazu bereit fühlt. Dabei wollte er mich bloß verlassen, damit du meinen Platz einnehmen kannst.«

Eleonora verstummte. Ihr wurde schwindlig, und sie befürchtete, jeden Moment in Ohnmacht zu fallen. Sie klammerte sich an den Türgriff und atmete tief durch.

»Denise ...«

»Na, was ist? Willst du immer noch mit ihm nach London fahren?«

»Ich ... Hör zu. Du hast einen Ehemann, der dich liebt und dir verziehen hat.«

»Ach Quatsch, von wegen verziehen. Maurizio hat nicht die leiseste Ahnung. Und du, was weißt du schon! Hast du überhaupt mitbekommen, dass ich schwanger war?«

Denise verriss das Lenkrad, der Wagen geriet ins Schleudern und wäre um ein Haar gegen die Leitplanke geprallt.

»Ja, hab ich. Und Maurizio auch. Er hat den positiven Schwangerschaftstest gefunden. Da er zeugungsunfähig ist, hat er einfach eins und eins zusammengezählt.«

»Was soll das heißen?«

»Halt bitte an. Du bringst uns noch ins Grab.«

»Was das heißen soll, verdammt!«

»Wir waren alle davon überzeugt, dass Emanuele der Vater ist. Maurizio ist sogar zu ihm gegangen und hat ihn verprügelt.«

»Emanuele weiß es also.«

Denise trat voll auf die Bremse und lenkte ruckartig auf den Seitenstreifen, woraufhin die Fahrer hinter ihnen sie hupend überholten. Eleonora seufzte erleichtert auf und lehnte sich gegen die Kopfstütze.

»Gütiger Himmel, Denise.«

»Willst du damit sagen, dass Emanuele alles auf seine Kappe genommen hat?«

»Ja.«

»Was für ein Arschloch.«

Mit einem Streichholz zündete Denise sich eine Zigarette an und warf es anschließend auf die Straße. Während neben ihnen das Leben vorbeiraste wie die Fahrzeuge auf der Autobahn, herrschte im Wageninnern erwartungsvolle Stille.

»Setz mich bitte am Bahnhof von Florenz ab«, sagte Eleonora schließlich und zündete sich ebenfalls eine Zigarette an.

»Dann willst du also nicht mehr nach London?«

»Das versteht sich ja wohl von selbst. Ich muss dringend ein paar Dinge regeln. Bist du jetzt zufrieden?«

»Ja, bin ich.«

Auch wenn sie cool tat, Denise war ebenfalls zutiefst erschrocken, warum auch immer. Möglicherweise erzitterte sie innerlich wie jemand, der völlig unverhofft etwas bekommt, das er sich schon lange sehnlich gewünscht hat.

»Seit wann seid ihr zusammen?«

»Ach, eine halbe Ewigkeit, jedenfalls lange bevor er Corinne mit ihrer Opferlammleidensmiene begegnet ist. Als die beiden zusammengekommen sind, war ich außer mir und erzählte allen, was zwischen uns gelaufen war. Alessandro stellte mich glatt als verrückt hin und behauptete, ich sei schizophren und hätte Halluzinationen. Er hat mich sogar gezwungen, eine Psychoanalyse zu machen. Emanuele hat mir in dieser schwierigen Zeit sehr geholfen und mir am Ende auch geglaubt.«

»Warum hast du dann Maurizio geheiratet? Das verstehe ich nicht. Einen Menschen bewusst zu einem unglücklichen Leben zu verdammen ist einfach nur abscheulich.«

»Alessandro hat dasselbe mit mir gemacht. Jedes Mal, wenn wir miteinander geschlafen haben, sagte er, es wäre das letzte Mal. Trotzdem haben wir sogar nach seiner Hochzeit mit Corinne nicht damit aufgehört … Jetzt zieh nicht so ein Gesicht. So etwas kommt doch alle Tage vor.«

»Alle Tage? Dass eine Frau einen Mann heiratet und seine beiden Brüder vögelt?«

»Du bist so was von vulgär, Eleonora. Damit beschmutzt du alles.«

»Ich? *Ich* beschmutze alles?«

»Ja, außerdem bist du auch noch scheinheilig. Wir wissen auch, warum. Du kennst jetzt den Zauber der Villa Bruges.«

Ach ja, der Zauber.

»Alles war gut, bevor du aufgetaucht bist. Verflucht sollt ihr sein, Corinne und du.«

»Ja klar. Alles gut, alles normal.«

»Normal nicht, aber wenigstens hat Alessandro mich geliebt.«

»Träum weiter. Alessandro liebt niemanden, das kann er gar nicht. Er ist unfähig dazu.«

»Da täuscht ihr euch alle. Mich hat er wirklich geliebt, bloß hatte er damals seine Gefühle nicht unter Kontrolle. Als es ihm endlich besser ging, war er längst mit Corinne verheiratet. Was hätte er denn tun sollen? Von dir ganz zu schweigen, denn seit du in der Villa aufgetaucht bist, hat er überhaupt nichts mehr kapiert. Du hast mein Leben ruiniert, Eleonora. Und ich konnte nicht zulassen, dass du mit ihm wegfährst. Nicht so, als wäre alles ganz normal, als wärst du mir nicht in den Rücken gefallen.«

»Was redest du denn da für einen Müll?«, sagte Eleonora nur und verzichtete auf jede Widerrede. Sie warf die Zigarette aus dem Fenster und deutete auf den Autoschlüssel im Zündschloss. »Beeil dich, wenn du noch mit ihm reden willst. Am besten, du setzt mich am Bahnhof ab und fährst dann zu ihm.«

Gehorsam startete Denise den Motor und lenkte den Wagen auf die rechte Fahrspur zurück. Sie war überglücklich, dass es ihr gelungen war, Eleonora aufzuhalten, und leistete daher keinerlei Widerstand.

Ausgerechnet in diesem Augenblick rief Alessandro an.

Eleonora nahm den Anruf trotz allem entgegen. Es war, als hätte jemand einen Schalter in ihrem Kopf umgelegt, wodurch ihre Wut gedämpft und Raum für Mitleid geschaffen wurde.

»Ciao.«

»Es ist schon spät. Wo bist du?«

Alessandro klang ruhig wie immer, fast schon phlegmatisch. Was mochte diesen vernünftigen und berechnenden Menschen dazu getrieben haben, über Jahre eine Affäre mit der Frau seines Bruders zu haben? Möglicherweise war er schlicht unfähig, nein zu sagen. Weil er entgegen allen Behauptungen nie geheilt worden war. Weil er nun einmal so war …

»Ich bin gleich da. In einer Viertelstunde.«

»Das ist zu spät.«

»Früher schaffe ich es nicht.«

Eleonora legte auf und beeilte sich auszusteigen. Sie waren inzwischen am Bahnhof angekommen.

»Was hast du jetzt vor?«, fragte Denise.

»Ich fahre zurück.«

»Das heißt, wir sehen uns auch weiterhin in der Villa Bruges?«

»Eher selten. Du kannst also beruhigt sein.«

Eleonora nahm den Trolley vom Rücksitz und beugte sich zum offenen Beifahrerfenster hinunter, um Denise in die Augen zu schauen.

»Er hat zwei Tickets, Denise. Flieg du mit ihm, wenn du ihn überzeugen kannst. Finde eine Möglichkeit, um ihn an meiner Stelle zu begleiten.«

»Ach komm. Wie soll ich das denn bitte anstellen, einfach so wegzufahren?«

»Was ist, hast du etwa Schiss?«

Denise' Augen verengten sich, ähnelten auf einmal denen von Alessandro. »Nein. Ich weiß, dass ich Maurizio verlassen sollte. Aber nicht so, ohne mit ihm darüber zu sprechen.«

»Ach so, aus Barmherzigkeit. Na dann ...«

Denise warf Eleonora einen feindseligen Blick zu. »Bitte erspar uns die Oberlehrernummer, Julia. Du hast nicht das Zeug dazu. Was ich tun oder lassen werde, ist allein meine Angelegenheit.«

»Gut. Also Hals- und Beinbruch.«

Eleonora wandte sich rasch ab und ging auf das Bahnhofsgebäude zu.

Es gab Wichtigeres zu tun, als mit Denise zu streiten. Zu viele Dinge zu regeln.

21

Für einen kurzen Moment dachte Eleonora, sie könnte die Karten offen auf den Tisch legen, sie in aller Ruhe ordnen und dann das Kartendeck auffächern. Ganz oben befand sich Alessandro, und um ihn herum drängten sich die Folgen der schlimmen Erlebnisse in der Vergangenheit: seine Untreue, die miesen Drehbücher und die Lügen, die zähflüssig durch die Maschen der Realität sickerten und sie verzerrten.

Während sie im Taxi zum Agriturismo zurückkehrte, war Eleonora einen Moment lang ernsthaft davon überzeugt, den Deus ex Machina spielen zu können, und dass der Zufall persönlich ihr diese Rolle zugewiesen hätte. Doch während sie das Leben betrachtete, das hinter der Scheibe an ihr vorbeizog, wurde ihr klar, dass sie kein Recht dazu hatte.

Reihum ließ sie alle Menschen in ihrem näheren Umfeld vor ihrem geistigen Auge Revue passieren. Alle wussten, wie ihr Leben auszusehen hatte, und es spielte dabei keine Rolle, ob ihre Erwartungen im Widerspruch zur Realität standen. Ein jeder hatte sich einen Weg zurechtgelegt, den er beständig weitergehen würde, im Guten wie im Bösen, und sah dabei nur, was er sehen wollte, und machte sich vor, dass nichts ihn von seinem Ziel abbringen könnte.

Die kleine Gemeinschaft in der Villa Bruges mit der Wahrheit zu konfrontieren hätte deren Horizont nicht erweitert, sondern nichts als Chaos und Wut zur Folge gehabt. Alles wäre danach wieder genauso gewesen wie vorher, so wie die Ehe von Denise und Maurizio. Alle wären weiter im Kreis gelaufen, ihr Leben lang.

Eleonora sah nur eine Möglichkeit, um diesem Teufelskreis zu entkommen. Sie musste sich mit Emanuele aussprechen. Denn einer Sache war sie sich inzwischen sicher: Körper und Geist konnte man nicht voneinander trennen. Wenn es für die Liebe tatsächlich einen Ort gab, dann war es ganz bestimmt kein hohler, unbeständiger Raum, sondern ein Nest aus Fleisch und Blut.

Kurz darauf stand Eleonora in der Eingangshalle des Agriturismo und versuchte, weder an die zahllosen unbeantworteten Nachrichten von Alessandro zu denken noch an das herabwürdigende Kommen und Gehen, dem sie sich freiwillig ausgesetzt hatte. Bisher war sie stets zurückgekehrt, weil sie voller Zweifel war, diesmal hingegen spürte sie eine bisher unbekannte Entschlossenheit. Dies war ganz sicher das letzte Mal, sie wusste genau, was sie da tat, ebenso warum und wofür. Eleonora war es leid, den Koffer ständig ein- und auszupacken, und nun, da sie die wichtigen Dinge klar vor Augen hatte, konnte sie endlich einen Platz in dieser verworrenen Welt finden. Vielleicht konnte sie sogar zulassen, dass die Dinge um sie herumwirbelten, statt selbst wie eine Motte die Lichtquellen zu umkreisen.

Eleonora wollte gerade an der Rezeption nach Emanuele fragen, als sie aus dem Augenwinkel Corinne bemerkte. Ihre Freundin hielt einen seltsamen Gegenstand in der Hand, der aussah wie eine dorische Säule in Miniatur mit einem breitkrempigen beigefarbigen Herrenhut. Corinne stand unbeweglich vor dem Flur, der zum Restaurant führte.

Eleonora wandte sich zu ihr um und blickte sie ruhig an. »Was tust du mit dem Pfosten in der Hand?«, fragte sie und bemerkte erst jetzt den entgeisterten Gesichtsausdruck ihrer Freundin.

»Das ist eine Nachttischlampe«, antwortete Corinne mit der Stimme eines Roboters.

»Du liebes bisschen, ist die hässlich. Sag mal, wo ist Emanuele?«

Corinne löste sich aus ihrer Erstarrung, atmete tief ein und entspannte sich. Ihre Arme sanken herab, und eines der Zimmermädchen nahm ihr die Lampe besorgt aus der Hand, bevor sie herunterfiel.

»Soll ich sie aufs Zimmer bringen, Signora?«

Corinne nickte. »Ja, in Zimmer zweihundertzwölf bitte«, sagte sie, und sogar ihre Stimme klang ganz anders als sonst, war kaum wiederzuerkennen. Was für einen professionellen Ton die zarte Corinne entwickelt hatte.

»Was ist denn nun mit Emanuele?«

»Bist du denn nicht abgereist?«

»Nein.«

»Und Alessandro?«

»Der kommt schon zurecht. Mit Sicherheit wird er auch in London jemanden finden, der ihm die Windeln wechselt.«

Corinne brach in Lachen aus. So sehr, dass ihre Augen tränten. So sehr, dass zwei Zimmermädchen neugierig auf den Flur traten und dabei die Bettwäsche, die sie gerade wechselten, sowie ein unnützes dünnes Kissen an die Brust drückten. Eleonora hatte bestimmt schon tausendmal zu Emanuele gesagt, dass er dickere Kissen kaufen solle, aber er tat es nicht. Dafür betonte er jedes Mal, dass alle Hotels seit Menschengedenken schlechte Kissen hätten und seine den Hotelkissen in nichts nachstünden.

Eleonora ließ sich von Corinne anstecken, und die beiden Freundinnen lachten Tränen. Sie streichelte Corinne übers Gesicht, das nach wie vor glatt und ohne Mimikfältchen war, und lächelte breit. Mit etwas Glück würden sich mit der Zeit tiefere Falten in die zarte Haut eingraben, Falten des Lachens, Falten des Erstaunens, Lebenspfade.

»Ich lasse Emanuele rufen«, sagte Corinne endlich. »Ich würde sagen, das hier ist ein offizielles Treffen, ich bestelle ihn also mal zur Rezeption.« Damit zwinkerte sie ihr zu und verschwand.

Eleonora hoffte aus tiefstem Herzen, dass Emanuele nicht so etwas sagte wie: »Wenn's nach mir geht, kann sich deine Freundin im Hof in die Luft sprengen.«

Er sagte es nicht.

Vielmehr kam er nach zehn Minuten an die Rezeption, betrachtete sie und nickte, als würde Eleonora bereits mit ihm reden.

»Aha, Julia ist zurück. Was kann ich für Sie tun?«

»Nicht hier. Entschuldige, wenn ich störe. Halte ich dich gerade von etwas Wichtigem ab?«

»Ja. Aber ich habe eine sehr tüchtige Geschäftspartnerin, die mich sicher für ein halbes Stündchen vertreten kann.«

Sie machten sich auf den Weg zu einem der Sitzungssäle. Eleonora war sich sicher, dass er sie nicht in ihr Zimmer bringen würde. Sie hatte volles Vertrauen zu ihm, denn im Gegensatz zu ihr wusste Emanuele immer, was er tat. Aber die Dinge konnten sich ändern. Eleonora war inzwischen überzeugt, ihren Fluchtinstinkt unter Kontrolle halten zu können.

Kurz darauf standen sie sich in dem Saal gegenüber, Emanuele an einen schweren Mahagonischreibtisch gelehnt, Eleonora an der Wand zu seiner Linken, zwischen ihnen der Trolley. Emanuele wirkte wieder topfit. Anscheinend war der Sturz vom Pferd glimpflich verlaufen, und die Verletzungen hatten schlimmer ausgesehen, als sie waren.

»Du hättest mir sagen müssen, dass Alessandro der Vater von dem Kind war«, sagte Eleonora.

Emanuele machte ein Gesicht wie jemand, der die Anklage, die gegen ihn erhoben wird, bereits kennt.

»Ich habe mehrfach beteuert, dass ich es nicht bin, aber du hast mir nicht geglaubt. Für mich ist das Thema damit erledigt.«

»Das ist nicht witzig. Da du mich nicht vom Hof gejagt hast, gehe ich davon aus, dass du mir zuhören wirst, auch wenn ich ehrlich gesagt nicht weiß, warum.«

»Du tust gut daran, dich das zu fragen. Eigentlich hätte ich dich gleich an einem der Kronleuchter in der Eingangshalle aufhängen sollen.«

Eleonora wollte ihm erst wutentbrannt widersprechen, doch dann sagte sie nur: »Du hättest es auch Maurizio sagen müssen.«

»Wieso das denn? Er ist hier reingestürmt wie ein Geistesgestörter und hat sich auf mich gestürzt, felsenfest davon überzeugt, dass ich der Kindsvater bin. Wenn dein eigener Bruder dir so etwas Abscheuliches zutraut, dann muss er notgedrungen einen guten Grund dafür haben. Aber egal, wer hat dir das Geheimnis verraten? Denise selbst?«

»Es spielt keine Rolle, wer es war.«

»Doch, es spielt sehr wohl eine Rolle. Ich bin hier seit

Jahren als Oberarschloch verschrien und kann unmöglich zulassen, dass Denise meinen Ruf ruiniert.«

»Dann wäre es vielleicht an der Zeit, die Arschlochrolle abzulegen.«

»Ich habe nicht vor, das mit dir auszudiskutieren.«

»Du bist das Arschloch, der Egoist, der verlogene Hurenbock, und Alessandro ist ein Heiliger. Ich erkenne den Sinn dieser Schmierenkomödie nicht.«

»Du erkennst ihn nicht, weil du blind bist.«

»Du warst damals ein Kind, Emanuele. Ein unschuldiges Kind. Kinder haben manchmal Angst, besonders wenn sie sich einsam fühlen. Du hast einen Fehler begangen, den jedes andere verängstigte Kind auch gemacht hätte.«

»Nicht jedes. Alessandro ist statt meiner zu den Kidnappern ins Auto gestiegen. Sie wollten mich, und ich habe zugelassen, dass sie ihn mitgenommen haben. Wie er mich angesehen hat, zu Tode erschrocken. Trotzdem ist er eingestiegen.«

»Man tut viele Dinge, wenn man die Konsequenzen nicht kennt. Vor allem wenn man elf Jahre alt ist. Das gilt für dich genauso wie für ihn.«

»Spiel die Angelegenheit nicht so herunter. Vielleicht verstehst du es ja, wenn ich es so ausdrücke: Ich habe meinem eigenen Bruder eine Pistole an die Schläfe gehalten, während er sich als menschlicher Schutzschild vor mich gestellt hat, damit ich nicht getroffen werde.«

»Ihr habt beide nicht gewusst, was ihr da tut.«

»Du irrst dich.«

Emanuele verschränkte ablehnend die Arme vor der Brust, was Eleonora nicht weiter verwunderte. Es war ein heikles Thema, und er leistete bei der kleinsten Anspielung Widerstand. Sie würde die Dinge nicht ändern, ihn nicht hinter die Maske des Mitleids blicken lassen können, damit er endlich begriff, was geschehen war.

»Wie kannst du nur zulassen, dass Maurizio so schlecht von dir denkt?«

»Das hat er vorher auch schon, er hat noch nie daran gezweifelt, wer hier der Schuldige ist. Außerdem, wie hätte ich meine Unschuld beweisen sollen? Selbst eine DNA-Analyse ist nicht sehr aussagekräftig, wenn es sich um Brüder handelt. Maurizio ist mit der festen Absicht hergekommen, mich schuldig zu sprechen, welchen Sinn hätte es da gehabt, ihm das Gegenteil zu beweisen?«

Eleonora ging auf Emanuele zu und hob den Arm, um ihn zu berühren, hielt im letzten Moment aber inne. Bei der leichtesten Berührung hätte sie keinen klaren Kopf mehr bewahren können. Emanuele besaß die Fähigkeit, sogar ihre Gedanken erzittern zu lassen.

»Ich kann dich verstehen, Emanuele. Ehrlich, ich verstehe dich sogar sehr gut.«

»Das glaube ich dir nicht. Du siehst selbst die offenkundigsten Dinge nicht, obwohl wir uns jetzt schon seit zwei Jahren kennen. Wer von uns beiden am Ende Denise geschwängert hat, ist vollkommen egal. Entscheidend sind die Untreue, die jahrelangen Lügen und unsere Unfähigkeit, den Tatsachen ins Auge zu blicken und noch mal neu anzufangen, nach allem, was uns als Kindern widerfahren ist. Die Villa Bruges steht auf einem wackeligen Fundament, sie ist auf Lügen, moralischer Erpressung, Groll sowie auf Wut auf uns selbst und den Rest der Welt gebaut. Möglicherweise gibt es die Villa Bruges bald nicht mehr, jetzt da Alessandro abgereist ist, um seinen Traum zu verwirklichen. Dann wird es sein, als hätte sie nie existiert. Wir werden einen geeigneten Ort für einen Neuanfang finden, um ein authentisches Leben zu führen.«

Emanuele machte eine Pause und suchte etwas in seiner Tasche, das er nicht fand, vermutlich Zigaretten. Eleonora stand nur da wie angewachsen.

Schließlich sah er ihr in die Augen und sagte: »Du solltest dasselbe tun.«

»Was denn?«

»Einen geeigneten Ort finden und noch mal von vorn anfangen. Endlich aufhören, um dein Leben herumzukreisen wie eine wild gewordene Biene. Ich bin kein geborener Optimist, trotzdem war ich davon überzeugt, dass es mir gelingen würde, dir einen solchen Ort zu bieten. Bei dir habe ich Dinge hingenommen, die ich noch bei keiner Frau toleriert habe. Ich habe es getan, weil ich dich liebe und weil ich wusste, dass du eine schlimme Vergangenheit hast, genau wie ich … wie wir. Dich gehen zu sehen war eine herbe Enttäuschung für mich.«

Eleonora hätte gern geweint, aber sie hielt sich zurück. Sie musste Emanuele beweisen, dass sie sich verändert hatte.

»Ich bitte dich um Verzeihung, Emanuele. Aber das Gleiche müsstest du auch bei mir tun. Wenn man jemanden wirklich liebt, dann bietet man ihm nicht nur einen Ort, ein Zuhause, ein warmes Bett und einen Körper. Du hättest vielmehr alles mit mir teilen und mir erklären müssen, dass Alessandro in der Villa Bruges kein König von Gottes Gnaden ist, sondern dass du ihn eigenhändig auf den Thron gesetzt hast, um deine Schuld zu sühnen.«

»Du hättest es auch ohne Erklärungen verstehen können.«

»Wie denn? Seit ich in der Villa Bruges angekommen bin, habt ihr euch immer schön ans Drehbuch gehalten und brav eure Rollen gespielt. Anfangs wart ihr nur darum besorgt, dass ich die Sache mit der Entführung herausfinden könnte, um Alessandro vor sich selbst zu schützen. Später dann wart ihr wild entschlossen, mich aus euren Spielchen um Schuld und Sühne herauszuhalten. Wie hätte ich das verstehen sollen? Kein Mensch wäre darauf gekommen.«

»Kann sein.«

»Aber jetzt weiß ich es. Ich verstehe es und möchte etwas tun.«

»Es gibt nichts zu tun. Finde dich damit ab.«

»Ich will nicht die Vergangenheit verändern, sondern die Gegenwart.«

Emanuele schaute auf die Uhr. »Ich muss los, Eleonora.«

»Jetzt weiß ich, dass ich die ganze Zeit über einem Phantom nachgejagt bin. Du bist derjenige, den ich will, ich habe immer nur dich gewollt. Ich werde dafür sorgen, dass sich dein Leben ändert, Emanuele.«

»Du überschätzt dich.«

Emanuele ging zur Tür, und Eleonora lief ihm enttäuscht hinterher.

»Du glaubst mir nicht!« Sie legte eine Hand auf die Türklinke, um ihn am Gehen zu hindern.

Emanuele musste sich zurückhalten, da er nicht unfreundlich sein wollte. »Eleonora, ich habe monatelang darauf gewartet, dass du endlich eine Entscheidung triffst. Du hast nichts anderes getan, als zwischen mir und meinem Bruder hin und her zu hüpfen wie ein Tischtennisball. Und gerade tust du es schon wieder.«

Emanuele versuchte, die Tür zu öffnen, aber Eleonora lehnte sich mit ihrem ganzen Gewicht dagegen und zwang ihn so, die Hand zurückzuziehen.

»Nein, hör mir zu. Ich war verwirrt. Ihr habt nach einem Drehbuch gespielt, das ich nicht kannte. Es ist unmöglich, dass du das nicht verstehst.«

»Ich verstehe es sogar sehr gut. Aber jetzt lass mich bitte raus. Ich muss wirklich los.«

»Bitte schick mich nicht weg.«

»Ich schicke dich nicht weg. Auf mich wartet bloß eine englische Reisegruppe, für die ich bis Mittag ein Ausflugsprogramm zusammenstellen soll.«

»Du glaubst mir nicht, für dich ist das, was ich dir gerade gesagt habe, nicht weiter wichtig.«

»Wir sprechen noch mal in Ruhe darüber, in Ordnung?«

»Schwöre es. Schwör mir, dass du mir zuhören wirst.«

Emanuele schloss gereizt die Augen. Eleonora konnte nichts anderes tun, als ihn durchzulassen.

Eleonora stellte ihre Sachen in einem der freien Zimmer ab. Corinne hatte ihr gesagt, dass sie für die Nacht keine weiteren Gäste erwarteten, und ihr einen der Schlüssel ausgehändigt.

Dass sie allen ihre Anwesenheit aufdrängte, empfand Eleonora selbst als unangenehm. Dennoch erschien es ihr wie ein Sieg.

Ihr Leben lang hatte sie das Gefühl gehabt, eine Last für andere zu sein. Sie versuchte stets, leise zu sein, wenn sie einen Raum betrat, sie fürchtete ständig, etwas Falsches zu sagen, und redete deshalb mit kaum jemandem.

Auch wenn sie irgendwo willkommen war, glaubte Eleonora jedes Mal beweisen zu müssen, dass ihre Anwesenheit gerechtfertigt war.

»Ich muss mit dir sprechen, Mama, es geht um eine wichtige Angelegenheit.«

»Ich bin hier, um dir etwas Wichtiges über deine Vergangenheit zu sagen, Alessandro.«

»Ich habe dich gebeten, mit mir zu Abend zu essen, um mich bei dir zu bedanken, Sonia.«

»Ich bin hier in der Villa Bruges, weil ich meinen Job verloren habe, Corinne.«

»Ich habe dich um ein Treffen gebeten, weil ich dir etwas sagen möchte, das dir helfen könnte, Emanuele.«

In dieser Nacht gab es keine Rechtfertigung für ihre Anwesenheit. Sie wollte hier sein, weil dies der richtige Ort für sie war. Emanuele hätte sie schon verjagen müssen, um sie am Bleiben zu hindern.

Falls die Albträume, die Panikattacken und die Paranoia zurückkehren sollten, würde sie einfach verreisen. Keine lange Reise, ein Ausflug von einem halben Tag oder eine kurze Spazierfahrt würde genügen, um sie daran zu erinnern, dass sie gerne hierher zurückkehrte.

Dessen war sich Eleonora sicher.

Sie wusste, dass die Dinge von nun an anders sein würden, nicht etwa, weil sie neue Details herausgefunden hätte, die eine tiefere Wahrheit enthüllten. Sie wusste vielmehr, dass die Dinge von nun an anders sein würden, weil sie Emanuele erzählen wollte, was vor mehr als zwölf Jahren in der Nacht vom zwölften auf den dreizehnten Dezember geschehen war.

Nur einmal war ihr bisher etwas herausgerutscht, als sie sich einen ordentlichen Rausch angetrunken hatte. Aber sie hatte Sonia fast nichts von der Nacht erzählt, die Corinnes und ihr Leben auf den Kopf gestellt hatte. Im Grunde genommen unterschied sich jene Nacht gar nicht so sehr von dem Tag, an dem Alessandro entführt worden war. Das Leben von zwei Brüdern und zwei Freundinnen hatte sich für immer verändert. Das Schicksal war zersprungen wie ein Spiegel und verhinderte seitdem, dass ihr Leben linear verlief. Kreise und Labyrinthe waren entstanden, aus denen es scheinbar kein Entkommen gab. Sie zwangen die beiden Brüder ebenso wie die beiden Freundinnen, stets auf den denselben Wegen zu wandern, geblendet von den reflektierenden Scherben, über die sie liefen.

Vielleicht gab es ja doch einen Ausweg. Alessandro war ins Ausland gegangen, er hatte eine Schneise geschlagen und den Weg nach draußen gefunden. Um den Teufelskreis zu durchbrechen, würde Eleonora genau das Entgegengesetzte tun müssen, nämlich bleiben.

Vergeblich wartete Eleonora auf Emanuele und schlief irgendwann erschöpft ein.

Das Klingeln des Telefons weckte sie, und im ersten Moment dachte sie, es sei der alte Wecker, den ihre Mutter ihr immer für die Schule gestellt hatte.

Wo bin ich?, fragte sie sich und versuchte, sich an das Haus, die Stadt und die Reise zu erinnern, die sie an diesen Ort gebracht hatten. Einige Sekunden später fiel ihr wieder ein, dass sie im Agriturismo war. Als sie den Arm ausstreckte, um den Wecker auszuschalten, stellte sie fest, dass sie ihr Telefon in der Hand hielt.

Auf dem Display leuchtete ein Name auf: Alessandro Vannini.

»Hallo?«

Sie wollte eigentlich gar nicht antworten, aber der Schlaf, der sie halb benommen machte, hatte für sie entschieden. »Alessandro … Wie spät ist es?«

»Ist doch egal. Mitten in der Nacht.«

Sie nahm das Handy vom Ohr und sah auf das Display. Es war Viertel nach drei. »Alles okay? Ist etwas passiert?«

»Machst du dich über mich lustig, Eleonora?«

»Nein, entschuldige, ich habe gerade geschlafen und …«

»Ich wollte dich nicht um die Zeit anrufen. Aber ich werde schier verrückt. Was habe ich dir getan, dass du mich einfach hast sitzen lassen? Am Flughafen, ohne ein Wort. Was ist mit unserer gemeinsamen Zukunft?«

»Wir haben keine gemeinsame Zukunft, Alessandro. Bitte lass mich in Ruhe.«

»Es ist wegen der Sache mit Denise, stimmt's? Ich wollte es nicht, das musst du mir glauben. Sie hat mich gestalkt.«

»Ich weiß, Alessandro. Alle stalken dich.«

»Ich meine es ernst. Sie hat an mir geklebt wie eine Klette. Sie ist sogar nach Rom gekommen, um mich zu besuchen, wir haben was zusammen getrunken, und danach ist sie zu mir ins Bett geschlüpft.«

Eleonora rieb sich das Gesicht und versuchte, einen klaren Gedanken zu fassen. Es gelang ihr nicht, wach zu werden, und sie verstand nicht, warum. Vielleicht wollte sie nicht hören, was Alessandro ihr zu sagen hatte. Vielleicht wollte sie nur schlafen und am nächsten Tag Emanuele alles erzählen.

»Ich hatte einen Ring gekauft, den wollte ich dir nach unserer ersten Nacht in London geben. Ich schwöre es dir, Eleonora. Ich liebe nur dich.«

»Nein, du liebst niemanden außer dir selbst. Und jetzt lass mich bitte …«

»Nein, bitte. Morgen um elf geht eine Maschine ab Florenz mit Ankunft in Heathrow um halb zwei. Ich habe eben nachgesehen, es gibt noch ein paar freie Plätze. Wenn du jetzt online buchst … also, ich meine, wenn du möchtest, übernehme ich das für dich.«

»Alessandro …«

»Ich schwöre dir, es wird alles anders werden, wenn wir erst zusammen sind. Ich will dich heiraten, Eleonora, ich will mein ganzes Leben mit dir verbringen.«

»Du hast mich mehrfach angelogen.«

»Aber nein! Wann soll ich dich angelogen haben? Wann denn?«

»Du hast mich in dem Glauben gelassen, dass Emanuele Denise geschwängert hat.«

»Das stimmt doch gar nicht! Ich habe dich bloß gefragt, ob du leiden würdest. Damit hab ich gemeint, ob du für mich leiden würdest. Wir waren in Rom. Ich habe dich niemals angelogen, Eleonora, niemals.«

»Ist egal, Alessandro. Ich möchte für eine Weile allein sein.«

»Wo bist du? In der Villa Bruges? Im Agriturismo? Du bist nicht im Agriturismo, oder?«

»Lass mich in Ruhe. Bitte.«

»Du bist bei Emanuele. Was hat er zu dir gesagt, damit du bei ihm bleibst? Welche Lüge hat er dir diesmal aufgetischt?«

»Es reicht, Alessandro. Der Vorhang ist gefallen. Ich muss mich dringend ein bisschen ausruhen.«

Eleonora beendete das Gespräch, schaltete das Telefon aus und sank in das Kissen zurück. Sie war hundemüde, deshalb hatte sie auch keinen klaren Kopf bekommen.

Sie musste sich unbedingt ausruhen nach der langen Vorstellung, der sie beigewohnt, in der sie sogar ab und zu mitgewirkt hatte.

Es war höchste Zeit zu applaudieren und nach Hause zu gehen.

22

Schon beim Aufstehen hatte Eleonora schlechte Laune. Sie hatte die ganze Nacht mit Emanuele Sex gehabt, in ihren Träumen und Gedanken, die wie aus dem Hinterhalt auf sie eingestürmt waren. Zwischendurch war sie mehrfach aufgewacht, nur um gleich darauf im nächsten Traum zu versinken.

Wo Emanuele wohl war? Eleonora spürte ein Fieber in sich aufsteigen. Die Enthaltsamkeit, das Fasten, die Buße setzten ihr zu. Was er wohl gerade tat?

Unter der Dusche widerstand sie dem Drang, sich zu berühren. Sie wollte Emanueles Körper spüren, nicht ihren eigenen. Allerdings verdankte sie es ihrem Körper, dass sie Alessandro verstanden hatte, weshalb sie Emanuele nun dringend etwas erklären musste. Sie musste ihn davon überzeugen, dass sein Haus keineswegs nur ein Zwischenstopp war, und selbst wenn es so wäre, würde sie es zu ihrer Welt machen. Sogar auf die Gefahr hin, sich nach den grausamen Albträumen und den Hieben der brutalen Erinnerungen nachts ans Bett ketten zu müssen.

Eleonora schlüpfte in ihre Jeans und zog einen Rollkragenpullover über, dann setzte sie eine resolute Miene auf und ging hinunter in die Küche, wo sie mit Sicherheit auf Corinne treffen würde. Hier im Agriturismo wurden nicht nur alle wichtige Entscheidungen in der Küche getroffen, sondern auch der Arbeitsalltag organisiert und die einzelnen Aufgaben verteilt. Die Küche war die Kommandozentrale des komplexen Gefüges, das neben den Gästezimmern und dem Restaurant auch einen Golfplatz, ein Schwimmbad, eine Reitanlage und, seitdem Corinne in die Geschäftsleitung aufgestiegen war, sogar ein Spa umfasste.

Wider Erwarten war Corinne nicht da.

Eleonora wich einen Schritt zurück, vermutlich aus Feigheit, als stattdessen Denise mit einem riesigen Stück Apfelkuchen in der Hand vor ihr stand. Sie wirkte erschöpft und bleich, so als hätte sie kaum geschlafen.

»Was machst du denn hier?«

Denise kaute seelenruhig zu Ende und schnitt sich erst noch ein weiteres Stück ab, ehe sie sich zu Eleonora umwandte. Diese Frau war so nervtötend, wie es nur wenige Menschen sein konnten.

»Du weißt sowieso alles, Julia, also mach's bitte kurz, okay?«

»Ich heiße nicht Julia. Und was hat deine Anwesenheit mit dem zu tun, was ich weiß?«

»Du weißt, dass Emanuele und ich gut befreundet sind, mehr nicht. Klar, manchmal würde ich am liebsten über ihn herfallen, zum Beispiel wenn er diese Jacke da anhat.«

Sie schaute aus dem Fenster, und Eleonora spähte ihr über die Schulter. Emanuele trotzte in einer blauen Jacke und zerrissenen Jeans der eisigen Kälte im Garten. June und das Kind waren ebenfalls da, ein alles andere als begeisternder Anblick.

»Kehren wir zu uns Normalsterblichen zurück. Ich bin hier, um mit dir über gestern zu sprechen.«

Eleonora wandte nur mit Mühe den Blick vom Fenster ab. Emanuele spielte mit seinem Sohn Fußball, vielmehr tat er so, indem er dem kleinen Jungen den Ball ganz sacht vor die Füße rollen ließ. Der Knirps hatte gerade erst laufen gelernt und versuchte intuitiv, gegen den Ball zu treten. Emanuele lachte und June ebenfalls. Es war zugleich ein beängstigender und wunderschöner Anblick.

»Das ist nicht nötig, Denise«, sagte Eleonora zerstreut. »Wo ist Corinne?«

»Was weiß denn ich? Als ich angekommen bin, hat sie gerade das Haus verlassen, um Besorgungen zu machen. Sie meinte, ich soll in der Küche auf dich warten, du würdest sicher bald runterkommen. Sag mal, hörst du mir eigentlich zu?«

Eleonora resignierte. »Na gut. Schieß los.«

»Also …« Widerwillig legte Denise das Kuchenstück auf ihren Teller und sammelte sich für ihre kleine Rede, die sie bestimmt vorher einstudiert hatte. »Ich war gestern höllisch aufgeregt und hab unüberlegt drauflosgeredet.«

»Bitte nicht widerrufen, sonst schreie ich.«

»Nein, nein, im Wesentlichen ändert sich nichts. Aber ich bin total ausgerastet, das ist mir inzwischen klar. Als ich am Flughafen angekommen bin, war Alessandro außer sich. Er hatte es geahnt, dass du nicht mehr kommen würdest. Und ich dumme Gans war drauf und dran, ihm zu sagen, dass ich an deiner Stelle mitfliegen würde. Wahnsinn! Das sagt wohl alles über meinen geistigen Zustand. Jedenfalls, ihn so verzweifelt zu sehen hat mich auf den Teppich zurückgeholt. Ich war immer bloß ein Zeitvertreib für ihn, ein aufdringlicher Fan, ein Groupie, das ihn anbetet. Ich habe ihm immer nur nach dem Mund geredet, sein Ego gestärkt und ihn angefleht, mit mir ins Bett zu gehen.

In dich dagegen scheint er sich aus einem unerfindlichen Grund ernsthaft verliebt haben.«

»Hör zu, Denise, du brauchst dich mir gegenüber nicht zu rechtfertigen. Und was Alessandros angebliche Liebe zu mir betrifft, da irrst du dich. Er ist nicht fähig, andere zu lieben. Obwohl er inzwischen alles über seine Vergangenheit weiß, ist der Schaden nicht wieder gutzumachen.«

»Wie du meinst. Trotzdem: Was auch immer das für ein Gefühl ist, das ihn an dich bindet, es ist sehr stark. Es geht mich wirklich nichts an, im Gegenteil, ich hätte lieber nichts davon gewusst. Ich wollte dir bloß sagen, ich bin mir darüber klar geworden, dass ich total verrücktgespielt habe. Es tut mir wirklich schrecklich leid, dass ich dich immer so mies behandelt habe.«

Eleonora kniff misstrauisch die Augen zusammen, blieb aber ruhig. »Ist schon okay. Es spielt keine Rolle mehr, Denise.«

»Außerdem wollte ich dich bitten, Maurizio nichts zu erzählen.«

Aha, darauf will sie also hinaus. »Du kannst beruhigt sein.«

»Mir ist auch bewusst geworden, dass ich nicht ohne meinen Mann leben möchte. Seltsam, nicht?«

Du meinst wohl eher, dass du nicht allein leben willst, nachdem Alessandro dich gestern vermutlich ein für alle Mal in die Wüste geschickt hat. »Verstehe.«

»Alessandro ist im Grunde nichts weiter als ein schöner Traum. Das war er immer, seit ich ihn kenne. Er hat mir nie wirklich gehört.«

»Die Botschaft ist angekommen. Und jetzt entschuldige mich bitte, ich muss noch ein paar Dinge erledigen …«

»Du fährst wirklich nicht nach London?«

»Nein, tue ich nicht.«

»Weil du rausgefunden hast, dass Alessandro und ich eine Affäre hatten?«

»Unter anderem. Vor allem aber, weil mir klar geworden ist, dass ich ihn nicht liebe. Liebe ist etwas anderes.«

»Zum Beispiel?«

»Weißt du es denn nicht? Du behauptest, dass du Alessandro seit Jahren liebst, und weißt trotzdem nicht, was Liebe ist?«

Denise zuckte mit den Schultern, das Gespräch schien sie bereits zu langweilen. Sie nahm ihre Sachen, schlüfte in ihre Jacke und schnappte sich das Kuchenstück.

»Na dann, Freundinnen wie vorher«, sagte Denise kauend und ging zur Tür.

»Klar.«

Eleonora ging zu Emanuele in den Garten hinaus und hielt sich dabei streng an ihren neuen Vorsatz, ihm ohne Scheu gegenüberzutreten, was sie unabhängig machte und ihren Fluchtinstinkt aushebelte.

June begrüßte sie mit einem breiten Lächeln. Es war beunruhigend, sie so heiter und gelassen zu erleben. Eleonora konnte sich nicht erinnern, ihren nervösen Körper je entspannt, ihre Gesichtszüge je sanft gesehen zu haben.

»Ciao, Eleonora!«, rief June, nahm den Jungen an der Hand und fuhr mit ihm in einem alten, laut knatternden grünen Auto davon.

»Ciao, Eleonora?«, wiederholte sie in einem neckisch-fragenden Tonfall, als sie auf Emanuele zuging.

»Sie hat dich gegrüßt, was ist daran so komisch?«

Emanuele schob die Hände in die Taschen und machte sich auf den Weg zum Schuppen, den Blick starr auf seine

Turnschuhe gerichtet. Er sah aus wie ein kleiner Junge in der Jacke des Vaters.

Eleonora folgte ihm, ohne zu zögern. Dies war nicht der richtige Moment, um würdevoll und hochtrabend aufzutreten. Es war vielmehr der geeignete Moment, um ihm zu zeigen, dass sich die Dinge geändert hatten. Dass sie nicht mehr im Kreis lief, sondern einen Weg gefunden hatte, sich von den Widerhaken der Vergangenheit zu befreien, die sie bei jedem Schritt nach vorn zwei Schritte zurückmachen ließen.

Es war höchste Zeit, diesen Weg zu gehen.

»Das Komische daran ist Junes Fröhlichkeit.«

Emanuele öffnete die Tür des Schuppens, in dem er die Weinfässer aufbewahrte. Im Vergleich zum letzten Mal, als sie zusammen hier gewesen waren, stieg Eleonora ein anderer Geruch in die Nase. Es war, als hätte der Most das Holz, das Stroh, die Nägel und die Gestelle aus Eisen durchtränkt, als hätte er sich auf jedem verfügbaren Zentimeter Fläche abgelagert.

Ihr wurde schwindlig.

»June ist nun mal ein fröhlicher Mensch«, sagte Emanuele. »Sie hat bloß eine schwere Phase durchgemacht.«

»Sorry, aber hier drinnen bekomme ich keine Luft.«

Emanuele blieb stehen und drehte sich zu ihr um.

»Geht's dir nicht gut?«

Ausnahmsweise war Emanuele mal nicht ironisch. Er kam zurück und schaute Eleonora forschend an, als könnte er in ihren Augen die Ursache für ihr Unwohlsein erkennen, für das ihn keine Schuld traf.

»Wie schön du bist«, sagte er und nahm ihr Gesicht in beide Hände. »Ich ertrage es nicht, dich um mich zu haben, Eleonora. Verstehst du das?«

»Du musst mir glauben, dass inzwischen alles anders ist.«

»Und warum? Weil du herausgefunden hast, dass ich nicht der Geliebte von Denise war? Genügt dir die Bestätigung von etwas, das du längst hättest wissen müssen, um die Rädchen in deinem komplizierten Hirn umzustellen?« Emanuele tippte ihr mit dem Zeigefinger an die Stirn und trat einen Schritt zurück. Vermutlich befürchtete er, dass er wieder schwach wurde, und das wäre zu früh gewesen – oder vielleicht auch zu spät.

»Ihr habt mein Hirn mit Lügen verwirrt, und zwar ihr alle.«

»Gewisse Dinge lügen nicht. Der Körper zum Beispiel.«

Emanuele hatte recht. Eleonora war vieles klar geworden, als sie zum letzten Mal mit Alessandro geschlafen hatte. Ohne jede Erklärung, außer jener, die sich in ihre Haut eingegraben hatte.

»Das ist wahr. Ich weiß nicht, warum, aber ich war der festen Überzeugung, Alessandro zu lieben. Ich habe gespürt, dass ich ihn ganz für mich allein haben wollte. Dass ich seinen kaum greifbaren Körper erst anfassen musste, damit er zu Fleisch und Blut wurde.«

»Und, ist es dir gelungen?«

»Ja. Allerdings habe ich nicht das bekommen, was ich wollte.«

»Du weißt doch gar nicht, was du willst, Eleonora. Das ist dein Problem.«

»Das war früher so. Inzwischen weiß ich es.«

»Na, dann bin ich ja mal gespannt.« Emanuele verschränkte die Arme vor der Brust. Dass er ratlos war, war nicht zu übersehen, und der Zynismus, den er an den Tag legte, war ein unmissverständliches Zeichen für eine tiefe

Verletzung. Eleonora konnte nur versuchen zu verhindern, dass eine tiefe, für immer sichtbare Narbe daraus wurde.

»Bitte gib mir eine Chance.« Ihre zitternde Stimme hörte sich dümmlich an, und ihre Augen waren feucht.

Emanuele schloss die Augen, und seine Miene wurde unzugänglich. Auf einmal wirkte er wütend. »Verdammt noch mal, Eleonora.«

»Verzeih mir, bitte.«

»Wenn es etwas gibt, das ich nicht ertragen kann, dann ist es die Zärtlichkeit, die ich für dich empfinde. Du hast sie weder verdient, noch kann ich sie mir leisten.« Emanuele schlug die Augen wieder auf und sah sie lange an. Die paar Sekunden hatten ihm genügt, um sich wieder unter Kontrolle zu haben.

Beide Brüder hatten eine unglaubliche Selbstbeherrschung, und beide setzten sie gezielt ein, wenn auch auf völlig unterschiedliche Weise. Emanuele blieb dabei stets einfühlsam und emphatisch und nahm sich die Freiheit heraus, nicht unbedingt unschuldig rüberzukommen. Er war nicht darauf angewiesen, ohne Makel dazustehen.

»Ich möchte dir von einem Ereignis aus meiner Kindheit erzählen. Natürlich nur, wenn du willst«, sagte Eleonora unter großen Anstrengungen. »Ich habe es noch nie jemandem erzählt. Niemand weiß davon.«

»Wenn ich dieses Ereignis kenne, kann ich dann verstehen, warum du mich bloß benutzt hast?«

»Ich habe dich nicht benutzt, du irrst dich! Nur du allein zählst, Emanuele, das war von Anfang an so. Das möchte ich dir gerne beweisen.«

»Ich will es aber nicht hören. Es ist schon spät, Julia. Ich gebe dir noch einen Tag, um entweder deine Reise nach London zu organisieren oder dir irgendwo eine Wohnung zu suchen. Ich ertrage es nicht, wenn du hier bist.« Emanuele ballte die Fäuste, blickte zum Ausgang des Schuppens und zwang sich, die Stimme nicht zu erheben. »Ich ertrage es nicht, dich in meiner Nähe zu haben, ohne dich berühren zu können, Herrgott noch mal.«

»Dann tu es doch. Berühre mich. Bitte.«

Eleonora ging auf ihn zu, und Emanuele hob sofort abwehrend die Hand, wobei er das fürchterlichste und zugleich schönste Gesicht machte, das sie je an ihm gesehen hatte.

»Du bist eine Katastrophe, Eleonora. Und ich bin nicht so verrückt, wie du denkst.«

»Sieh mich an.«

Eleonora begann sich auszuziehen und war nackt, bevor ihm auch nur ein Wort des Hasses oder der Liebe über die Lippen kam.

Emanuele fasste sich mit der Hand an die Stirn, dann in die Haare. »Was tust du da?«

»Sieh mich an, bitte.«

Emanuele kam ihrem Wunsch nach, und für einen winzigen Moment flackerte etwas in seinem Blick auf. Er näherte sich ihr, fuhr leicht mit den Fingern über ihre Schultern, betrachtete ausgiebig und liebevoll ihren Körper.

»Ich kenne deinen Körper in- und auswendig. Es ist der einzige, den ich je begehrt habe.« Seine Finger tasteten sich ihren Hals hoch, er nahm eine Haarsträhne, die sich aus ihrem Pferdeschwanz gelöst hatte, zwischen Daumen und Zeigefinger. Er hatte ihren ganzen Körper zur Verfügung, trotzdem hielt er sich bei den mahagonifarbenen Reflexen ihrer Haare auf, so als wollte er deren Nuancen studieren.

Dann verhärteten sich seine Züge wieder.

»Was willst du? Sex?«

Eleonora ging nicht auf den feindseligen Ton ein. Sie nahm seine Hand, legte sie sich auf die Brust und sah ihm tief in die Augen.

»Ich will nicht länger reden.«

Sie trat einige Schritte zurück und lehnte sich an die Mauer. Sie zitterte, es war kalt in dem Schuppen. Emanuele merkte es, zog seine Jacke aus und legte sie ihr um die Schultern.

»Merkst du denn nicht, dass du zitterst? Bitte zieh dich wieder an.«

Eleonora reckte sich und bedeckte seine Lippen mit den ihren. Emanuele schloss erneut die Augen. Er stützte sich mit den Händen neben ihrem Gesicht an der Mauer ab, und aus der leichten Berührung wurde ein inniger Kuss. Emanuele suchte mit beiden Händen nach ihr, legte seine warmen Finger auf ihren Bauch. Seine flache Hand wanderte bis zu der Wunde zwischen ihren Beinen, doch anstatt sie zu versorgen, öffnete er sie. Das war die einzige Art und Weise, sie zu heilen.

»Du bist also bereit«, sagte er, die Lippen noch auf ihrem Mund, und glitt mit Leichtigkeit in sie hinein, zuerst mit dem Mittelfinger, dann mit dem Zeigefinger, an dem er einen Ring trug. Das kalte Metall ließ sie erschaudern.

»Ich will mit dir schlafen«, flüsterte Eleonora ihm ins Ohr und spreizte die Beine, um seinen Fingern vollends Einlass zu gewähren. »Hör auf meinen Körper.«

»Du Hexe, wenn ich dich nicht sofort vögele, werde ich noch verrückt.«

Emanuele öffnete seine Hose, hob eines ihrer Knie an, drang mit einem einzigen Beckenstoß tief in sie ein und ließ seiner Begierde freien Lauf.

Eleonora nahm ihn bereitwillig in sich auf und ließ zu, dass er sie bei jedem Stoß schmerzhaft gegen die Mauer drückte. Ließ zu, dass er sich daran erinnerte, wie schön es war, einen so einladenden Körper zu erobern, wie ein Kissen, das seine Wut dämpfte, das seinen Schmerz in Lust verwandelte.

Rückhaltlos, und ohne zu erröten, schrie Eleonora beim Orgasmus seinen Namen. Selbst wenn die ganze Welt den Schuppen betreten und gesehen hätte, dass sie sich wie zwei wilde Tiere paarten, hätte sie nicht aufgehört, sich ihm zu öffnen, immer weiter, bis er endlich ihr Herz berührte.

»Ich liebe dich«, flüsterte sie ihm ins Ohr, und genau in dem Moment kam er, trunken vor Liebe und Lust und mit einem heiseren Stöhnen an ihrem glatten zarten Hals.

Er legte die Stirn auf ihre Brust, und sein Kopf hob und senkte sich unter ihren heftigen Atemzügen und ihrem wilden Herzschlag.

»Ich hoffe, du hast tatsächlich eine gute Geschichte zu erzählen«, murmelte er, während er sanft aus ihr herausglitt und ihre noch immer bebenden Hüften streichelte. »Julia.«

»Julia wird sie dir erzählen und danach von hier fortgehen. Ich dagegen werde bleiben.«

23

»Mama.«

Eleonora hasste den jammernden Tonfall, den sie bei den Gesprächen mit ihrer Mutter oft annahm. Schon in der unterschwellig eindringlichen Anrede schwang ein Flehen mit, der anhaltende Wunsch, wenigstens einmal im Leben nicht zu kurz zu kommen.

»Oh, jetzt ist ein ganz schlechter Moment, Eleonora, ich bin gerade beim Pilates.«

»Pilates.«

»Ja, ich rufe dich nachher zurück.«

»Heute sage ich es ihm.«

Eleonora hatte förmlich vor Augen, wie Rita mit dem Finger über das Display ihres Smartphones wischen wollte, um das Gespräch zu beenden, und ihn dann unvermittelt zurückzog, als wäre das Telefon glühend heiß.

»Was willst du ihm sagen, Liebling?«

Eine Frage, ein Kosewort. Sie hatte verstanden.

»Was damals passiert ist.«

Rita atmete tief durch. In dem einen Atemzug lag eine ganze Menge Überdruss. »Red keinen Blödsinn.«

»Doch, ich tu's, Mama.«

»Du hast es mir versprochen!«

»Ich war ein kleines Mädchen.«

»Ein Versprechen ist ein Versprechen. Wem willst du es überhaupt sagen?«

»Emanuele.«

»Den kennst du doch noch gar nicht gut genug.«

»Jetzt redest du aber Blödsinn.«

»Er wird dich verachten, wenn er es erfährt. Denn dann weiß er, zu was du fähig bist, nur um jemandes Liebe nicht teilen zu müssen.«

Eleonora seufzte, ohne Wut, eher aus Resignation.

»Versuch nicht, mich zu erpressen. Er wird mich nicht hassen, das weißt du ganz genau. Er wird höchstens Mitleid mit mir haben. Du warst die Einzige, die mich dafür verabscheut hat.«

»Hör zu, Eleonora. Ich bin jetzt sechzig. Ich habe es satt, mir ständig von dir anzuhören, dass ich keine gute Mutter war. Werd endlich erwachsen und hör auf, mein Leben zu ruinieren.«

Mein Leben zu ruinieren.

»Mama, bitte. Ich versuche doch nur, ein Gleichgewicht zu finden. Einen Platz auf der Welt, an dem ich mich nicht überflüssig fühle.«

»Warum willst du es Emanuele erzählen? Was erwartest du von ihm? Verständnis, Mitleid, Zuneigung? Du warst immer schon wie ein Hündchen, das für die kleinste Liebkosung dankbar mit dem Schwanz wedelt, meine Tochter. Hör auf, um jedes bisschen Liebe zu betteln.«

»Du irrst dich. Wenn hier jemand bettelt, dann Corinne. Du bist grausam, Mama. Du warst es immer, zumindest mir gegenüber.«

»Quengel nicht rum! Komm zu dir und halt dein Schandmaul. Wenn Corinne wüsste …«

»Deine geliebte Corinne wird nie erfahren, dass ich darüber geredet habe, das schwöre ich dir.«

»Du benimmst dich wie ein Kleinkind. So warst du immer, als Tochter total verkehrt.«

Der Satz schmerzte Eleonora noch genauso wie damals. Nichts änderte sich je zwischen Mutter und Tochter, die Zeit verging einfach nicht, die Stunden, Minuten und Sekunden türmten sich in einer Ecke immer höher auf, bis sie eine unüberwindbare Mauer bildeten.

»Ich bin doch nur deshalb verkehrt, weil mein Vater dich nicht verlassen hätte, wenn es mich nicht gäbe«, sagte sie in neutralem Tonfall. »Corinne dagegen war genau richtig. Corinne ist perfekt, ohne Makel.«

»Schweig!«

»Du hast immer gesagt, dass ich Papa ähnlich sehe. Dass ich seine Hartnäckigkeit, seine schwarzen Haare und die gleiche ewige Unzufriedenheit in den Augen hätte. Es war dir sogar unangenehm, mir die Haare zu waschen.«

Eleonora hörte wirre Geräusche, ihre Mutter suchte vermutlich gerade ein stilles Plätzchen, um ihr Gift besser dosieren zu können. Aber egal, sie würde es aushalten. Die Zeit des Verheimlichens und Heuchelns war vorbei.

»Eleonora, ich bitte dich. Können wir nicht darüber sprechen, wenn ich das nächste Mal in der Villa Bruges vorbeikomme? Vorausgesetzt, du bist dann noch da.«

»Ich laufe nicht mehr weg, Mama.«

»Gut. Dann vertreib jetzt diese hässlichen Gedanken.«

»Es war nicht nötig, mir ständig unter die Nase zu halten, wie unzulänglich und unfähig ich bin. Wie wenig es sich gelohnt hat, den Mann, den du über alles geliebt hast, für diese verkehrte Tochter zu verlieren.«

»Eleonora …«

»Ich habe alles allein gemacht, selbst als kleines Kind, weil du mich nicht einmal anfassen wolltest. Was meinst du wohl, wie ich mich gefühlt habe, wenn ich mit ansehen musste, wie liebevoll du Corinne umsorgst? Ich dachte viele Jahre lang, du hättest keinen Mutterinstinkt, dabei hast du gar nicht die Mutterrolle abgelehnt, sondern mich.«

»Du fantasierst! Du hattest alles, was sich ein Kind nur wünschen kann. Gib lieber zu, dass du aus purem Egoismus nicht akzeptieren wolltest, dass ich diesem armen Geschöpf auch ein bisschen menschliche Wärme geben wollte. Dich hätte ich mal sehen wollen, mit einer alkoholabhängigen Mutter und einem psychisch labilen Stiefvater.«

»Wenn du wüsstest, wie sehr ich mir die Eltern von Corinne gewünscht habe, Mama. Wie sehr ich mir gewünscht habe, Corinne zu sein, um mich in deine Arme flüchten zu können. Ich hätte tausend Qualen ertragen, nur um einen der liebevollen Blicke zu bekommen, die du nur für sie übrighattest.«

»Ich gebe auf, Eleonora. Du wirst dich nie ändern. Du wirst nicht eher aufhören, bis du mich genug bestraft hast«, sagte Rita.

»Dir gehe ich nicht mehr auf den Leim, Mama. Das Opfer bist nicht du.«

»Mir reicht's, ich will nicht länger darüber reden, Hunderte von Kilometern von dir entfernt und obendrein am Telefon! Wir besprechen das von Angesicht zu Angesicht.«

»Das geht nicht mehr, Mama, die Zeit ist abgelaufen. Warum kapierst du das denn nicht?«

»Was kapiere ich angeblich nicht? Dass du alles einem Mann erzählen willst, den du erst seit kurzem kennst?«

»Zwei Jahre.«

»Zwei Jahre sind eine kurze Zeit, sehr kurz.«

»Das kommt drauf an.«

»Ich will das nicht. Ich verbiete es dir. Immerhin ist es auch meine Geschichte. Ich will nicht, dass die anderen über mich reden.«

»Ich wusste, ich hätte dich nicht anrufen sollen. Aber im Gegensatz zu dir habe ich begriffen, was Respekt ist.«

»Wenn du mir Respekt entgegenbringen willst, dann halt den Mund.«

»Wir hören uns, okay?«

»Hast du verstanden, Eleonora? Halt den Mund!«

»Ciao, Mama.«

Ein weißes Hemd, die beiden obersten Knöpfe offen, dazu ein dünnes Band aus Kautschuk und die Kralle, die vom Armband an die Halskette gewandert war.

Eleonora war wie hypnotisiert von diesem simplen Detail, davon, wie der Anhänger in der kleine Mulde unter Emanueles Adamsapfel Zuflucht gefunden hatte und seine unbehaarte Brust umspielte. Und erst seine Hand, mit der er den Telefonhörer an der Rezeption hielt, der Ring am Zeigefinger, die kurzen Nägel, die blauen Adern auf dem Handrücken.

»Ich bräuchte sie bis Freitag«, erklärte Emanuele gerade seinem Gesprächspartner, wobei er Eleonora von der Seite ansah und mit zusammengekniffenen Augen versuchte, den Grund für ihren intensiven, forschenden Blick zu verstehen.

Eleonora wartete geduldig, bis er zu Ende telefoniert hatte. In ihren Mantel gehüllt saß sie da, weil ihr ständig kalt war, obwohl im Agriturismo die Heizung immer eingeschaltet war. Sie hatte die Hände im Schoß gefaltet und wippte mit den Füßen, die von den hohen Absätzen schmerzten. Wie alle Frauen konnte sie Schmerz sehr gut ertragen, sofern er dazu diente, etwas zu erreichen. Das hatte nichts mit Endorphinen zu tun, der Schmerz war mal mehr und mal weniger gut zu ertragen, je nachdem, welchen Nutzen er bringen sollte, von der Eroberung des Traummannes bis zur Erfüllung eines Kinderwunschs.

»Gut, wir sprechen uns dann morgen wieder.«

Emanuele reichte das Telefon der neuen Rezeptionistin, einer Orientalin, die Eleonora an die Koreanerin in dem Pariser Hotel erinnerte, wo sie vor einer Million Jahren zusammen hingefahren waren. Sie wandte sich zu der Frau um, musterte sie und wirkte zufrieden mit dem, was sie sah.

»Was machst du, gehst du aus?«, fragte Emanuele.

»Wir gehen aus.«

»Oh, ich habe aber zu tun.«

»Heute Abend kommen keine Gäste mehr an, Emanuele. Wir müssen dringend reden.«

»Dann lass uns nach oben gehen. Gute Nacht, Ah-Yan.«

Emanuele lief durch den Flur voran, der zum Fahrstuhl führte, und Eleonora folgte ihm ohne Widerworte. Das Geräusch ihrer Absätze erinnerte sie daran, dass sie die hohen Schuhe angezogen hatte, um mit ihrem Mann auszugehen, der jedoch gar nicht ihr Mann zu sein schien und offenbar auch keine Lust hatte, es zu werden. Die erste falsche Wahl des Abends.

»Ist Ah-Yan genauso unfähig wie die Koreanerin in Paris?«, fragte Eleonora, als sie den Fahrstuhl betraten.

Emanuele grinste, als er auf den Knopf des Stockwerks drückte. »Sei nicht so respektlos. Die orientalischen Namen haben eine spezielle Bedeutung, sie beeinflussen das Leben des Menschen, der ihn trägt. Ah-Yan bedeutet ›Wer mir Böses will, wird früh sterben‹.«

»Red keinen Stuss.«

»Es ist tatsächlich Unfug«, gab Emanuele zu und lehnte sich an den Spiegel. Als sich die Türen öffneten, traten zwei ältere deutsche Damen zur Seite, um sie durchzulassen.

»Guten Abend«, sagte Emanuele. »Sie sehen mal wieder reizend aus, Frau Kümmel.«

Die Frau strich sich eine weiße Locke hinters Ohr und errötete wie eine Zwölfjährige. »Oh, danke schön.«

»Selbst die alten Frauen sind nicht sicher vor dir«, meinte Eleonora amüsiert.

»Pass auf, die Signora versteht Italienisch.«

Eleonora fuhr herum, doch die beiden Damen standen bereits im Fahrstuhl.

»Tatsächlich?«

»Nein, war ein Scherz.«

»Blödmann.«

Emanuele steckte die Magnetkarte ins Schloss und machte einen Schritt zur Seite, um Eleonora eintreten zu lassen.

Was für ein herrlicher Duft in diesen Räumen in der Luft hing. Wie hatte sie das nur vergessen können? Es roch nach Seife und Heiterkeit. Nach Sex und frischer Leinenbettwäsche.

Emanuele tat beschäftigt, um ihr nur ja keine Beachtung schenken zu müssen. Er verstaute einen Stapel Papier in der niedrigen Anrichte im Wohnzimmer, nahm einen bernsteinfarbenen Likör aus dem Glasschrank, vielleicht einen Brandy, und schenkte sich etwas davon ein.

»Trinkst du allein?«, fragte Eleonora, obwohl sie sich vorgenommen hatte, versöhnlich zu sein.

Sie wusste, dass Emanuele darauf stand. Es würde ihn erregen, sie würden sich lieben, und danach, wenn ihre Körper sich vereint hatten, würde es einfacher sein, ihm alles zu erzählen.

»Willst du auch einen Schluck, Julia?«

Eleonora nickte. Als er auf sie zukam, streckte sie die Hand aus, um nach dem Glas zu greifen, doch Emanuele zog es weg, und ein bernsteinfarbener Tropfen fiel auf ihre schwarzen High Heels. Dann hielt er es ihr an die Lippen und ließ sie einen kleinen Schluck trinken.

»So ist es gut«, sagte er. »Noch etwas?«

»Ja bitte.« Eleonora setzte sich hin.

Noch bevor Emanuele ihr das Glas noch einmal reichte, waren ihre Strümpfe bereits so feucht, dass es ihr unangenehm war. Sie rutschte auf dem Samtsofa hin und her, um die Folgen ihrer Erregung abzuschätzen.

»Zieh die Strümpfe aus. Und dann setz dich hier hin und öffne die Knie.«

Eleonora zuckte zusammen. Es war ein Befehl und gleichzeitig der Beweis für ihren Sieg. Sie war Emanuele hörig und hielt dennoch das Zepter in der Hand.

Als sie sich wie verlangt die Strümpfe abstreifte, merkte sie, dass sie die Schuhe noch anhatte. Sie begegnete Emanueles Blick, hielt unschlüssig inne. Eine winzige Kopfbewegung, eine quasi ablehnende Geste genügte, und sie fuhr, ohne zu zögern, fort.

Eleonora zog erst die Schuhe und dann die Strümpfe aus. Als sie sich wieder auf die Sofapolster sinken ließ, achtete sie darauf, die Knie geöffnet zu halten. Die Knie, hatte er gesagt, nicht die Beine.

Das Kleid war über ihre nackten Schenkel hochgerutscht, und der Slip wurde sichtbar. Das war gut so. Emanuele würde es gefallen. Was er von ihr erwartete, war nicht weiter schwer. Er wollte, dass sie unmittelbar zugänglich war.

Emanueles Befehle trafen auf Eleonoras sehnlichen Wunsch, die Waffen zu strecken, auf ihre Begierde, sich von ihm den Weg weisen zu lassen.

Sie entspannte sich, stützte die Hände neben den Knien auf und lehnte sich an die grünen Samtkissen.

»Die meisten Frauen müssen sich dafür stark konzentrieren«, sagte Emanuele, während er sich auszog. »Sie bitten um Erlaubnis und wissen nicht, dass es der falsche Weg ist.«

»Ich brauche keine Erlaubnis«, erwiderte Eleonora, reckte herausfordernd das Kinn und hob gleichzeitig den Po an, um ihm mehr von sich zu zeigen. »Ich will einen Befehl.«

Emanuele umfasste ihre Handgelenke und dirigierte sie, bis sie auf dem Rücken lag. Festgepinnt wie ein kostbarer Schmetterling in einem gläsernen Schaukasten, reckte Eleonora ihm den Hals entgegen, um sich küssen zu lassen.

Sie wurde zufriedengestellt.

»Eine Stecknadel für meinen Schmetterling«, murmelte Emanuele, als könnte er ihre Gedanken lesen. »Soll ich dich gefangen halten, damit du nie mehr davonflattern kannst? Was, wenn du stirbst, mit einer Stecknadel an der Mauer festgepinnt?«

»Ich werde nicht sterben.«

Warum hörte Emanuele nicht auf zu reden, während sie bereits am ganzen Körper bebte, fast ohnmächtig vor Begierde und dem Wunsch, sich vögeln zu lassen, als wäre dies der letzte Tag ihres Lebens?

»Ich werde nicht sterben!«, wiederholte sie, denn Emanuele rührte sich nicht, schaute sie bloß an und spielte mit dem Spitzenbesatz ihres schwarzen Slips, den sie extra für ihn angezogen hatte. »Ich will bleiben, für immer hierbleiben.«

Instinktiv wollte sie eine Hand zwischen ihre Beine schieben, aber er verwehrte es ihr und umfasste ihre Handgelenke mit festem Griff.

»Halt still, Eleonora«, raunte er ihr ins Ohr und massierte dabei ihre Brustwarze mit kleinen kreisenden Bewegungen, was ihre Lust nur noch steigerte.

Emanuele verstand die Botschaft ihres bebenden Körpers, und Eleonora lächelte dankbar, als sie die leichte Berührung seiner Finger auf ihrem Bauch spürte. Er ließ sie um den Bauchnabel kreisen, um im nächsten Moment ihre Klitoris zu stimulieren und danach zaghaft in sie einzudringen. Eleonora spreizte die Beine in der Hoffnung, Emanuele würde aus reiner Trägheit von ihrem heißhungrigen Körper Besitz ergreifen. Aber es geschah nicht. Es geschah nie etwas, das Emanuele nicht wollte.

»Ich liebe dich«, sagte Eleonora, schaute ihm dabei tief in die Augen und leckte sich dabei über die Lippen wie ein junges Mädchen, das vor Erregung kaum sprechen kann. Dennoch war sie vollkommen authentisch, zumindest in diesem Moment. »Tu mir bitte nicht weh«, sagte sie schließlich.

»Du mir auch nicht.«

Eleonora verstand nicht sofort, was er damit meinte. Sie wurde auf einer Welle der Lust davongetragen, und ihre Gedanken überschlugen sich. Dann spürte sie, wie er mit den beiden Fingern, die sie eben noch so zärtlich gestreichelt hatten, heftig in sie hineinstieß. Sie fühlte, wie er sich einen Weg bahnte und immer tiefer in sie hineinglitt, sie festhielt. Da endlich verstand sie.

»Keine Sorge, ich werde dir nicht wehtun«, flüsterte sie

und umfasste seinen Nacken, wobei sie sich bemühte, die Augen offen zu halten. »Ich schwöre es dir, Liebster.«

Daraufhin vergrub Emanuele den Kopf zwischen ihren Beinen, umschloss Eleonoras pulsierende Schamlippen mit den Lippen und liebkoste sie, bis sie zu schreien begann.

»Deine Gäste werden sich beschweren, wenn du so weitermachst«, sagte Eleonora, als sie wieder sprechen konnte.

Emanuele hob den Kopf, er sah glücklich aus. Mit einer routinierten Bewegung legte er sich ihre Beine um die Hüften und drang fast im selben Moment energisch in sie ein. Er wollte nun nicht mehr spielen.

»Großer Gott, Eleonora, ich werde dich vollspritzen!«

Bei diesen Worten überrollte die Flut sie erneut wie eine riesige Welle, die alles mit sich riss. Eleonora kam noch einmal, als Emanuele sie kraftvoll und schonungslos vögelte, bis er sich erschöpft an sie schmiegte und ihr etwas ins Ohr brummelte.

»Bitte geh nicht weg«, sagte Eleonora so leise zu ihm, dass er sie kaum hörte.

Emanuele nickte und küsste sanft ihren Hals. »Ich bin noch in dir.«

»Dort sollst du auch bleiben.«

Eleonora spürte einen Hauch an ihrem Hals, vielleicht einen Seufzer der Erleichterung.

»Dort will ich auch sein.«

Sie umarmte ihn, entspannte die Muskeln und ließ zu, dass er aus ihr herausglitt.

»Wir müssen uns wieder anziehen«, sagte sie.

Emanuele verstand nicht. Er schaute sie einen Moment lang ratlos an. »Wieso anziehen?«

»Weil ich mit dir in den Wald gehen möchte.«

»Jetzt?«

»Ja, jetzt.«

»Warum?«

Eleonora ging nicht auf die Frage ein und erhob sich.

»Gut«, willigte Emanuele schließlich ein und drückte ihr einen Kuss auf den Hals. »Dann ziehen wir uns eben wieder an.«

24

»Warum im Wald?«

Eleonora lief zügig über das vom Frost gebleichte Gras, die Arme eng um den Oberkörper geschlungen, so als wollte sie sich vor den wilden Zweigen schützen, die nach ihr zu greifen schienen.

»Warum rennst du so? Bleib stehen und lass uns reden.«

Eleonora verlangsamte ihr Tempo, ohne jedoch anzuhalten. Als Emanuele sie eingeholt hatte, liefen sie Seite an Seite weiter, eingetaucht in ihre Atemwolken.

Die ganze Zeit über wich Eleonora Emanuele aus. Sie musste mit ihm reden, und sein Blick hätte sie zum Schweigen gebracht.

»Meine Mutter war ein Einzelkind und hatte sehr reiche Eltern«, begann sie schließlich atemlos zu erzählen. »Viele Dinge, die sich andere hart verdienen müssen, waren für sie völlig selbstverständlich, selbst die Liebe. Daher brach ihre Welt zusammen, als mein Vater sie verließ.«

Emanuele hörte ihr schweigend und aufmerksam zu, während sie weiter durch den Wald liefen. Dann brach alles aus Eleonora hervor, und sie redete und redete.

»Ich habe meinen Vater nie kennengelernt. Ich weiß nur, dass er jünger war als meine Mutter, ein Schriftsteller. Vielleicht wollte er sich über sie Zugang zu den einflussreichen Kreisen von Neapel verschaffen, zu den Salons. Nicht dass meine Mutter unattraktiv gewesen wäre oder dass man sie nicht hätte aufrichtig lieben können, doch so wie die Dinge gelaufen sind, glaube ich, dass er sie bloß benutzt hat. Er verließ meine Mutter, als er erfuhr, dass sie schwanger war. Vermutlich war das aber nicht der einzige Grund. Vielleicht hatte er auch begriffen, dass Mama ihm weniger nützlich war als gedacht. Tatsache ist, dass er kurz nach dem Autounfall, bei dem meine Großeltern starben, seine Sachen packte und ging. Meine Mutter blieb allein zurück, schwanger und mit einem Erbe, mit dem sie damals nichts anzufangen wusste. Sie brach ihr Studium ab, obwohl ihr nur noch wenige Prüfungen fehlten. Sie hat immer behauptet, dass sie sich ganz mir widmen wollte, aber das war eine Lüge. Meine früheste Erinnerung ist ein Schmerz, den ich nicht benennen kann. Auch wenn ich damals noch sehr klein war, ahnte ich, dass diese Mutter, die nebenan im Wohnzimmer saß und aussah wie für einen Theaterbesuch gekleidet, oder als wäre sie einem Schwarzweiß-Film entstiegen, mir außer ihren zerstreuten Blicken auch noch etwas anderes geben sollte. Als ich irgendwann andere Mütter und Familien kennenlernte, begriff ich, dass meine eigene Mutter mich verabscheute. Erst viele Jahre später, als ich wusste, unter welchen Umständen ich auf die Welt gekommen war, meinte ich den Grund zu erahnen. Die größte Liebe ihres Lebens hatte sie verlassen, und das war allein meine Schuld.«

Eleonora rang mit den Tränen, versuchte, sich aber nichts anmerken zu lassen, während Emanuele stumm einen Fuß vor den anderen setzte. Sie senkte den Kopf und redete mit leiser Stimme weiter.

»Mittlerweile weiß ich, dass das nicht ganz stimmt, dass

es Dinge gibt, die sich jeder Logik und Vernunft entziehen. Doch das kann die Leere nicht füllen, unter der ich meine ganze Kindheit und einen Großteil meiner Jugend gelitten habe. In all den Jahren hat meine Mutter mich kein einziges Mal umarmt oder war sonst wie zärtlich zu mir. Egal was ich getan habe, es war falsch, ich war immer nur das kleine dumme Monster, das irgendwie in ihren Schoß geraten war. Im Sommer, bevor ich aufs Gymnasium kam, lernte meine Mutter Giuseppe kennen. Er war der Sohn der Besitzerin einer Boutique, in der sie gern einkaufen ging. Ein sympathischer Rechtsanwalt, der ihre Lebenslust wieder weckte. Er besorgte ihr einen Job als Sekretärin in der Kanzlei eines Freundes, da er meinte, es würde ihr guttun, eine Beschäftigung zu haben. Rita begann sich anders zu verhalten, sie wurde aufmerksamer und gefühlvoller, auch mir gegenüber. Aber ich fühlte mich nicht wohl dabei. Ich war es nicht gewohnt, dass sie sich für meinen Schulalltag interessierte, dass wir zusammen shoppen oder abends zu dritt ins Kino gingen … Ich mit diesem Paar, das lieber woanders gewesen wäre, ohne mich. Ich begriff recht schnell, dass Rita für Giuseppe bloß eine Show abzog und als liebevolle Mutter dastehen wollte. Wenn ich unter einem ihrer unerwarteten Küsse erstarrte, wurde sie zur Furie. Ich war damals ganz bestimmt nicht einfach. Immerzu stellte ich Fragen, beharrte hartnäckig auf Kleinigkeiten. Doch ich war ohne Liebe aufgewachsen, und sie wusste das. Nichtsdestoweniger erzählte sie allen, wie schwierig ihre Tochter doch sei, dieses ständig schlecht gelaunte Gör. Nie würde ich sie mal umarmen, nie würde sie ein nettes Wort aus meinem Mund hören. Ich war gerade mal zwei Monate auf dem Gymnasium, da verschwand Giuseppe aus unserem Leben. Dafür kam Corinne.«

Abrupt blieb Eleonora stehen, und Emanuele wäre fast in sie hineingelaufen. Sie sahen sich an in dem Wissen, dass nun der heikelste Teil der Geschichte kam.

»Die Klassenlehrerin setzte uns nebeneinander, und Corinne war darüber so glücklich, als wären wir schon ein Leben lang Freundinnen. Obwohl ich häufig aggressiv und schlecht gelaunt war, hielt sie immer zu mir und machte mir regelmäßig kleine selbst gebastelte Geschenke, hier mal ein Lesezeichen, da mal eine Kette aus Muscheln. Je mehr ich auf Abstand ging, desto stärker suchte sie meine Nähe. Eines Morgens kam sie mit einem blauen Auge in die Schule und erzählte den Lehrern, sie sei die Treppe heruntergefallen. In der großen Pause gestand sie mir, dass ihr Stiefvater sie geschlagen hätte. Als ich sie fragte, warum sie ihn nicht anzeigt, meinte sie nur, dass es ihr peinlich sei, und wir sprachen nicht mehr darüber.«

Emanuele fasste sie am Arm. »Bitte bleib stehen.«

»Nein.« Eleonora lief weiter.

»Meine Mutter hat sich sofort in Corinne verliebt. Ich kann dir nicht sagen, weshalb. Vielleicht dachte sie, Männer würden sie nicht aufrichtig lieben, nachdem auch Giuseppe sie verlassen hatte, und mit mir ging auf emotionaler Ebene ja auch nichts. Als ich Corinne zum ersten Mal mit zu uns nach Hause brachte, hatte sie mit ihrer Unsicherheit, Zerbrechlichkeit und ihrer impulsiven Spontaneität sofort einen Stein bei Rita im Brett. Ohne Umschweife beschied meine Mutter, dass dieses unglückliche Geschöpf, Tochter einer Alkoholikerin, Wiedergutmachung verdient hätte. Dabei wusste sie damals noch gar nichts von den Übergriffen des Stiefvaters. Corinne hatte niemandem außer mir davon erzählt. Von mir, die ich ihrer Ansicht alles hatte, was sich eine Tochter nur wünschen konnte, und ständig rebellisch und mürrisch war, statt ihr die Füße dafür zu küssen, verlangte sie, dass ich sie bei ihrer Mission unterstützte. Ich sollte Corinne unter meine Fittiche nehmen und sie wie eine Schwester lieben. Ich tat es. Trotz meiner feindseligen Grundhaltung spürte ich nach wie vor diesen tiefen Schmerz in mir, den fehlende Mutterliebe verursacht. Im Grunde wollte ich mich in Ritas Augen endlich mal beweisen und damit ihrer Liebe wert sein. Und so haben wir acht Jahre lang nichts anderes getan, als Corinne in einen Kokon aus bedingungslosem Wohlwollen zu hüllen. Je mehr ich darunter litt, dass meine Mutter meiner besten Freundin liebevoll über die Haare strich, desto mehr strengte ich mich an, wie eine große Schwester für sie zu sorgen. Es war ein mörderisches Spiel, zumal ich damals noch nicht wissen konnte, dass nichts auf der ganzen Welt meine Mutter je dazu bewegen könnte, mich zu lieben. Man kann sich nicht zurückholen, was man nie besessen hat. Rita hatte nicht einfach aufgehört, mich zu lieben, weil ihr eine bessere Tochter beschert worden war, sie hatte mich nie geliebt.«

Emanuele nahm ihre Hand, er wollte etwas sagen, doch er schwieg. Eleonora schaute ihn kurz an, um den Blick sofort wieder abzuwenden. Sie musste die Geschichte zu Ende bringen, bevor auf seinem Gesicht ein Urteil zu lesen war, sonst hätte sie nicht weiterreden können.

»Corinnes Stiefvater heißt Antonio Nigro. Ich weiß nicht, wo er derzeit ist, ob er noch lebt oder nicht. Er war ein blasser, spindeldürrer Mann mit hellem, fast weißem Haar und blauen Augen, die irgendwie schmutzig aussahen. Nicht die Lider, sondern die Iris war voll kleiner grauer Flecken. Corinne meinte, er wäre überall schmutzig. Er kommandierte andere gerne herum. Mit Corinnes Mutter war das eher schwierig, da sie fast immer betrunken im Bett lag und keinerlei Willenskraft zeigte, die er hätte brechen können. Dafür trieb er seine Machtspielchen mit Corinne. Je nach Laune scherte er sich entweder gar nicht um sie, was Rita begeistert nutzte und Corinne zu Wochenendausflügen ans Meer und Urlaubsreisen einlud, oder er war total besitzergreifend, und Corinne durfte keinen Fuß vor die Tür setzen. Kurz vor ihrem achtzehnten Geburtstag stieg Corinne heimlich aus dem Fenster und stahl sich davon, weil Antonio sie in ihrem Zimmer eingesperrt hatte. Rita wollte sie zuerst ausschimpfen, doch als Corinne ihr die Spuren seiner Tritte an Bauch und Schenkeln zeigte, beschloss meine Mutter, das arme Ding zu beschützen. Antonio tauchte am nächsten Abend bei uns auf. Wir wohnten in einem Bungalow am Stadtrand. Niemand hörte die heftigen Schläge, als er gegen die Holztür trommelte, und auch nicht sein Brüllen. Er drohte sogar damit, die Tür einzutreten. Rita wusste sofort, dass er es war. Sie war total perplex, so als hätte sie nicht damit gerechnet, dass Antonio tatsächlich bei uns vorbeikommen würde, um seine Stieftochter zu suchen. Es war absurd.«

Bei der Erinnerung an diesen Moment schüttelte es Eleonora, und Emanuele griff nach ihrer Hand.

»Meine Mutter deutete mit dem Kopf auf ihr Schlafzimmer, und ich verstand sofort. Ich zog Corinne hinter mir her und versteckte sie im Kleiderschrank hinter den Bügeln mit den Kleidern. Corinne sagte kein Wort. Wie eine willenlose Puppe ließ sie sich von mir einschließen. Als ich wieder vor meiner Mutter stand, sagte sie zu mir: ›Wenn du wieder Mist baust, bring ich dich um.‹ Dann ging sie zur Haustür. Betrunken und mit einer Whiskyflasche in der Hand stand Antonio vor ihr. Als sie ihn begrüßte, stieß er sie so brutal in den Flur zurück, dass sie fast gestürzt wäre. ›Wo ist sie?‹, brüllte er und schaute sich im Wohnzimmer um. Betrunken, wie er war, stützte er sich für einen Moment auf die Rückenlehne des Sofas. ›Wo zum Teufel ist meine Tochter?‹ Wie ein Irrer stürmte er durch unsere ganze Wohnung, wir dachten, er würde uns jeden Moment umbringen. Als er in der Küche die Teller auf dem Tisch sah, zählte er sie mit lauter Stimme: ›Eins, zwei, drei. Wo zum Teufel ist meine Tochter?‹ Er lief ins Schlafzimmer, und Mama und ich zuckten gleichzeitig zusammen. Obwohl er sich kaum auf den Beinen halten konnte, stand er plötzlich vor dem Schrank, in dem Corinne versteckt war.«

Emanuele schien die Luft anzuhalten, so gebannt folgte er ihrer Erzählung. Eleonora musste all ihren Mut zusammennehmen, um weiterzusprechen.

»›Da ist sie nicht‹, sagte ich und konnte nicht verhindern, dass meine Stimme schrill klang. Meine Mutter warf mir einen scharfen Blick zu, Antonio auch. Dann schaute er unters Bett. Als er weiter herumbrüllte und wissen wollte, wo Corinne sei, sagte ich: ›Ich weiß es nicht. Heute Abend haben wir nicht miteinander gesprochen. Gestern hat sie mir gesagt, dass sie nicht rausdarf, weil sie Stubenarrest hat.‹ Meine Mutter nickte hinter Antonios Rücken, und mein Herz war voll Freude und Liebe. Eine enorme Kraft durchströmte mich, und ich fühlte mich plötzlich unbesiegbar. Als Antonio den Kleiderschrank öffnen wollte, griff ich nach der Keramiklampe auf dem Nachttisch und hieb sie ihm mit aller Kraft in den Nacken. Er taumelte, Blut lief ihm den Hals hinunter bis in den Hemdkragen. Außer Atem und mit schmerzenden Händen schaute ich meine Mutter an und suchte in ihrem Blick nach einem Zeichen der Anerkennung. Sie starrte mich bloß an.«

Eleonoras Wangen hatten sich gerötet.

»›Was hast du getan‹, sagte sie, und es war keine Frage. ›Was hast du getan, du Unglücksrabe.‹ Antonio drehte sich um, zwar noch leicht benommen, aber energisch. Die Verletzung war wohl nur oberflächlich. Er schlug die Whiskyflasche gegen den Schrank, die sofort zerbrach, und der Inhalt ergoss sich auf den Fußboden. Dann stürzte er sich auf mich und prügelte wild auf mich ein. Ich bemerkte die Schnittwunde am Handgelenk nicht sofort, ich spürte überhaupt keinen Schmerz, Antonio trat und schlug mich am ganzen Körper. Ich fiel hin, sah nur noch die nackten Füße meiner Mutter, die zum Schrank liefen, und kurz darauf die kleinen Füße von Corinne, die davoneilten. Erst als ich wusste, dass Corinne in Sicherheit ist, bin ich ohnmächtig geworden.«

Emanuele war stehen geblieben, verwirrt und entsetzt zugleich. »Was ist dann passiert?«, fragte er mit ausdrucksloser Miene.

Eleonora kehrte um und machte sich langsam auf den Rückweg. Sie war endlich bereit, sich dem Weltgericht zu stellen. Nur wenige Schritte von Emanuele entfernt hielt sie inne. »Ich weiß nur das, was man mir erzählt hat. Als meine Mutter ins Schlafzimmer zurückkam, um Antonio von mir wegzuzerren, ist er wohl zur Besinnung gekommen. Er drohte, uns alle drei zu töten, falls wir je über den Vorfall reden würden, dann stürmte er nach draußen. Ich habe ihn seither nie wieder gesehen.«

»Was war mit dir? Wollten die Ärzte im Krankenhaus denn nicht wissen, woher deine schwere Verletzung stammte?«

»Ich war nicht Krankenhaus. Meine Mutter hat mich zu Hause verarztet.«

Emanuele war schockiert. »Du hättest verbluten können.«

»Ich wäre tatsächlich fast gestorben. Ich hatte tagelang hohes Fieber, die schlecht versorgte Wunde hatte sich entzündet, ich bat meine Mutter, den Notarzt zu rufen, aber sie wurde bloß wütend, so als wäre ich selbst schuld, dass es mir schlecht ging. Für sie war ich ein einziger Irrtum.«

Eleonora zeigte ihm ihr Handgelenk mit dem Rosen-Tattoo.

»Mama hatte mir zwar einen Druckverband angelegt, um die Blutung zu stoppen, trotzdem habe ich viel zu viel Blut verloren. Man hätte die Wunde, die sehr tief war, nähen müssen. Dennoch wollte sie mit mir nicht zum Arzt gehen, weil sie befürchtete, dass die ganze Geschichte herauskommen und sie Corinne dann nie wiedersehen würde. Wieder einmal hat sie nur an Corinne gedacht.«

Emanuele fuhr sich mit der Hand durch die Haare und schüttelte den Kopf. »Ich kann das alles kaum glauben.«

»Doch, glaub mir nur. Als ich die Augen aufschlug, schmerzte mein ganzer Körper. Aber ich war glücklich, denn Rita verabreichte mir Schmerzmittel und Antibiotika und pflegte mich gesund. Im Grunde hatte ich genau deshalb Corinne beschützt: um die Aufmerksamkeit meiner Mutter zu erlangen. Ich hatte keineswegs das Gefühl, etwas Schlechtes getan zu haben, sondern fühlte mich wie eine Heldin. Doch als ich die Blicke meiner Mutter sah, begriff ich, dass mein Opfer nutzlos gewesen war. Die Katastrophe meines Lebens war nicht Antonios brutale Gewalt und auch nicht die Gefahr zu sterben oder der Schmerz, sondern zu lieben, ohne ebenfalls geliebt zu werden. ›Du hast mein Leben ruiniert‹, sagte meine Mutter damals zu mir.«

»Wieso?«, fragte Emanuele. »Ich verstehe das alles nicht.«

»Ganz einfach: weil ich auf der Welt war. Weil Corinne nach dem Vorfall sagte, dass sie nicht mehr bei uns bleiben könne und sich um ihre Mutter kümmern müsse. Aber das war nur die halbe Wahrheit, denn im Grunde wollte sie unsere Wohnung nicht mehr betreten. Du kennst Corinne. Sie verdrängt und leugnet alles und bewahrt sich damit ihre Unbeschwertheit. Rita hatte den einzigen Menschen verloren, den sie liebte. Ihrer Meinung nach wäre die Sache schon irgendwie gut ausgegangen, wenn ich Antonio nicht angegriffen hätte. Vermutlich denkt sie auch, dass Giuseppe meintwegen gegangen ist, wer weiß. Vermutlich wollte er keine halbwüchsige Tochter als Klotz am Bein.«

»Eleonora, was redest du denn da?« Emanuele umarmte sie. »Das tut mir alles schrecklich leid«, murmelte er, ohne zu überspielen, dass er schockiert und seine Kehle wie zugeschnürt war. »Ich hatte ja keine Ahnung.«

»Woher auch?«

Eleonora barg ihr Gesicht an seiner breiten Brust, an der sogar für sie Platz war – ein Wunder.

»Danke, dass du mir das erzählt hast. Jetzt weiß ich, dass ich zu Recht ein Motiv hinter deiner Unentschlossenheit und deiner Davonlauferei vermutet habe.«

Unerklärlicherweise war Eleonora glücklich. Auf ihren Schultern lastete zwar immer noch eine enorme Last, doch das Lächeln, das ihre Lippen umspielte, wirkte erleichtert. Mit etwas Glück würde es vielleicht sogar unbeschwert werden.

»Bist du denn gar nicht schockiert, Emanuele?«

»Natürlich bin ich das.«

»Du redest so ruhig mit mir.«

Emanuele schob sie ein Stück von sich weg, um ihr in die Augen sehen zu können. »Wie sollte ich denn sonst mit dir reden? Was sollte ich für dich empfinden, wenn nicht Zärtlichkeit und eine noch tiefere Liebe? Wut ist sinnlos, sie führt zu nichts. Wir müssen nach vorn schauen.«

Eine tiefe Dankbarkeit durchströmte Eleonora, trieb ihr die Tränen in die Augen, die sich durch die geschlossenen Lider zwängten und über die Wangen und über ihr Lächeln rannen. Es war ein mutiges Lächeln, das nach wie vor ihre Lippen umspielte.

Sie versuchte, Emanuele zu danken, aber ihre Zunge versagte ihr den Dienst.

Stattdessen ergriff Emanuele das Wort. »Hast du das bisher nur mir erzählt?«

Eleonora nickte, beunruhigt von der seltsamen Lähmung. Emanuele streichelte ihr übers Gesicht, als wollte er ihr zusätzlich Trost spenden.

»Gut. Ich danke dir für dein Vertrauen.«

»Du dankst mir?«

Diese Ungeheuerlichkeit löste ihre Zunge wieder, und sie fing an zu frieren. Sie schlang die Arme um den Oberkörper. »Bitte lass uns zurückgehen.«

»Du frierst, nicht wahr? Du bist schon ziemlich verrückt. Wir hätten diese Reise in die Vergangenheit auch vor dem Kamin machen können, aber nein, die Lady muss ja immer aus der Reihe tanzen.«

Eleonora zerfloss fast vor Dankbarkeit, da sie wusste, dass Emanuele alles versuchte, damit ihr leichter ums Herz wurde, und wenn es nur für eine Nacht war.

»Wie ist die Story weitergegangen? Rita ist irgendwann weggezogen, wenn ich mich nicht irre«, sagte Emanuele, als sie den Agriturismo schon fast erreicht hatten. »Weshalb?«

»Es gibt keinen konkreten Grund dafür. Meine Mutter wurde von Tag zu Tag apathischer, und ich hab irgendwann keine Fragen mehr gestellt. Ich war so gut wie verstummt. Eines Tages hat sie dann aus heiterem Himmel die Koffer gepackt und ist fortgegangen. Sie hat irgendwas von einer längeren Urlaubsreise gefaselt.«

»Und Corinne?«

»Die ist bei ihrer Mutter geblieben, jedenfalls bis zu deren Tod. Antonio ist zum Glück nicht mehr aufgetaucht, ihm war vermutlich klar, dass er mich fast getötet hätte. Das hat sie beruhigt, trotz allem. Außerdem … du kennst ja Corinne. Wir haben uns oft gesehen, aber nie wieder über dieses Ereignis gesprochen. Später habe ich dann studiert und danach eine Anstellung als Lehrerin an einem Privatgymnasium gefunden. Corinne war in der Zwischenzeit nach Florenz gezogen, was schon immer ein Traum von ihr war, seit wir ein paar Filme gesehen hatten, die dort spielten. Den Rest der Geschichte kennst du: Sie hat Sprachen studiert und ist auf die Villa Bruges gestoßen.«

»Und du, wie bist du in Rom gelandet?«

»Ich war ständig auf der Flucht. Vor Rom war ich in Catanzaro, und nach Rom kam die Villa Bruges. Sobald ich mich an einem Ort auch nur annähernd heimisch gefühlt habe, ergriff ich die Flucht. Ich rannte davon, weil ich nicht abgewiesen werden wollte. Weil ich nicht verlassen werden wollte. Ich wollte keine weiteren Beweise dafür, dass ich es nicht wert bin, geliebt zu werden. Und was Corinne betrifft …«

»Mir scheint, es geht ihr besser«, sagte Emanuele und blieb ein paar Schritte vor dem Eingang stehen. Über gewisse Dinge redete man besser im Freien.

»Ja, stimmt. Seit sie den Agriturismo leitet, fühlt sie sich nützlich und gebraucht. Sobald sie merkt, dass sie unersetzbar ist, geht es ihr gut, verstehst du? Dann denkt sie: Hier kann mich keiner wieder wegschicken.«

»Ich würde Corinne nie wegschicken. Ich mag sie. Abgesehen davon macht sie ihre Sache ausgezeichnet.«

Eleonora verspürte eine ungekannte Freude. Zum ersten Mal verspürte sie ein Gefühl von Zärtlichkeit, weil der Mann, an dem ihr sehr viel lag, nicht nur sie liebte, sondern auch Corinne ins Herz geschlossen hatte. Nie hätte sie sich vorstellen können, dass diese Erkenntnis sie einmal glücklich machen würde. Früher musste sie immerzu auf Corinne aufpassen und sich als Schutzschild zwischen ihre Freundin und alles und jeden stellen. Diese Ungerechtigkeit erlaubte ihr nicht, ihrer Freundin andere positive Dinge zuzugestehen. Etwa dass ihre Freundinnen sie mochten oder dass irgendwelche Jungen sich für sie interessierten. Schließlich wurde Corinne bereits die bedingungslose Liebe ihrer Mutter zuteil. Eleonoras Opfer saß wie eine Krone auf Corinnes Haupt, mehr sollte sie nicht haben, niemals.

»Mir geht's gerade nicht besonders gut«, sagte Eleonora und griff nach seinem Arm. Ihr wurde schwindlig, und ihre Beine gaben nach.

»Das ist völlig normal. Heute Abend hast du dich einer schweren Prüfung unterzogen. Du kannst sehr stolz auf dich sein. Weißt du, Corinne hatte mir von deinen vielen Umzügen erzählt. Und Sonia hatte bei unserem Gespräch erwähnt, dass du überzeugt wärst, keine Liebe zu verdienen, weil Rita dich nicht geliebt hatte. Corinne und ich wollten dir helfen. Da du mir nie etwas erzählt hast, war ich so überheblich zu glauben, dass ich dir helfen kann. Ich dachte, dich aufrichtig zu lieben sei genug. Aber die Liebe vermag nicht alles, jedenfalls nicht nach dem, was du durchgemacht hast. Du brauchst Zeit und Geduld und meine Hingabe.«

Auch das war kaum zu glauben, Emanuele hatte die Tragweite ihres Traumas begriffen, und es war nicht einmal nötig gewesen, ihm zu erklären, was sie fühlte. Es hatte gereicht, ihm ihr Geheimnis zu erzählen, damit er wusste, was es zu wissen gab.

»Vielleicht hast du recht, und ich kann wirklich stolz auf mich sein.«

»Nicht nur vielleicht. Komm, ich bringe dich auf dein Zimmer. Du musst dich ausruhen.«

Mit einem Seufzer der Erleichterung hängte sie sich bei Emanuele ein und ließ sich von ihm begleiten. Es war so befreiend, ihm alles anvertraut zu haben. Das Desaster in Worte gefasst und von der Nacht erzählt zu haben, in der sie Antonio niedergeschlagen hatte. Von jener verhängnisvollen Nacht, als ihr Leben ebenso wie das von Alessandro, an einer Weggabelung gestanden hatte: Nach links führte der Weg, auf dem sie sich gerade befand, nach rechts jener, den sie auch hätte nehmen können.

25

Am Abend war der Agriturismo wie ausgestorben.

Zum ersten Mal erlebte Eleonora, dass im Restaurant kein einziger Tisch besetzt war. Die Kellner lehnten an der Wand, plauderten und lachten, anstatt zwischen den Tischen hin und her zu laufen. Irgendwann kam der Koch aus der Küche, blickte kurz in die Runde und zog die Schürze aus.

»Kann vorkommen«, meinte Emanuele und strich sich die Haare aus dem Gesicht. »Ist nicht weiter schlimm.«

Eleonora schüttelte energisch den Kopf. »Ich mache mir keine Sorgen.«

In Wirklichkeit war sie sehr besorgt, wenn auch nicht wegen des Restaurants. Die Angst, von Emanuele für das, was sie ihm erzählt hatte, verurteilt zu werden, war dank seiner mitfühlenden Reaktion wie weggefegt. Doch ein gewisses Unbehagen blieb.

Um zehn Uhr kamen Denise und Maurizio vorbei, beide noch hungrig. Eleonora und Emanuele hatten ebenfalls noch nicht zu Abend gegessen. Emanuele hatte zuvor eine Stunde lang mit einem Banker aus Texas telefoniert, der eine gigantische Menge an Wein bestellen wollte. Er hatte versucht, dem Mann zu erklären, dass dies nur ein kleiner Winzerbetrieb sei und er nie in der Lage sein würde, jemals eine solche Anfrage zu bedienen. Der Mann insistierte und wollte es einfach nicht glauben. Es war für ihn als Banker unvorstellbar, dass ein Unternehmer mit der Aussicht auf einen großen Gewinn nicht alles tat, um die geforderte Menge zu produzieren, und es war nicht leicht gewesen, ihn abzuwimmeln.

Emanuele deckte einen der Tische vor dem Fenster, das auf den Wald hinausging. Dann zündete er zwei goldfarbene Kerzen an und trug Käse und Aufschnitt auf. Er war total entspannt, geradezu ausgelassen, sah sogar über den leichten Schwips und die peinlichen Witze von Denise hinweg.

Er musste sie wirklich gernhaben, warum auch immer.

»Komm, bleib doch bei uns«, sagte Denise zu Eleonora und hob ihr randvoll mit Rotwein gefülltes Glas.

Eleonora entschied, keinen Streit vom Zaun zu brechen. Im Grunde war Denise nicht anders als die meisten Menschen: alles unverbesserliche Feiglinge, selbst ernannte Richter und schamlose Opportunisten. Sie würde Denise mit absoluter Gleichgültigkeit begegnen und unter keinen Umständen in die Falle der Gewohnheit tappen. Dass sie mehr oder weniger gezwungenermaßen miteinander zu tun hatten, hieß noch lange nicht, dass sie Freundlichkeit heucheln mussten, das versprach Eleonora sich selbst.

»Ja gern.«

»Bleib hier, bei mir«, sagte Emanuele und nahm ihre Hand, so dass alle es sehen konnten.

Damit war diese Geste nicht mehr Alessandro vorbehalten. Ein weiteres Anzeichen dafür, dass Eleonora sich befreit hatte.

»Wie im Märchen: Und wenn sie nicht gestorben sind …«

»Stimmt nicht ganz, Denise. Märchen sind Geschichten, die man erzählt, aber nicht erlebt.«

»War bloß ein Scherz. Wie wär's mit einem Joint?«

Maurizio wirkte irgendwie traurig, allerdings nicht weil seine Frau drogenabhängig war. Er rauchte sogar mit und entspannte sich sichtlich dabei.

Während Denise Emanuele schnurrend um die Beine strich und nicht existierende Fusseln von seinem Hemd entfernte, ließ Maurizio sich von Eleonora zum Ausgang begleiten. Er zog sich einen grauen Dufflecoat an, der nicht sehr warm zu sein schien und ihm obendrein von den Schultern zu rutschen drohte. Maurizio selbst schien ebenfalls auf einen Abgrund zuzudriften.

»Ich habe die Scheidung eingereicht«, sagte er.

»Wow. Gut gemacht«, antwortete Eleonora mit möglichst neutraler Stimme. Sie wollte ihn mit ihrem Mitleid nicht vor den Kopf stoßen, und sagte daher halb im Scherz: »Die Welt ist voller Frauen wie Denise. Bitte schlepp uns nicht noch so eine an.«

»Gott bewahre.«

»Wie hat sie reagiert?«

»Schlecht. Ihrer Meinung nach war alles in bester Ordnung. Und aus ihrer Sicht hatte sie ja sogar recht. Mir würde es auch gefallen, von jemandem ohne jede Gegenleistung angebetet zu werden. Aber egal, wenn ich darüber hinwegkommen will, darf ich nicht dauernd davon reden. Ich will möglichst schnell reinen Tisch machen und mein Leben neu ordnen. Wenn das alles in trockenen Tüchern ist, kann ich mir einen Zusammenbruch erlauben. Vorher nicht.«

Eleonora strich ihm spontan über die Wange und wunderte sich darüber. Nicht weil Maurizio die liebevolle Geste nicht verdient hätte, sondern weil es ihr immer schwergefallen war, Zuneigung zu zeigen. Lediglich was extreme Ausbrüche anging, war sie in ihrem Element, etwa beim Sex, wenn das Adrenalin nur so durch ihre Adern schoss.

»Wir sind immer für dich da, wenn du uns brauchst«, sagte Eleonora mit leiser Stimme, denn Denise und Emanuele waren ihnen inzwischen zur Tür gefolgt.

»Danke. Ich weiß.«

Emanuele und Eleonora sahen den beiden nach, wie sie den Agriturismo verließen. Dann stiegen sie wortlos die Treppe hinauf.

Als das Telefon klingelte, nahmen sie zufällig beide gleichzeitig ab, Emanuele im Wohnzimmer und Eleonora im Schlafzimmer.

»Ciao, großer Bruder.«

Alessandro.

Eleonora hätte eigentlich auflegen müssen, aber sie tat es nicht. Gespannt lauschte sie.

»Ciao. Alles okay bei dir?«

»Alles im grünen Bereich. Und bei dir?«

»Bestens, danke. Ich habe gerade mit Denise und Maurizio zu Abend gegessen. Er hat übrigens die Scheidung eingereicht.«

»Oh, das klingt aber nicht gut.«

Lügner.

»Wie hast du reagiert?«

»Wie hätte ich denn deiner Ansicht nach reagieren sollen?«

»Ihn davon abbringen.«

»Soll das ein Scherz sein?«

»Ich meine es ernst. Vermutlich habe ich eine Mitschuld daran, und das könnte ich nicht ertragen.«

»Das wirst du wohl oder übel müssen.«

»Dieses Miststück! Jahrelang war sie hinter mir her, bis

ich schwach geworden bin. Und jetzt soll ich der Sündenbock sein.«

Emanueles abgrundtiefer Seufzer erfüllte den ganzen Raum. Er konnte dieses Gejammer kaum noch ertragen, riss sich jedoch zusammen und sagte nichts.

»Alessandro, bitte entschuldige, aber ich bin hundemüde. Wir hören uns morgen wieder.«

»Ist Eleonora noch da?«

»Ja, sie ist hier bei mir.«

»Weißt du, was du da veranstaltest?«

»Ich schon, und du?«

»Was habe ich damit zu tun?«

»Du hast immer damit zu tun, Bruderherz. Ich mach jetzt Schluss, okay?«

»Lass sie gehen, Emanuele. Sie ist wie ein wildes Tier, sie wird dir Leid zufügen, so wie sie es auch mit mir getan hat.«

»Danke für deine Besorgnis, es ist alles unter Kontrolle.«

»Daran habe ich keinen Zweifel. Aber pass bitte auf dich auf. Menschen wie Eleonora ändern sich nie.«

»Na klar. Gute Nacht.«

Das kurze Klicken in der Leitung ließ Eleonora hochschrecken. Damit hatte sie nicht gerechnet. Normalerweise reagierte Emanuele mit Sarkasmus auf die Provokationen seines Bruders. Ironie war seine Art, mit Alessandro umzugehen. Doch diesmal hatte er das Gespräch beendet und ihm nicht weiter zugehört.

»Gewisse Menschen ändern sich nie«, sagte Emanuele, als er das Schlafzimmer betrat.

Eleonora stand zwar noch neben dem Telefon, hatte zum Glück aber rechtzeitig aufgelegt. »Von wem sprichst du?«

»Einfach so, ganz allgemein.«

»Falls du mich meinst, ich ...«

»Nein, ich meine nicht dich.«

Emanuele begann sich auszuziehen. Der weiße Pullover landete auf einem Stuhl und entblößte Emanueles athletischen Oberkörper, die breiten Schultern und die Arme, in denen sie für immer Zuflucht suchte. Das war es, was sie wollte. Ja, es war kaum zu glauben, aber genau so war es.

»Wer hat angerufen?«

»Alessandro.«

»Was wollte er?«

»Nichts Besonderes, er lässt dich grüßen.«

Emanuele war der Schutzschild, Alessandro das Gut, das es trotz allem zu beschützen galt. Manche Dinge änderten sich eben nie.

Eleonora trat zu ihm, berührte zärtlich seine Brust. Emanuele wirkte angespannt, dennoch küsste er sie auf den Scheitel und umfasste mit beiden Händen ihre Taille. Die Umarmung war kein Joch, sondern ihre Freiheit.

Andere Dinge dagegen änderten sich. Zum Glück.

»Er lässt mich grüßen?«

»Ja.« Emanuele lächelte Eleonora an.

Seine Zähne waren so gleichmäßig und weiß, dass sie fast unecht wirkten. Jeder Zentimeter seines Körpers war unglaublich attraktiv, und ein banges Räuspern stieg Eleonora in die Kehle, begleitet vom bitteren Geschmack ihrer eigenen Unzulänglichkeit.

»Warum sagst du mir nicht die Wahrheit?«

Emanuele hob sie auf die Truhe, in der die Kissen, Decken und Bettlaken für die Gästezimmer verstaut waren. Er stellte sich vor sie hin und küsste sie ausgiebig, wie ein Teenager, der weiß, dass er nicht mehr bekommen wird.

»Die Wahrheit wird allgemein überschätzt«, sagte er schließlich und begann sie auszuziehen.

Das Gras, das Eleonora geraucht hatte, brachte ihre Gedanken durcheinander und bemächtigte sich der Wirklichkeit, ließ sie weicher und reizvoller erscheinen. Nicht dass es ihr an Schönheit mangelte, wenn sie mit Emanuele zusammen war. Doch das Ziehen, das sie im Unterleib verspürte, wirkte dadurch fast normal, natürlich. So als sei das unbändige Verlangen nach Emanuele etwas völlig Selbstverständliches, das keinerlei Erklärung bedurfte.

»Vermutlich hast du recht.« Eleonora nahm Emanueles Hand und legte sie sich auf die Brust. Früher hatte es ihr so gut wie keine Lust verschafft, wenn ein Mann ihre Brüste streichelte. Früher hatte ihr möglicherweise überhaupt nichts Lust verschafft, so einfach war das.

Emanuele fuhr mit den Fingerspitzen ganz sanft über die Brustwarzen, die unter dem dünnen Stoff ihrer Bluse bereits hart waren und sich ihm willig entgegenreckten.

Eleonora versetzte ihm einen Nasenstüber, weil er sie so unverschämt angrinste, dass sie sich plötzlich wie eine linkische Jungfrau fühlte.

»Was soll das? Wird das eine Meuterei?«

Es war zermürbend. Emanuele knöpfte ihr die Bluse auf und schob die Körbchen ihres BHs zur Seite, ehe er eine Brustwarze zwischen die Lippen nahm und hingebungsvoll daran saugte. Eleonora hatte bereits jetzt keinen Handlungsspielraum mehr und war nicht mehr in der Lage, ihm zu sagen, dass sie seine Selbstsicherheit hasste und zugleich liebte.

Eleonora spreizte die Beine und drückte sich gegen die pralle Wölbung in seiner Hose. Sie konzentrierten sich alle beide voll und ganz auf seine Erektion.

»Früher oder später wirst du mich satthaben«, sagte Eleonora.

Die unpassende Bemerkung brachte Emanuele keineswegs aus der Ruhe. Er zog sie weiter aus, trat einen Schritt zurück, um ihren nackten Körper zu bewundern, und trug sie schließlich zum Bett, wo er sie behutsam zudeckte. »Kann sein«, antwortete er schließlich.

Eleonora hoffte, dass es nur ein Scherz war.

Wie üblich hatte Emanuele überhaupt keine Eile, obwohl seine Erektion den Reißverschluss seiner Hose zu sprengen drohte. Er legte sich neben Eleonora aufs Bett, drehte sie zu sich um und stützte sich auf ihre Schulter.

»Bitte …«

Was hatte sie ihm noch mal sagen wollen? Eleonora wusste es nicht mehr. Sie wusste nur, dass sie es gewohnt war, ohne großes Vorspiel genommen zu werden. Daher war sie sozusagen jederzeit bereit für ihn. Ein Blick von Emanuele, und sie wurde feucht.

Eleonora fühlte sich von den Wellen der Lust überrollt, die in ihrem Innern tosten, dennoch rührte sie sich nicht, da sie den Zauber von Emanueles Atem nicht brechen wollte. Es kam so selten vor, dass er seine Erregung so offen zeigte.

Sein Penis schob sich in den Spalt zwischen ihren Pobacken, doch kaum drückte sie ihm das Becken entgegen, zog er sich wieder zurück.

Erst wollte Eleonora protestieren, doch das Gefühl, dass diese Nacht eine ganz besondere werden würde, hielt sie davon ab. Sie zwang sich also, abzuwarten und seinen Händen nicht den Weg zu weisen. Emanuele bewegte sich extrem langsam und vorsichtig, so als würde er Eleonora im Schlaf nehmen, ohne sie aufwecken zu wollen.

»So ist es gut«, flüsterte er ihr ins Ohr und berührte ihre zwischen den geschlossenen Schenkeln verborgenen Schamlippen nur ganz leicht.

Ein Stöhnen stieg in Eleonora auf, als es sie durchzuckte, doch sie schluckte es hinunter. Sie wollte nichts weiter als ein Gefäß sein, in das Emanuele neues Leben einsetzte. Eine Hülle, ein verlassener Körper.

»Du wirst für immer mir gehören. Das weiß ich jetzt«, flüsterte Emanuele, hob ihr Knie an und schob sich zwischen ihre Beine.

Auch er verstand, einen Körper zu lesen, ihm zuzuhören und ihn zu betrachten. Ein Körper lügt übrigens nie. So tief wie nur möglich drang er in Eleonora ein, bis sie ihn ganz in sich spürte. Ihr Stöhnen klang wie eine Klage ihres Körpers.

Nach einer Weile begann Emanuele sich wie in Zeitlupe in ihr zu bewegen. Er musste zwischendurch das Licht ausgemacht haben, ohne dass Eleonora es mitbekommen hatte. In der Dunkelheit hatte Eleonora das Gefühl, dass nichts mehr existierte, außer ihrer Körpermitte, die Emanuele ausfüllte. Sie spürte Lust und Liebe, zum ersten Mal in ihrem Leben tatsächlich beides zusammen.

Obwohl Emanuele sich kaum in ihr bewegte und sie auch nicht zusätzlich mit der Hand stimulierte, kam Eleonora sofort. Emanuele entschied ganz ruhig, dass er noch warten konnte, und zog sich ohne Eile aus ihr zurück. Dann ließ er sie hinknien, hob ihr Becken an und drang energisch von hinten in sie ein. Endlich nahm er sie, wie er es sonst immer tat, und indem er sie rücksichtslos und ziemlich grob vögelte, ehrte er in Wirklichkeit ihren Körper, die Lust, die sie füreinander empfanden, und ihren Wunsch zueinander zu gehören.

Eleonora hatte erneut einen Orgasmus, und gleich darauf kam auch Emanuele mit einem rauen Stöhnen, das ihr Herz füllte, so wie sein Sperma ihren Körper.

Es gab nichts weiter zu tun, nichts zu beweisen, nichts darzustellen. Hier und jetzt endete die Welt. Befriedigt ließ Emanuele sich auf ihren Rücken sinken, drückte ihr einen Kuss auf den Nacken und wärmte sie mit seinem Atem.

Ihr schien, als ob Emanuele sich beklagen würde, doch vermutlich war es nur sein Atem, der tief aus dem Bauch kam, anstatt aus der Lunge. Dennoch verstörte das ungewohnte Geräusch sie.

»Alles in Ordnung?«, fragte sie vorsichtig.

Emanuele machte keine Anstalten, sich von ihr zu lösen und sie vom Gewicht seines Körpers auf und in ihr zu befreien. »Mir ist gerade etwas in den Sinn gekommen«, sagte er sanft.

»Was denn?«

»Ich kann dich ab sofort nicht mehr Julia nennen.«

Eleonora kämpfte gegen die aufsteigenden Tränen an. Sie flüchtete sich in die Ironie, denn wenn sie so glücklich war wie in diesem Moment, bekam sie Angst.

»Na endlich.«

Der Atem seines leisen Lachens strich über ihre Schulterblätter, streichelte ihr Rückgrat.

»Endlich. Ja.«

Epilog

Der Sommer hielt den ganzen Landstrich in seinem stickigen Würgegriff, die Menschen konnten sich vor Hitze kaum rühren. In den Häusern brummten die Klimaanlagen, was regelmäßig zu Stromausfällen führte. Die wenigen Unternehmungslustigen trafen sich im einzigen Schwimmbad der Umgebung, wo sie für knapp dreizehn Euro fünf oder sechs Stunden im Wasser liegen und ein Sandwich essen konnten.

Dann gab es da noch die Privilegierten, hauptsächlich Ausländer und Touristen, die sich in ihren Villen verbarrikadierten, wo sie je nach Lust und Laune zwischen Klimaanlage und Pool wählen konnten.

Im Agriturismo fiel die Wahl der Gäste zumeist auf den Pool. Alle waren im Nu braun geworden, selbst die engelhafte Corinne hatte einen südländischen Teint, und ihre Haare waren so hell wie zuletzt als kleines Mädchen.

Emanuele war der Sonnengott, schwarz wie Ebenholz, dämonisch. Eleonora betrachtete ihn mit großer Genugtuung, vor allem wenn er sich in den Pausen die Kleider vom Leib riss und in den Pool stürzte.

Zu Ferragosto, dem Feiertag am fünfzehnten August, organisierte Maurizio ein Gartenfest in der Villa Bruges. Er war so begeistert von der Idee, dass er sogar Denise einlud.

Zunächst versuchte Emanuele, ihm das auszureden, doch dann kam er zu dem Schluss, dass sein Bruder vermutlich längst auf Distanz gegangen war, statt seiner Wehmut nachzuhängen, und ließ ihn machen. Er bat Denise sogar, die Einladung nicht auszuschlagen, und sie nahm sie entgegen allen Vorhersagen tatsächlich an.

Für Denise war die Trennung eine schwere Kränkung, monatelang hatte sie sich beleidigt zurückgezogen. Sie hatte sich sogar geweigert, mit Emanuele zu reden, und selbst auf Alessandros Anrufe hatte sie nicht reagiert. Eleonora glaubte nachvollziehen zu können, was in ihr vorging. Mittlerweile kannte sie die Bewohner der Villa Bruges ziemlich genau.

Denise schämte sich. Sie hatte in der Villa immer die Hauptrolle gespielt, im Vertrauen auf Maurizios bedingungslose Liebe. Sie hatte sich an einen Mann gewöhnt, der nicht wahrhaben wollte, was sie inner- und außerhalb der häuslichen Mauern anstellte. Übermütig trug sie ihre Straffreiheit zur Schau, was auch immer sie tat. Umso mehr hatte sie der Scheidungsantrag schockiert und gedemütigt, wenn nicht gar erniedrigt.

Eleonora hätte gerne auch Sonia eingeladen, doch ihre Freundin war frisch verliebt und saß im Flieger in die Karibik. Zum Glück hatten sich die beiden Frauen ein paar Monate zuvor bei einem von Eleonoras Besuchen in Florenz getroffen. In wenigen Minuten hatten sie alles geklärt und dann über dies und das geplaudert, als hätte nie etwas ihr gegenseitiges Vertrauen infrage gestellt.

Alessandro wollte sogar aus London anreisen und würde am Morgen des fünfzehnten August in der Villa Bruges eintreffen. Er hatte die Einladung erfreut und mit der üblichen Lässigkeit angenommen, da die Dreharbeiten aufgrund einer Auseinandersetzung zwischen dem Regisseur und dem Produzenten derzeit ruhten. Es war nun schon das zweite Mal, dass ein Regisseur aufgab, weil sich der Produzent zu stark eingemischt hatte, aber Alessandro kümmerte das nicht weiter. Die Filmgeschichte war voller Streifen, die unter widrigen Umständen entstanden waren und am Ende trotzdem grandiose Erfolge gefeiert hatten. Tatsächlich war sein neuer Film längst in aller Munde, und das Gerede in den Klatschspalten würde die Neugier des Publikums nur noch weiter steigern.

Rita traf noch vor Alessandro ein, am Abend des vierzehnten August. Sie brachte einen distinguierten Mann mittleren Alters mit, der nur deutsch sprach. Während des Abendessens zog sich Ritas Begleiter in Alessandros Arbeitszimmer zurück und bat darum, einige CDs auflegen zu dürfen.

Eleonora beobachtete ihn aufmerksam, während er völlig versunken einem Bachkonzert lauschte. Er war Dirigent, und was auch immer er bei dem Geigensolo empfand, es musste eine geheime Sprache der Musik geben, die nur Menschen wie er verstanden.

Der Deutsche schaute sie ebenfalls an, allerdings nur einen Augenblick lang. Trotzdem kam es Eleonora so vor, als wollte er ihr etwas mitteilen, als hegte er einen Widerwillen gegen den Ort, an den ihn Rita gebracht hatte.

Eleonora konnte ihn nur zu gut verstehen. Sie erinnerte sich noch ganz genau an ihre Empfindungen, als sie die Villa Bruges zum ersten Mal betreten hatte. Die Atmosphäre war damals faszinierend und abstoßend zugleich gewesen.

Emanuele war im Agriturismo geblieben, und Eleonora fühlte sich ohne ihn nicht besonders wohl in der Villa. Obwohl Alessandro erst am nächsten Tag eintreffen würde, spürte Eleonora bereits seine Anwesenheit in den Räumen. Seine Macht war in den Gegenständen spürbar, die ihm gehörten, auch wenn er sich nicht um sie kümmerte. Genauso wenig wie um seine Frauen.

Nach dem Abendessen verwickelte Maurizio Corinne in ein langes Gespräch über Denise und die Villa Bruges, die viel zu groß geworden war, seit seine Frau nicht mehr hier lebte. Corinne hörte ihm geduldig zu und nickte zustimmend. Zwischendurch warf sie Eleonora und Rita flehende Blicke zu – nicht etwa weil sie von der langweiligen Unterhaltung erlöst werden wollte, sondern um die beiden einzubeziehen. Je mehr Menschen Maurizios Schmerz mittrugen, desto eher würde er von seiner Pein befreit.

Rita und Eleonora sahen allerdings keine Veranlassung dazu, da Maurizio sich ihrer Meinung nach selbst in diese Lage hineinmanövriert hatte, und verzogen sich in die Küche, um das Geschirr zu spülen.

»Gibt es hier denn keine Bedienstete mehr?«, murrte Rita, während sie im Putzmittelschrank nach Spülmittel suchte.

»Mama, hier wohnt niemand mehr außer Maurizio. Das bisschen Geschirr, das er braucht, spült er selbst.«

Während sie mit dem Schwamm die Töpfe bearbeitete, fragte Rita beiläufig, als wäre es nicht weiter wichtig: »Und? Hast du inzwischen mit Emanuele gesprochen?«

»Worüber?« Eleonora stellte sich absichtlich dumm.

»Du weißt genau, was ich meine.«

Ja klar. »Nein.«

Die ganze Woche über hatte Eleonora sich überlegt, was sie auf diese Frage antworten könnte, und war zu keiner Entscheidung gelangt. Doch als ihre Mutter ihr nun direkt in die Augen sah, wusste sie, dass sie keine andere Wahl hatte, als zu lügen. Diese Lüge würde das letzte Geschenk sein, das sie ihrer Mutter machte, im Tausch gegen das Glück.

»Du kannst beruhigt sein, Mama. Ich habe das Geheimnis nicht ausgeplaudert. Niemand wird dir je vorwerfen, dass du deiner Tochter die dringend nötige medizinische Versorgung im Krankenhaus verweigert hast.«

Anstatt verärgert zu reagieren, wirkte Rita erleichtert. »Gut.«

»Du hast Corinne damals beschützt, genau wie ich. Wie du es von mir verlangt hast.«

Rita starrte sie einige Sekunden lang verständnislos an. Dann riss sie die Augen auf und schüttelte den Kopf, als müsste sie sich mit ihrer unbezähmbaren, rebellischen Tochter abfinden.

»Corinne? Ich soll Corinne beschützt haben?«

»Natürlich. Sie sollte heiter und unbeschwert leben, sofern das für ein Mädchen mit einer alkoholabhängigen Mutter überhaupt möglich ist.«

»Aber Liebes, ich habe damals auch dich beschützt.«

Rita sprach mit einer derart aufrichtigen Überzeugung, dass Eleonora sich zu ihr umwandte. Eigentlich hörte sie ihrer Mutter nur noch halb zu und war mit den Gedanken meist woanders, um sich von dem Gesagten abzulenken, aus Angst, Rita könnte ihr immer noch wehtun.

»Mama, bitte.«

»Wer hat denn Antonio niedergeschlagen? Etwa Corinne? Wer hätte denn die Probleme bekommen? Wer hätte denn in den Zeitungen gestanden?«

Damit hatte Rita nicht ganz unrecht, allerdings hätte sie noch ein winziges Detail hinzufügen müssen. Eleonora wäre nämlich ebenfalls in der Zeitung gelandet. Und möglicherweise vor Gericht gekommen.

»Ach, ist nicht so wichtig«, sagte Eleonora und bezog sich dabei eher auf ihre wirren Gedanken als auf die Erklärung ihrer Mutter.

»Und ob es wichtig ist. Ich habe in meinem Leben schon viele Fehler gemacht, Eleonora, das gebe ich offen und ehrlich zu. Du bist mir immer so stark und reif vorgekommen, deshalb habe ich dich oft wie eine Erwachsene behandelt, obwohl du noch ein Kind warst. Ich habe mich auf dich gestützt, als wärst du eine gute Freundin und nicht meine Tochter. Und es stimmt, dass ich Corinne beschützt habe. Ich wollte, dass wenigstens sie glücklich wird. Aber ich habe dich nicht als Opferlamm benutzt.«

Eleonora senkte den Blick, als eine schlimme Ahnung sie überkam und die letzte, groteske Lüge ihrer Mutter überrollte.

Sie hatte sich in all den Jahren viel zu viele Überzeugungen zu eigen gemacht. Sie hatte zu früh Verantwortung übernehmen müssen, wodurch die Brille, durch die sie die Welt betrachtet hatte, immer größer geworden war und die Realität immer stärker verzerrt hatte.

Eleonora drehte sich nach Corinne um. Im Grunde war ihre Freundin ein nicht sonderlich lebenstüchtiger Mensch. Der Agriturismo war ebenso wie die Villa Bruges ein Mikrokosmos, in dem sie sich vor allem deshalb wohlfühlte, weil er so klein war und nach ganz präzisen Regeln funktionierte.

Nicht Corinne war die Glückliche. Eleonora war es, denn sie hatte wirklich gelebt. Sie schleppte zwar seit ihrer Kindheit eine schwere Last mit sich herum, aber sie war lebendig.

»Danke, Mama«, sagte Eleonora und befreite ihre Mutter damit von ihren Gewissensbissen.

Auch sie selbst fühlte sich sofort besser.

Corinne spähte hin und wieder zu Alessandro hinüber, während sie das Tablett mit dem Fleisch in den Garten zum Grill trug, an dem sich wie immer Maurizio zu schaffen machte. Eleonora war davon überzeugt, dass die Besessenheit, mit der ihre Freundin diesen Mann liebte, Corinne ein Leben lang begleiten würde, und verspürte bei dem Gedanken gleichermaßen Wut und Zärtlichkeit. Sie ging Corinne entgegen, um ihr das schwere Tablett abzunehmen, und brachte es Maurizio. Corinne nickte dankbar und strich sich eine Haarsträhne hinters Ohr.

»Danke«, sagte Eleonora wie von selbst, denn der Drang, etwas wiedergutmachen zu müssen, ließ nie nach, nicht einmal nachdem sie einander verziehen hatten.

Corinne schaute verständnislos. »Danke?«

»Ja. Weil du mir erlaubt hast hierherzukommen.«

Verlegen stand Corinne da und antwortete nicht gleich. Dann zuckte sie anmutig mit den Schultern und schüttelte die Verwirrung ab. »Eleonora, du bist meine beste Freundin. Warum hätte ich dir nicht helfen sollen? Du hast schon so viel für mich getan.«

In diesem beiläufig hingeworfenen Satz lag eine Bedrohung, nämlich dass sich die Erinnerung eines Tages nicht länger würde verdrängen lassen. Eleonora akzeptierte es behutsam und überraschte ihre Freundin mit einer schnellen, etwas ungelenken Umarmung.

Dann lief sie davon und ließ Corinne erstaunt zurück. Ausgerechnet in dem Moment stieg Emanuele mit zufriedener Miene aus dem Pool. Er hatte Denise untergetaucht, die für einen Tag ihren Stolz und ihre Scham vergessen hatte und wieder war wie früher.

»Ständig muss sie mich betatschen«, brummte Emanuele und griff nach dem Badetuch, das Eleonora ihm hinhielt.

»Wenn sie so weitermacht, hacke ich ihr noch die Hände ab.«

»Ich kann das für dich erledigen, wenn du willst.«

»Nein, Liebste. Das übernimmt schon dein Mann.«

Emanuele zwinkerte Eleonora zu und ging zu Maurizio hinüber, der noch immer am Grill stand.

»Endlich bequemst du dich auch mal her!«, sagte Maurizio, während er ein riesiges Steak auf dem Rost wendete. »Sag deinem Bruder, er soll auch mithelfen, statt am Pool den Prinzen auf der Erbse zu spielen.«

»Prinz auf der Erbse«, so etwas konnte auch nur Maurizio in den Sinn kommen.

Eleonora ging zu dem Liegestuhl hinüber, auf dem Alessandro lag, denn sie wusste, dass er Kopfhörer aufhatte und nichts hörte. Er rührte sich sofort, als Eleonoras Schatten auf ihn fiel, und nahm die Kopfhörer ab.

»Was gibt's?«

Seine Stimme klang wunderschön, die Vokale weich und sanft, die Konsonanten peitschenscharf. Wie immer war er eine zauberhafte Illusion.

»Maurizio sagt, du sollst ihm helfen.«

»Na klar.«

Keine spitze Bemerkung, keine Widerrede. Alessandro erhob sich und legte die Kopfhörer unter den Sonnenschirm.

»Geht es dir gut?«, fragte Eleonora leise.

»Entschuldige, was hast du gesagt?«

»Ich hab gefragt, ob es dir gut geht.«

Alessandro nickte und drehte dem Grill den Rücken zu. »Ja, und dir?«

»Auch.«

»Aber jetzt entschuldige mich bitte. Ich kann dich nicht anschauen, schon gar nicht mit diesem Bauch.«

Eleonora schaute auf ihren Bauch herunter. Er war flach, allerdings konnte man bereits eine kleine, kaum wahrnehmbare Wölbung unterhalb des Nabels erkennen.

»Ich bin gerade mal im zweiten Monat, Alessandro. Von was für einem Bauch redest du?«

»Egal, ich sehe ihn, und er verstört mich. Ich hätte nie gedacht, dass du irgendwann Wurzeln schlagen würdest. Erst recht nicht, dass er dich überzeugen könnte, sie auch noch weiterzugeben. Ich bin zutiefst schockiert.«

Alessandro ließ den Blick in die Ferne schweifen, ohne etwas Bestimmtes zu fokussieren. Er war und blieb ein Meister der Illusion. Früher hätte Eleonora geglaubt, dass diese Worte von Liebe zeugten, doch inzwischen wusste sie es besser. Sie hatte erkannt, dass sie nichts weiter als ein Spiegel waren, in dem sich sein Bild reflektierte.

Eleonora ging nicht weiter darauf ein. »Ich habe gehört, dass du dich wieder mit Lorena triffst«, sagte sie stattdessen.

Erleichtert ging Alessandro auf den Themawechsel ein, und sie schlenderten entspannt und unbeschwert zu Maurizio hinüber.

»Ja, wir haben uns davor auch schon mal in London getroffen und Erinnerungen ausgetauscht. Die eine oder andere war wunderschön, die meisten waren allerdings unerträglich.«

»Ein Erlebnis miteinander zu teilen hat fast immer etwas Kathartisches. Es freut mich, dass ihr wieder Kontakt habt.«

»Wirklich? Du bist so großzügig geworden, Eleonora.«

»Den sarkastischen Unterton kannst du dir schenken. Das habe ich nicht verdient.«

Emanuele kam auf sie zu. Vermutlich hatte er bemerkt,

dass Eleonoras Miene sich verdüstert hatte. Mit einem entwaffnendem Lächeln stellte er sich zwischen sie und Alessandro.

»Das Essen ist fertig, Schatz. Und bitte halte dich nicht zurück. Mein Sohn ist sicher hungrig.«

Eleonora schüttelte amüsiert den Kopf. »Ach ja? Ist das jetzt der neueste Trend der in der ganzen Welt verstreuten kleinen Vannini-Jungs?«

Emanuele verzog keine Miene, sondern hielt ihr ein Glas mit einem winzigen Schluck Wein hin. »Es gibt meines Wissens weder einen Trend noch einen Vannini-Clan. Ich kann zwar nachvollziehen, dass dir das seltsam vorkommt, aber diesem Missstand wirst du ja demnächst abhelfen. Vier, fünf von den Vannini-Jungs dürften für die ersten Jahre reichen. Danach sehen wir weiter. Man braucht Ausdauer und Kraft, um diese graue Welt zu bevölkern.« Er küsste sie auf den Mund und kehrte gut gelaunt zu Maurizio zurück.

Von allen drei Brüdern war Emanuele der stärkste und authentischste. Er war der Einzige, der die Ärmel hochgekrempelt, sich der Welt gestellt und für seine beiden Geschwister Verantwortung übernommen hatte.

Skeptisch betrachtete Eleonora den winzigen Schluck Wein in ihrem Glas und trank ihn aus, dann blickte sie zum Eingangstor der Villa Bruges hinüber.

Mit einem Mal verspürte sie einen unangenehmen Drang, der sie wie eine Nadel ins Zwerchfell pikste. Ihre Beine schmerzten, zu stark war der Wunsch wegzulaufen.

Doch im nächsten Moment ließ der Drang auch schon wieder nach und verschwand so unvermittelt, wie er gekommen war. Selbst der ausgeprägteste Instinkt war der gleichmütig verrinnenden Zeit hilflos ausgeliefert und wurde Tag für Tag ein bisschen schwächer.